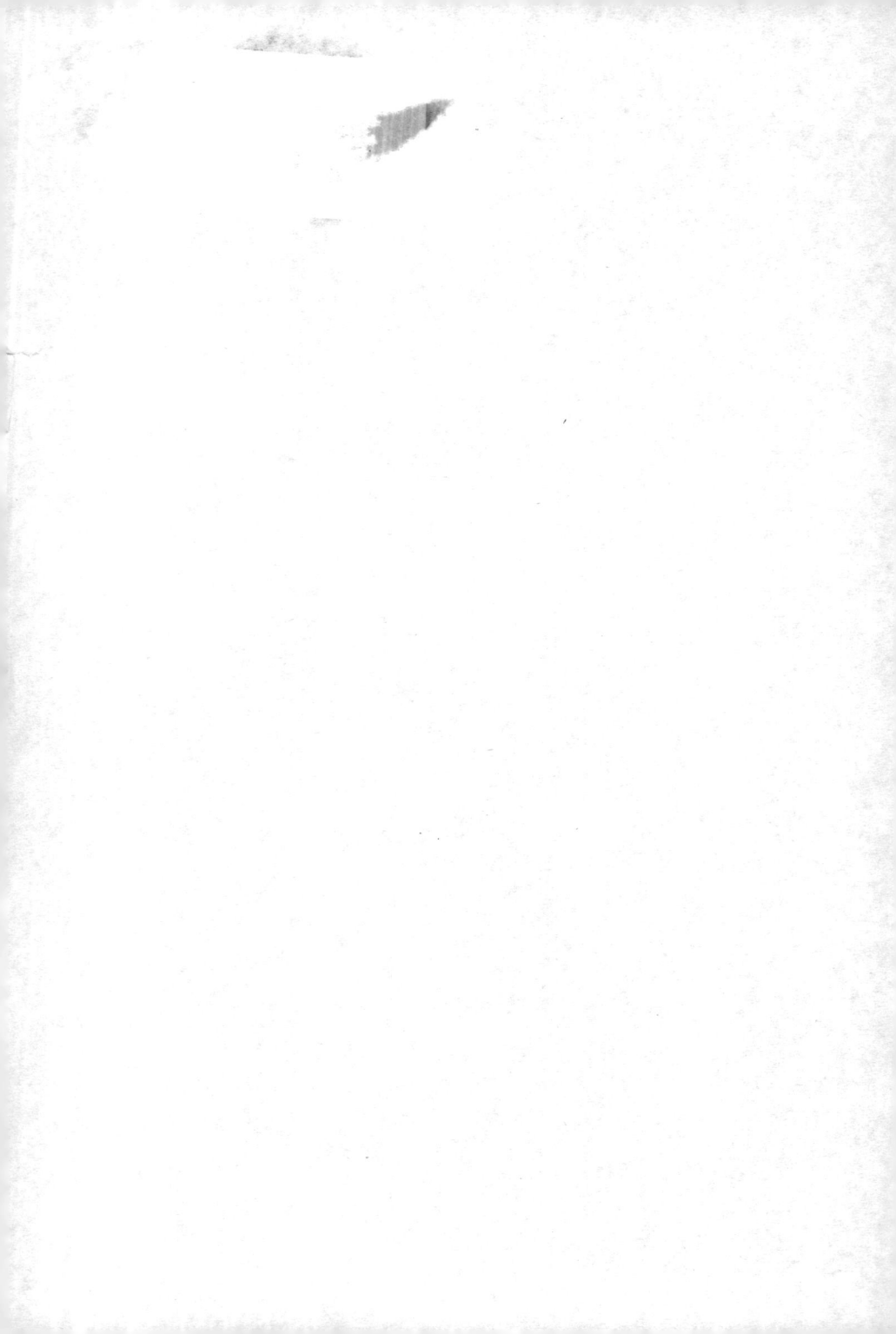

百鋻求真

黄汉瑜◎著

上海文艺出版社
Shanghai Literature & Art Publishing House

图书在版编目（ＣＩＰ）数据

百鉴求真 / 黄汉瑜著 . ﹣﹣ 上海：上海文艺
出版社 , 2023
（神农文化）
ISBN 978-7-5321-8924-3

Ⅰ . ①百… Ⅱ . ①黄… Ⅲ . ①散文集—中国—当
代 Ⅳ . ①I267

中国国家版本馆 CIP 数据核字 (2024) 第 004132 号

发 行 人：毕　胜
策 划 人：杨　婷
责任编辑：李　平　程方洁　汤思怡　韩静雯
封面设计：悟阅文化
图文制作：悟阅文化

书　　　名：百鉴求真
作　　　者：黄汉瑜
出　　　版：上海世纪出版集团　上海文艺出版社
地　　　址：上海市闵行区号景路 159 弄 A 座 2 楼
发　　　行：上海文艺出版社发行中心发行
　　　　　　上海市闵行区号景路 159 弄 A 座 2 楼 206 室　201101　www.ewen.co
印　　　刷：成都市兴雅致印务有限责任公司
开　　　本：880×1230　1/32
印　　　张：85
字　　　数：2125 千
印　　　次：2024 年 1 月第 1 版　2024 年 1 月第 1 次印刷
Ｉ Ｓ Ｂ Ｎ：978-7-5321-8924-3
定　　　价：398.00 元（全 10 册）

告读者：如发现本书有质量问题请与印刷厂质量科联系　T：028-83181689

百鑒求真文集

尤愼

百鉴斋粲正

百岁期颐
鉴戒求真
斋藏百宝
奇艺奇珍

二〇〇七年春

许圣和纪
时年九六

总　序

　　石狮地处东南沿海，历史悠久、钟灵毓秀、人文荟萃。春秋战国，古越人栖息这里，开始陆耕海渔。西晋永嘉之乱，士族衣冠南渡，带来中原的文明。自唐以降，一代又一代先民漂洋过海，在异国他乡开疆拓土、筚路蓝缕，这里便成为著名侨乡。宋时，这里又是海上丝绸之路的起点。所谓"一方水土养一方人"，这神奇的土地孕育了勤劳勇敢、智慧豁达、爱拼敢赢的人民，他们用自己的双手创造着生活、改造着世界，让这块土地逐渐走向繁荣、富庶、文明。1987年12月，经国务院批准，石狮撤镇设市。这座近160平方公里的滨海小城，乘着改革开放的强劲东风，经过三十多年的奋斗，取得一系列令人瞩目的业绩，一跃成为一颗璀璨明珠，经济综合实力位居全国中小城市百强第15位。作为奋斗在这片热土上的工作者，我由衷地自豪，为这美丽富饶的闽南侨乡、现代化的滨海城市。

　　石狮是一块神奇而独特的土地，由于大陆农耕文化与辽阔海洋文化的交汇融合、兼容并蓄、影响渗透，练就了石狮人慷慨乐观、聪明灵活、敢为天下先的性格特征，也创造出多元、开放、包容的文化与文明。

但建市之初，由于商业气息太过浓厚，石狮被人误解为文化沙漠。身处其境，我才发觉石狮文化底蕴深厚，发展全面、精彩纷呈，人才济济、精英辈出，呈现出百家齐放的繁荣景象。而当我看到石狮作家协会准备出版一套10本的大型文学丛书，更是惊讶又惊喜：这10部书籍，有长篇小说、中短篇小说集、散文、诗歌、歌词，可谓体裁多样、题材丰富，是令人欣慰的文化成果。这些作者，国家级会员1名、省级会员4名、泉州市级会员2人，成梯队发展态势。近些年来，石狮一些文学爱好者，甘于寂寞、笔耕不辍、锐意进取，写出一篇篇优秀的作品，在全国各大刊物上崭露头角；一批批文学新秀脱颖而出、茁壮成长；经过几年的积累与积淀，他们有了结集出版的诉求与愿望。这说明：石狮人用执着的追求、骄人的成绩，树立自己的文化自信，创造出令人信服的丰硕成果。我认为这是一种文化自觉、文化自信、文化自尊，可喜可贺！这也充分说明：石狮不仅历史文化积淀深厚，在社会主义现代化建设中，更是取得物质文明与精神文明的双丰收，石狮是文化的绿洲。

今年，党的二十大即将召开，这是一个值得期待与庆贺的光辉时刻，石狮市作家协会拟将这套文学丛书付梓出版，作为特别礼物喜迎这个神圣而伟大的时刻。我想：这意义是非凡而深远的，这情怀是真诚与炽热的！

身处这片热土，我深刻地体会到：作为偏居一隅的滨海小镇，曾被形容为"风头水尾漏沙地"的贫瘠之地，能在短暂的时间里取得令世人瞩目的成果，与党的正确领导密不可分，这是党的路线、方针、政策正确指引下所取得的辉煌业绩。而石狮文化人用手中的笔把这些成就，用文字的形式勾勒、描绘、记录下来，让它载入史册，成为永恒，这是一种最深层的文化目标与精神追求。我希望，石狮文学工作者，站在历史的交汇点上，不忘初心、牢记使命，秉着崇高的历史责任和高尚的理想追求，努力创作、勤勉创作，写出有辽阔视野、生活质感、审美愉悦的优秀作品，用中国故事讲述中国精神，用更大的情怀、更大的抱负去为时代画像、为人民画像，创作出不愧于时代与民族的精品力作！

　　是为序。

中共石狮市委常委、宣传部部长：

2022年5月10日

序

庄晏成

　　地下看西安，地上看泉州。东亚文化之都泉州当之无愧，泉州是闽南文化的发祥地。城市及乡村都烙印着浓浓的乡土味，年轮的记忆，会说话的石头，只要稍微留心探究，或是千年典故，或是娓娓动听的传说。泉州的乡土文化之花独树一帜，有一群默默辛勤耕耘的文化人用独特的触角与历史对话，用睿智的眼光探索发现，因而筑就东亚文化之都的雄伟城墙。黄汉瑜就是这群人中的一员，他与我是忘年之交，在石狮久负盛名的"石狮元宵笔会"相知相惜，在安平桥畔、姑嫂塔下、玉湖文化长廊交集……

　　黄汉瑜出生于古镇安海书香人家，其祖父黄禄树是远近闻名的"安海雅颂南音社"倡建人之一。他在工作之余，专注于"古"，乐于古物的收藏研究。他曾参与中央电视台与《石狮日报》主办的大型"寻宝"栏目，所收藏的古物获评"十大宝物"。他还将自己珍藏的台湾嘉义兰记书局《初学指南尺牍》古籍捐赠给中国闽台缘博物馆。他积极倡议家乡安海镇参评第五批福建省历史文化名镇、第七批中国历史文化名镇。他对泉州触手可摸的历史遗存和人文潜心探寻，朋友们称他为"民间考古专家"。他对家乡的闽南古厝、洋楼尤为关注呵护，呼吁有关部门加大保护力度，倡议石狮市文体旅游局在《石狮日报》开辟"古厝情缘"专栏，挖掘宣传保护古厝文化。通过政协提案，建议政府部门加大对古厝、洋楼的保护力度，促进旅游业发展。该书"古厝情缘""协商建言"两章中的许多部分都留下真言。三十多年的文学创作，他的作品散见于《福建文学》《石狮日报·东方收藏》《石狮文艺》等刊物。曾参与《千年安平》《石台亲缘》《姑嫂塔》等书编撰，是一位治学严谨、多才多艺的文人。

黄汉瑜的新书《百鉴求真》分"史海钩沉""海丝人物""古厝情缘""旅途抒怀""闽台亲缘""论文诗歌""协商建言"七章。"史海钩沉""海丝人物"两章，发掘了许多老泉州的故事，假如没有他的用心，有些可能将成为历史疑案！"旅途抒怀"是该书的精彩一章，其散文笔触柔和，视野开阔。人物刻画活灵活现，让人在这些精彩丰富的语句中寻到了一种凝聚，一种付出，一杯百年窖藏的纯酿精华。"协商建言"是他参加石狮市政协第六届委员、第七届文史委员期间提交的建议、执笔的政协湖滨活动组的议案，其建议注重经济发展和社会民生热点，具有较高的针对性和可操作性。"论文诗歌"则是他汲取古典文化精粹的豪情放歌。他置身于经济监管工作，则注重日常中的人物和事迹，讴歌轰轰烈烈改革开放的先进典型和人物。

万籁俱寂，星月皎洁，此时的我，静下来阅读汉瑜的散文是一种莫大的享受，好像有一股灵气在身边弥漫。读这样的文字，我读出了一股浓浓的古早味。古，年代久远；早，早年、童年，无论哪一种，都和逝去、都和久远有关联。古早味，是一种怀旧的味道，也是记忆中的味道。我喜欢古早味，但不是想回到过去，只是为了想清楚，除了拆迁、开发、钢筋、高楼的感慨，我们还可以把什么带到将来。顺时应天的古早味总是有生命的，灵魂深处的东西总是安静的。当灵魂成为一种信仰，时间和精力融会在一起时，就会产生强大的能量。当"惜古爱古，弘扬传统，留住乡愁，留住记忆"沉淀为一种思想时，思想将彰显其丰富的内涵和魅力。当散文静化为一片山林、一条河流、一朵鲜花时，我们才会真正懂得散文对生命的意义……

《百鉴求真》一书，黄汉瑜在乡土文学这块广袤富饶的天地，用睿智的眼光鉴戒求真，执着耕耘，歌颂真善美。他的大作即将付梓，向他表示祝贺！

[作者系福建省文化厅原副厅长（正厅级巡视员）、中共泉州市委原常委宣传部部长]

野史的价值（代序）

许谋清

黄汉瑜要出书，这是好事，应该祝贺。

黄汉瑜出书，让我给写个序，我却一直写不出来。

对不起，汉瑜。

虚情假意说几句好话，太无聊；不咸不淡说点片汤话，也有点自欺欺人。

我在晋江挂职其间，借安海镇政府一套办公室（门牌号406），和书记镇长、副书记、副镇长在同一层。何为一套？安海镇政府是筒子楼，进406是办公室，里边还有卧室和卫生间。

我并没有参加镇政府的日常活动，我只是走走看看交朋友，到政府食堂吃饭，夜里投宿在这406。

黄氏文友有黄天来，研究所的退休干部。黄华图，私家医生。黄亦工，叫企业家也行，叫技术人才也可以。黄汉瑜，是一位"老工商"，安海金厝的。姓黄的在安海是大族。祖上很显赫，明朝人称"金太傅"的黄汝良是一位四朝元老，告老返乡后，著书立说，写了一部《野纪朦搜》的野史。泉州开元寺是黄守恭捐桑园建造，安海横跨5里海面的安平桥是黄护捐巨资倡建。这两处都是国家重点文物保护单位。

这些人在一起，无论品茶还是饮酒，都有话题，而喜欢谈的是地方野史。

史书上应该是这么说的，某朝某代，黄守恭捐桑园建寺。

野史不这么说，它从黄守恭的一个梦说起。

史书上说，黄护"捐地建廨不吝""且舍钱万缗倡建安海二桥"。

野史难判真假，可正史也有错，黄护倡建的是西桥（安平桥，建东桥另有其人）。

野史说安海人在东南亚一个什么国还当过国王。

如果正史是筋骨，有时野史就是血肉。

安海文友并不空谈。

安海重修妈祖宫，他们就讨论原来庙里有些什么，就想起有一块匾，是张瑞图的字：海不扬波。匾没找着，他们就找张瑞图的字做一块匾。这样做不一定对，但其诚可感。安海旧城改造，他们就自愿出资组织地下考古，探寻"石井留香"，想解开朱熹刻石之谜。朱熹的刻石没找到，结果挖到一块宋代安平桥石栏杆，铭文"当镇旧市周圆舍三百贯文造此间愿延福寿"，因此印证了安海古地名及安平桥造价。而这里边身体力行的就是黄汉瑜。

泉州港被马可波罗称为"东方第一大港"，联合国还承认泉州是海上丝绸之路的起点。人们常说泉州港却很少说到具体的泉州商人，泉州历史上没有大商人吗？我把这种尴尬称为"空盘盛宴"。泉州的大商人哪里去了？我们的大商人被藏起来了，如林銮藏在一个地名"林銮渡"里边，藏在传说里边；如郑芝龙藏在"海盗"里边，郑成功藏在"民族英雄里边"；如伍秉鉴藏在异地，只留下一个籍贯；而黄护、李五则是半藏半露留在乡贤里边；黄秀烺和陈清机离得近一点，人们也只知道一个墓群和一条公路。晋江政协要做一本大书——《晋江海丝八大商人》，时间太赶，我招一帮晋江文友一起做。写黄护自然找了黄汉瑜。写野史，他们习惯写千字文，这回要做大文章，这很辛苦，但都完成得挺好。这可能也是黄汉瑜写过的最长的一篇文章。我们因此注意到伍秉鉴是中国古代最大的商人，郑芝龙是海商初始的代表人物，郑成功是海商成熟期的代表人物。由是，可以说参加编写这部书的各位功不可没。

　　黄汉瑜写晋江写安海也写石狮，偏史。我觉得，这种写作更有价值。我在跟他们的接触中也获益匪浅。

　　（作者系太湖世界文化论坛理事，原《中国作家》副编审，原挂职晋江市市长助理）

史海钩沉

002　"八卦街"聚灵气

008　话说石狮巷

021　踏浪古浮湾

024　探寻"石井留香"

030　江夏黄家军抗倭传奇

035　风狮爷的守望

040　安海暴动：辛亥革命福建的第一枪

047　记雅颂轩

050　安平东斗妈宫稽古

闽台亲缘

054　五彩圣旨印证闽台商缘

058　两岸两安平

060　安平古商号建筑群堪比"乌镇"

063　五里长虹闽台缘

065　安海朝天宫褒封天上圣母碑

071　金门风狮爷"根"在安海霁云殿

074　台湾"水利之父"施世榜与八堡圳

077　一块古匾见证闽台龙山寺佛缘

080　郑芝龙重修安平桥

083　佛雕同一脉　法缘开百代

086 一对龙柱见证了祥芝与台湾的通商史

088 李道传承建鹿港妈祖庙

海丝人物

092 海丝大商人——黄护

113 南音大师黄禄树

116 奶奶的籝篮

121 千秋传家风

126 母亲的手摇缝纫机

131 抗日民主人士黄哲真

134 长者猷范

139 一叠厚重的越洋来信

144 天下无贼

149 劳动精神漾九霄

153 "编外"文化馆长

158 泉郡布金院蒙古学教授——黄凤

160 "金太傅"黄汝良

164 刚正廉史黄光升

173 大爱恩师伍长骥

176 "东方醒狮"倡建人——黄光坦

178 嗜文如命真书生

182 华侨抗日英雄 中国焦化先驱

184 "辅料王国"的领头羊

目 录

古厝情缘

192　　一堆荒废残损的古画

195　　本觉堂

198　　泉郡布金院史话

202　　安平金墩黄氏家庙

209　　仑峰金墩黄氏宗祠

211　　长福黄氏宗祠

213　　金山吴氏宗祠

215　　前坑郭氏祠堂

217　　山雅吴氏宗祠

220　　松茂吴氏宗祠

222　　塘后紫云黄氏宗祠

旅途抒怀

226　　诗路寻踪

229　　澎湖发现之旅

232　　走进大闽府

239　　红色工商党史摇篮之行

242　　韶山凤凰古城考察散记

论文诗歌

248　　闽宁同心山海情

251 石狮商品市场 30 年变迁

260 一本《玉湖志》　半部石狮史

265 厝仔画卷

268 家规家训与社会和谐

279 境苑之争，善哉！

283 首届海峡两岸黄香黄庭坚孝道文化论坛纪念册卷首语

286 诗联集萃

协商建言

296 关于加强保护古民居洋楼的建议

298 关于保护华侨故居祖墓等涉侨"摇篮血迹"的建议

301 社情民意建议

303 关于设立网络交易监测中心促进我市电子商务产业快
　　　速发展的建议

307 关于主动对接"一带一路"做大旅游产业的建议

310 后　记

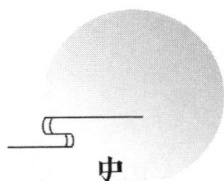

史海钩沉

"八卦街"聚灵气

　　石狮老城区有一处充满灵气的街区，雅称"八卦街"。2021年夏天，这条街开始了轰轰烈烈的"美容"，缘何如此花重金"修旧如旧"地修缮？满满的古早味、接地气、聚灵气就是其"灵魂"。一只石狮子孕育一个石狮市，一条八卦街创造一个改革试验区，究其历史，八卦街片区当之无愧是石狮城市经济、文化的发源地。

　　十月金秋时节，天气依然闷热，宽阔的镇中路上车辆畅通有序，人来人往，熙熙攘攘。只见镇中路东侧的口袋公园入口处耸立着一座保存完好的古牌坊，古朴典雅，几座出砖入石的古厝，一片灰色调的、南洋建筑风格的骑楼挂满岁月的年轮，纵横交错，犹如迷宫。这里就是"八卦街"，一条以八卦命名的街，令人感觉有几分"易"气。缘何以"八卦"命名？八卦图是中国古代传下来的图形，由伏羲根据燧人氏造设的两幅星图历法《河图》《洛书》创设，是中华传统文化的精髓。稍微了解，"八卦街"与《河图》《洛书》并无关联。那么，"八卦街"缘何而得名呢？每一条街道的名称都有它的由来，其形成都具有深厚的历史积淀。亲临其境，八卦街片区纵横交错，呈九宫形状，外来客商游人走入石狮老街，犹如进入迷宫，常常会迷路。更有趣的是，老街区的中心原先有一座洋式钟楼（现已被拆），游客在老街绕来绕去总能见到钟楼，弄得晕头转向，被调侃闯入了"八卦阵"，久而久之，就有了"八卦街"的说法。

八卦街片区较完整保留了民国时期改造形成的骑楼建筑风貌特色和方格状街巷格局特色。民国十六年至二十二年（1927—1933），为改善城镇面貌和商业经营环境，由华侨主导，在原街巷格局的基础上进行拓宽改造，建成了中西合璧南洋风貌特征的骑楼街。由于街区"九街十一巷"的地形犹如八卦图而得称，天时地利加上人和，令"八卦街"聚集了满满的灵气。八卦街区有宗教博物馆、建筑大观园、美食狂欢节"三宝"。石狮人缘何如此珍惜这条老街？带着灯谜般的疑问，我再一次走进这个"八卦迷宫"……

路口古牌坊建于清代康熙年间，名曰"南邦寄重坊"，俗称"施琅坊"，是一处重要涉台文物，值得观赏探究。驻足细心观赏，坊为施琅将军谢世后所立，为花岗岩石质重檐式仿木结构，宽

7.5 米，高 9.5 米。有正方形立柱 4 根，分门道为 3 孔。中门石柱高 6.66 米，柱径宽 0.38 米见方，门宽 3.26 米。顶端翘脊原有辉绿石"恩荣"牌一方，今无存。"恩荣"牌下有一长匾，镌"南邦寄重"四字，为康熙帝赐额；背面镌阴刻楷书"忠勇性成"，字径 36 厘米见方。长匾与横梁之间另嵌一石版，以阴文寸楷镌刻施琅官衔荣宠："太子少保、光禄大夫、内大臣。解赐御衣龙袍，褒赐诗章，三赐御膳，两蒙天恩存问，二次特遣宗室大臣额附部堂侍卫郊外劳接，乾清宫畅春院召对掖起赐座，钦命靖海将军兼管福建水师提督台澎水陆军务，封靖海侯世袭罔替，赠少傅，崇祀黉宫，谥襄壮施琅。"古色古香的三开间"南邦寄重坊"现在成为八卦街片区的迎宾门。

八卦街至今仍然保持旺盛的人气，老街区一带仍以旧市集的姿态呈现，夜间大排档座无虚席，热闹程度不逊于台湾的士林夜市，是逛街怀旧的好去处。老街区的业态延续传统的沿街店铺经营模式，以传统商贸服务业为主，经营种类繁多，有石狮老字号小吃、特色美食、糕饼甜品；有山货甘味、果蔬鱼肉；有日用百货、五金家电、服装鞋帽；有宗教用品、婚丧民俗用品；有首饰加工、钟表修理、裁缝理发等，包罗万象、应有尽有。2020 年以来，央视二套的《消费主张》、央视十套的《家乡至味》等多次聚焦石狮，石狮美食从全国浩如烟海的特色美食中脱颖而出，成为石狮继服装名城之外的又一张城市名片。2020 年 10 月 6 日央视二套播出的《2020 中国夜市全攻略：福建石狮》专题，将镜头对准热闹的八卦街、金相夜市和古浮大排档，古早味小吃的石狮美食又一次在全国范围内实力圈粉。令央视频频"回头"的石狮美食，既保留魏晋时期士族"衣冠南渡"带来的中原古老烹饪技法，坚守着闽式美食的鲜香与精致，也保留着宋元时期阿拉伯人携来的异域风味，还包容了 20

世纪八九十年代各国华侨所带来的香港味、南洋味……不同民族、不同文化和迥异的饮食方式，在 160 平方公里的土地上不断碰撞融合，形成了丰富、多元、特色的石狮美食，石狮美食也因此被誉为"集闽南舌尖文化之大成"。走着走着，我在"商记糖品"摊前驻足，两元！夹起一块"算苷枝"，定神一咬，只觉"咔嚓"一声，香脆的算苷香在口中啐开，紧接着清脆香甜的面苷应嚼入味，一股久违的神奇味觉涌向大脑，瞬间刺激了深藏的味蕾，唤醒久违的食物记忆，勾起了冬眠般的馋虫，点燃了无名的激情，轰开了胃肠的情愫。我在心中高喊："就是这个味道，就是这个儿时的味道！"

坐落于八卦街区的凤里庵、城隍庙、基督教堂等名胜古迹是老街上的另一道人文景观，三教九流的宗教场所和谐并存。佛教寺庙凤里庵始建于隋朝，距今已有一千多年的历史。凤里庵前的一条路原是一条古驿道（俗称"官道"），在凤里庵左侧往北约 200 米处古代官府曾设置了一个驿馆，现已毁。这条驿道是永宁、深沪等沿海地区通往泉州府城的必经之路，在当时凤旦庵一带是商人、旅客中途歇脚休息的地点。往来于这条驿道的商人为了遮风避雨、中途停歇，集资在这里建了一座石头路亭，因奉祀观音，俗称观音亭。观音亭门前立有一对威武的石狮子，行人约定俗成称之为石狮亭。久而久之，石狮亭就成为村落的名字，后来又演变为石狮地名。

距离凤里庵不足百步的城隍街也是八卦街中热闹非凡的一处，如果说这条街上的凤里庵是石狮起源之地，那么城隍庙则是石狮城兴起的标志。道教道场石狮城隍庙源自永宁城隍庙，始建于清朝顺治年间，清代顺治十八年（1661），为断绝沿海百姓对郑成功抗清活动的援济，清廷厉行迁界，史称"辛丑播迁"。永宁卫城百姓内迁石狮，永宁城隍随之迁来石狮。石狮城隍庙见证了明代"嘉靖倭寇"、清代"辛丑迁界""石狮分县的设立"等重大历史事件，具有重要历史价值。

八卦街片区镇中路西侧的基督教石狮堂始建于清光绪十五年（1889），是闽南一带较早的基督教堂。哥特式建筑尖顶具有异域风格（近年重建），系当年英国长老会来石狮开荒布道、设教所建，已有百余年历史，在海内外具有一定的影响。

石狮是全国著名的侨乡，有"十户九侨"的说法，很多华侨回到家乡带回各种洋玩意儿。20世纪八九十年代，这里达到"有街无处不经商，铺天盖地万式装"的盛况，港台最时尚的时装，别的地方没有，石狮已率先一步生产、销售。从香港以及海外各国寄过来的电视机、手表、录音机、打火机、服装等各种洋货，在这里更是堆积如山，石狮也因此被称为"小香港"。大约在民国二十一年至二十二年（1932—1933）间，石狮商贸更为兴盛，街市建设方兴未艾，旅居海外的石狮华侨积极倡导投资、拓宽改建旧街道，建成具有南洋建筑风格的钢筋混凝土结构或砖木结构骑楼式街道。最美人间烟火地，侨港台联系纽带，千年商脉传承地，八卦街是石狮商贸文化最重要的活态物质载体。漫步走入八卦街深处的"布墟巷"，这里就是一条古代织布、染布、卖布的老街巷，石狮"中国纺织服装名城"源于此地。凤里庵门前威武的石狮子守望着这片热土。

古镇、古街、古巷是城市文化的肌理和年轮，是城市的灵魂和精髓。2019年，习近平在北京老城前门东区看望慰问基层干部群众时，说出了这句意味深长的话："让城市留住记忆，让人们记住乡愁。"石狮践行对历史文化街区的规划，从保护一条巷、珍视一座城，贯穿着一条鲜明的脉络，八卦街聚集三大亮点：一是完整见证了近代及之前石狮城市发展过程中的重大事件；二是与华侨紧密相关的街区发展历史和文化传统；三是多元文化融合发展的社会物质反映。重视文化传承，延续历史文脉，让城市在发展过程中始终"留住记忆""记住乡愁"！

一条八卦街烙印着满满的乡土味，城市的记忆，会说话的石头。

（原载《姑嫂塔·五在石狮》）

话说石狮巷

　　石狮巷，一条以"石狮"命名的巷，有什么历史缘故吗？来吧，一起走进这条古巷探寻。

　　石狮，自古是一种家喻户晓的吉祥物，在中华大地不计其数，已深深地融入了人们的生活。后来则约定俗成，成为地名，比如远

近闻名的石狮镇，而后从晋江市析出的石狮市，都与石狮子有渊源。在闽南千年古镇安海，就有一条以石狮命名的巷——石狮巷，巷口供奉着一尊憨态可掬的石狮子。

一条石狮巷，半部安海史。走近石狮巷，即可以体验到浓缩版的老安海九围、十八埔、三十六巷，豆生围、蔡厝围、庄厝围，大草埔、驴驼埔，明义境、西宫境、西河境……漫步笔直而悠深的巷道，非物质文化遗产南音、佛雕、五祖拳，闽南传统建筑，及境胜文化、古井文化，闽台缘文化、华侨文化、慈善文化、传统手工技艺等闽南文化亮点均能得到体验。

从安平桥头"白塔脚"步入，就是古镇安海的"三里街"。2010 年未拆迁之前，三里街头段到仁福宫绕一个小"S"湾就到石狮巷口了，再往北上坡至鳌美塔，这条街古称"石埕街"，大概是当年街道铺石板的缘故。三里街民国时期由陈清机主持拓宽，后命名为"中山路"，"文革"时期则改为"东方红大路"，石狮巷也改为立新巷。石狮巷是安海三十六巷中唯一一条贯穿东西的老巷，跨越二十四境的其中二境——明义境和西宫境，由东往西，全长近300 米。

石狮巷口供奉的石狮子是一个路标，也是乡人的"风狮爷"、保护神。这尊石狮子高约 1 米，威武又安详，张开大口笑迎宾客。假如您是一位人生地不熟的外地人，要到石狮巷寻亲访友，一看到石狮子，就可以放心地走进去。

石狮子"命运"坎坷

石狮巷历史悠久，大概可以追溯到安海开埠的遥远年代，石狮巷里古厝名宅众多，石狮巷里的人文故事道不尽……有石狮巷，就有石狮子。石狮子名为"獬",传说中辟邪的吉祥物。石狮巷口有它的"窝",一座只能容下它的小庙,小庙柱子上有对联"耀狮镇煞保平安;神灵护境万年威"。千百年来,"獬先生"一直兢兢业业地守护在巷子口,每天为乡人迎来送往。但是,20世纪六十年代那场风暴中,石狮子虽然没有被完全砸烂,却被丢进深水区,就此销声匿迹,石狮巷也改成"立新巷"。直到1978年改革开放,春天到来,巷民们才重新把它从淤泥里挖出来,迎请回来供奉,传为佳话。2010年,中山南路征迁改造,石狮巷头店面、小庙及隘门也拆除,石狮子再次"迁居"入住石井书院,完成其历史使命。但是石狮古巷的肌理尚存,步入巷道,即可领略黄家军、邱佛雕、施九房、伍首富、陈泉安、黄南音、高杉行、陈慈善、赖参赞、柯采茶、蓝力士、林豆生(芽)等古今名流之风采。石井故事,令人犹如置身于博奥精深的闽南文化大观园。

马房与"三孔井"

石狮巷头马房里有一口"三孔井",相传为明代太子太傅黄汝良所开挖,常年泉涌甘洌,供来往商旅及其府邸养马之用。"三孔井"的设计十分独特,墙里有一孔井,墙外有"三孔井",可谓和谐共处,"官民两用"。"三孔井"井盖是一块大石头,挖有三个孔,当年安海镇遇到干旱年份,"三孔井"的水可以说供应了"半个安海"的用水。

胡志明为女孩取名"越华"

石狮巷1号"荣显楼"是旅日华侨赖荣显的故居。赖氏家族是华侨世家，书香门第，赖荣显生有六子六女，长子、次子随他到日本神户经商，事业有成。三子赖培松旅居菲律宾，是一位德高望重的华文教育家，当年曾筹资支持许书纪、许集美兄弟进行革命活动。五子赖培乐、六女赖勤都是养正中学教师。六子赖清资参加抗美援朝，负伤回国后毕业于上海外国语大学，20世纪60年代担任越南胡志明主席的翻译官。他和越南华侨梁红奋喜结良缘，胡志明主席担任他们的证婚人，他女儿也是由胡志明主席取名赖越华，中越友谊再传佳话。70年代他被派驻到越南大使馆担任参赞，为中越两国人民的友谊谱写篇章。

高长春大厝

通过"獬先生"小庙古隘门，一堵出砖入石的高墙即映入眼帘，这是高长春古大厝的后落。步入光滑的石板路向左拐，石狮巷4号就是古厝的富丽堂皇的大宅门。辉绿岩浮雕"丹凤朝阳""夔龙捧寿"墙裙、砖雕、木雕等精美雕刻令人惊叹，件件都是古人高超的艺术品。高长春古大厝占地2亩有余，大厅是十三架官厅格局，两落双护厝，花向兼书房，内外三个宽阔大石埕。高长春是清代安平古商号，以经营木材著称。高氏家族聚居地古称"杉行口"，开基安平于北宋年间，一世祖高镒，二世祖高惠连（972—1052），官至兵部尚书，封渤海郡开国侯，是北宋著名的政治家、军事家。

江夏抗倭黄家军

从"三孔井"左拐，石狮巷7号门楣上雕刻"碧溪衍派"鎏金匾额，这里是古安平远近闻名的"江夏黄家军"黄家故址。安平金墩黄氏族居地永安庄（现安海鸿塔），地处安平桥头一带。黄氏族人对倭寇深恶痛绝，在族人黄仰、黄中色等志士的鼓动和统率下，安平金墩黄氏族人挺身而出，毅然组织族人团练保卫家园，义勇壮士恨而抗击，组织"江夏黄家军"抗倭保安平，偕安平百姓一起与倭贼做长期殊死斗争。

黄仰（1500—1558），字伯推，号渐峰，安平金墩人，泉州府学庠生，平素急功尚义，不畏强暴。嘉靖年间安平石井书院曾被奴家子庄士奇勾结官府谋夺盖屋占为己有。黄仰据理力争，虽书院得保自己却遭到恶霸庄士奇的陷害，身陷囹圄。当年倭患来时，银铛入狱武艺高强的黄仰从狱中请求率领"黄家军"冲向前线抗击倭寇，得到批准后随即组织并统率乡兵抗倭。

安平金墩黄氏族人素来爱国爱乡，涌现出一大批抗倭义士。早在嘉靖廿四年（1545），族中有识志士黄堪，字腾与，号四未，即依当时的形势分析了倭患的起因，为祛除倭患使百姓安宁，向官府呈递《海患呈》的呈文，提出抗倭捍民的建议和主张，呼吁备与倭寇斗争。嘉靖三十六年（1557），安平城修筑，黄仰胞弟致仕衢州府同知黄伯善则带头捐资对安平桥固基重修，以实际行动为抗倭斗争预先做了物质准备。安平城初建时，没有政府军队驻守，长期的倭患使人民百姓安无宁日，黄以泰捍民心切，关注安平城的安危，急向官府呈乞题请徙建守御千户所，要求政府派军队驻守安平城以防倭寇，还提出了"以收要害、以固地方、以全民命"的《徙所议》。嘉靖廿四年至三十七年（1545—1558），倭寇五次侵扰都遭到沉重打击，死伤近千人，因此更是怀恨在心，纠集更多的倭寇伺机进攻。

明嘉靖戊午（1558）端午节，在今全国重点文物保护单位安平桥上爆发了一场惨烈的抗倭保城战。黄仰等二十多名义士献出了宝贵的生命，保护了几千名百姓的生命和安平城的安全。

黄仰公牺牲后，其子黄回清继承父志挑起抗倭大旗协守城池，一大批黄家军义士更是前仆后继，队伍不断壮大。《安海志》义勇篇写道："是时贼誓凭凌，安平城草创，稚堞城橹器械无一足恃，众欲弃之。回青独与叔父伯善终营守御，部勒义勇子弟，昼夜登陴，身亲矢石，多具糗醪以饷入保者。有恶少谋翻城应贼，侦治其状，白昼伯善偕镇弁格捕示贼。贼气沮解去，城赖以完。"

黄家军拳术代代传承，传至清代同治年间。二十世传人黄福报（1856—1911）是一位武艺高强的拳师，传承黄家五祖拳，尤其精通"轻功"绝技，练就飞墙走壁之功夫，会踏踩火彩盒不破，从地上跳上二楼，以及用稻草打小孩等功夫。目前已传至二十三世黄汉琼，他著有祖传秘拳《五祖拳秘籍》一书，该书记述有"对愤五技""五行手法""六门八法""摇身骏胛"等南少林五祖拳祖传功法。

雅颂南音有新传

石狮巷口林宅。林成音也是雅颂轩南音社的一位老会员，他家墙上挂满琵琶、二弦、洞箫等乐器，即使是南音社解散后，他依然天天自娱自乐一番，向爱好者传授南音技艺，弦音不断。

石狮巷19号，俗称"陈厝"，红砖白石两落三间张，双护厝，大石埕带花向清代古厝，占地1000多平方米。大门"榻寿"用"福在眼前""鱼化瑞象"砖雕装饰寓意吉祥，古朴精美。墙上还镶嵌辟邪的"石敢当"。这里是安海雅颂南音社现任社长陈育才的家，当年月满高洁之夜，古厝里就会回响着悠扬的南音古韵。陈育才自

20世纪90年代担任社长一职，三十多年来将南音技艺发扬光大，带领安海雅颂南音社走向全国，走向世界各地交流传播。

庐山国佛雕祖铺

与"陈厝"紧邻的石狮巷17号，是一幢两层小楼，砖石雕琢的门楼古色古香，雅称"合方楼"，这里是福建省非物质文化遗产传承项目"安海庐山国佛雕祖铺"的老店。"合方楼"照墙间有一口古井，此井在三层台阶之上，井栏紧靠，墙壁上立一块"阿弥陀佛"石敢当，称为"阿弥陀佛井"。晋江安海庐山国饰佛祖铺，始创于清代雍正元年（1723）春，业主邱教贤祖籍永春，原是一介书生，因考举不第，乃弃儒学艺，受业于泉州西街文锦祖铺，复参明代雕刻家王文忠之《木雕谈薮》真髓，汲取安平镇范氏（范道生）老铺之法旨。至今薪火相传已历九代，其传人依次是邱教贤、志长、朝凤、家和、振亭、怡万、清池、汉植和辉焕兄弟，当今嫡传第九代加田、十代邱明耀，更是青出于蓝，传统技艺发扬光大。

嘉庆元年（1796），台湾鹿港龙山寺进行扩建，住持慕名前来安海聘请庐山国师傅前往雕塑佛像。其时庐山国已传至第三代，志长四公子朝攀技艺高超，年方而立，即携眷入居鹿港，为龙山寺雕造圣像，开设台湾"庐山国"佛雕分店。此时正是闽南又一次移民开发台湾的高潮，大多新雕的佛像、妈祖、土地、道教仙翁皆出于其手，目前大都保存完好，被广大台湾信众视为保护神和珍宝。正是两岸佛雕共一脉，闽台法缘开百代，从而也演绎了一段不了的佛缘情。

如今，安海"庐山国"店运兴隆，业务应接不暇，每年都有数十位台湾客人慕名前来订造佛像。庐山国佛雕、漆线雕工艺已被列入晋江市老字号加以保护，入选福建省非物质文化遗产保护项目，庐山国佛雕技艺代有传人，目前已传承到第九代、第十代邱加田、邱明耀父子。

举重摇篮毓健将

"五房崎"一带曾经是安海的举重摇篮，孕育出全国举重冠亚军。五房的花向石狮巷 27 号，清朝中期施世榜后人易主蓝氏，也称蓝厝，是安海电厂退休干部蓝志民的家。蓝志民 1957 年 12 月入选福建省举重队第一批队员，并在 1958 年获得全省举重次轻级第一名。同年 11 月，在全国举重锦标赛上荣获第二名，再获大连全国运动会举重抓举冠军。"五房崎"蔡厝围的蔡炎欣，小名"胡须欣"，也是一位名震当年举重界的健将，蔡炎欣入选"八一队"，在第三届全军运动会获得冠军。蓝理族亲后裔清代以来都居住在石狮巷一带，民国时期，蓝经明、蓝经济、蓝经园三兄弟也是近代安海名人，任过镇长、保长等职，在老安海留有声誉。

明义境境主公宫

明义境宫位于五房崎路口，砖木结构，宫里悬挂"明义古地"匾额，是保境安民的境主公，面阔一间，面积二十多平方米，保留清代砖木石建筑，门口两块刻"明义宫石"字样的石敢当，字迹苍劲古朴。明义境宫是古代闽南境胜文化的遗存，具有较大的考古价值。

五房崎古建筑群

从四房往西走十数步，一堵石墙悬挂着"五房崎"指示牌，五房也是施世榜为其第五子所建。从五房往北，蔡厝围、桂厝、露阳等成片古厝建筑群规模宏大，保存基本完好，列入晋江市历史建筑保护名单。保护牌载：五房崎建于清代年间，为施琅将军同宗施世榜所建，历史悠久，整片建筑占地大，恢宏壮阔，建筑保存较完好，建筑中广泛运用闽南传统建筑工艺，展示了闽南传统建筑文化，晋江市人民政府 2017 年 6 月公布。

百年慈善飨保堂

石狮巷与通天巷交界路口是近代慈善机构"安海飨保堂"。创办于 1927 年，由旅日爱国侨领陈清机先生与安海热心慈善人士姚虎潘等及陈、姚、田、虞、胡舜裔联宗倡建的慈善社团。中华人民共和国成立前，飨保堂就开始致力于社会慈善活动，拯人于危难，造福于社会，名闻于海内外。安海飨保堂是陈氏宗祠，2001 年重建，惜于未能按照"修旧如旧"进行保护，已经旧貌换新颜。

泉安公路创建人陈清机

从伍氏宗祠往北石狮巷 53 号是旅日爱国侨领陈清机故居。陈清机（1881—1940），又名火萤、官繁、经纶，号穆亭。清光绪七年（1881）二月初四日生。10 岁时由姑父王春牧抚养，入塾读书两年。及长，由王春牧资助开设鸿泰干果店。光绪三十一年

（1905），往日本神户经商。同年，在东京加入中国同盟会。

宣统三年（1911）返乡，与许卓然、陈少宝等人组织"革命军"，并参加地方咨议局议员竞选。因"革命军"发动民众反对官府"坐贾铺捐"，焚毁安海大小衙门，被指为主谋受通缉，乃重往日本。在神户创办建东兴行，经营棉织品和杂货。民国二年（1913），在安海创办闽南摩托车路股份有限公司，因受地方势力阻挠再回神户。民国四年（1915）底，回国参加讨袁斗争，失败后被通缉，再度赴日本。

民国八年（1919）四月，偕神户华侨领袖王敬祥回国，创办闽南民办汽车路股份有限公司（简称泉安公司），任董事长。至民国十一年（1922）六月建成泉（州）安（海）公路。民国十二（1923）年，被孙中山委为晋江县知事，民国十五（1926）年，被选为安海市区区长，先后主持泉州市区、安海镇区街路和安海码头建设，并致力改良社会风气。嗣后又与蔡子钦等募集侨资创办安海电灯电力公司和泉州电灯公司。民国十七（1928）年，参与发起创办安海养正中学，并用泉安汽车公司收入逐年补助该校部分经费。民国二十二年（1923）十二月，参与十九路军将领与国民党内反蒋势力发动的"福建事变"。"福建人民革命政府"失败后，避赴日本。民国二十八年（1939），独捐3万元赈济泉州安海侨区人民，并捐款救济战区伤员。1940年7月22日病逝于菲律宾碧瑶。周恩来、林伯渠等致电悼唁。

世界首富伍秉鉴

石狮巷61号"伍氏祠堂"。"伍氏祠堂"出了一位清代世界首富，广州十三行海丝大商人伍秉鉴。伍秉鉴（1769—1843），字成之，号平湖，别名敦元、忠诚、庆昌，祖籍福建。其先祖于康熙初年定居广东，开始经商。到伍秉鉴的父亲伍国莹时，伍家开始参与对外贸易。1783年，伍国莹迈出了重要的一步，成立怡和行，并为自己起了一个商名叫"浩官"。该商名一直为其子孙所沿用，成为19世纪前期国际商界一个响亮的名字。1801年，32岁的伍秉鉴接手了怡和行的业务，伍家的事业也开始快速崛起，伍秉鉴成了广州行商的领头人——总商。在经营方面，伍秉鉴同欧美各国的重要客户都建立了紧密的联系，并依靠超前的经营理念在对外贸易中迅速崛起。伍秉鉴不但在国内拥有地产、房产、茶园、店铺等，还大胆地在大洋彼岸的美国进行铁路投资、证券交易，并涉足保险业务等领域，同时他还是英国东印度公司最大的债权人，东印度公司有时资金周转不灵，常向伍家借贷。正因如此，伍秉鉴在当时西方商界享有极高的知名度，成了洋人眼中的世界首富，曾被一些西方学者称之为"天下第一大富翁"。1840年6月，鸦片战争爆发。尽管伍秉鉴曾向朝廷捐巨款换得了三品顶戴，但这丝毫不能拯救他的事业，他不得不一次次向清政府献出巨额财富以求得短暂的安宁。1843年，伍秉鉴在中国的动乱中病逝于广州，享年74岁。伍家所积累的财富是惊人的。据1834年伍家自己估计，他们的财产已有2600万银圆。按照国际银价换算，这个数目相当于今天的50亿元人民币。

《采茶灯》献给最可爱的人

石狮巷尾65号是第四批国家级非物质文化遗产《采茶灯》传承人柯达斯的家。柯达斯1937年出生于安海，1950年，13岁的柯达斯入选晋江专区文工团，参加了福建省的传统民间歌舞《采茶灯》的排演。14 岁就加入福建省文化厅下属的晋江专区文工团。1953 年，作品《采茶灯》代表福建省华东区参加全国第一届音乐舞蹈会演，并被评为优秀节目。1953 年柯达斯随团入朝表演《采茶灯》慰问"最可爱的人"——中国人民志愿军。2020 年 10 月 22 日，柯达斯光荣地获得由中共中央、国务院、中央军委颁发的中国人民志愿军抗美援朝出国作战 70 周年纪念章。

安海中学诞生地

大草埔在明义境宫南侧，当年是一处芳草萋萋的盐碱地。抗战期间，民众生活困苦，白塔镇（当时安海成立三个镇）主任柯日康在此创办种植场，建起一座三层铳楼，挖大池，种植香蕉、蔬菜、地瓜等经济作物，发展副业生产，带领民众度过困难。林华居是林氏家族的名人，1953 年秋，林华居等人创办"安海高小毕业生补习班"，任首任校长。1955 年秋更名为"安海华侨子女补习学校"，以宝斗埔香莲寺为临时校址。1957 年，迁到大草埔新建的校舍，易名为"安海中等文化学校"，后改为"安海华侨中学"。1961 年秋，定校名为"安海中学"。1962 年秋，贯彻"八字方针"，学校辍办。现在是"晋江市安海中学"。林华居海还创办《鸿江报》，发行到南洋华界，影响颇大。学校辍办后，校舍改建为"晋江市聋哑织布厂"，安置了数十名残疾人和尼姑（当年寺庙关闭），产生了良好的经济效益和社会效益。

豆生围，门楣匾额"九牧传芳"，是林氏家族的聚居地。林氏家族世代多年来有三项传统产业，洗豆生（豆芽）、棺材店和制作"骆驼替（马鞍）"。他们制作"骆驼替（马鞍）"的技艺一直传到 20 世纪 70 年代末，随着拖拉机带头马车而逐渐失传。棺材行业一直到 80 年代推行火化，103 岁的棺材匠林阿庆才歇业。

悠悠石狮巷，千年安平韵。古镇经过一轮大规模征迁改造，依然保存着其神秘面纱，实属难能可贵。如今，在以习近平为首的党中央的"绿水青山就是金山银山"英明决策的指引下，只要经过精心规划修复，"石狮獬先生""马房三孔井""长春古民居""雅颂黄南音""四房施将军""庐山邱佛雕""五房崎古建群""江夏黄家军""飨保慈善堂""世界伍首富""泉安清机伯""柯女采茶舞""蓝氏大力士"等传奇故事，石狮巷必将成为安海海丝名城一条黄金旅游线路，吸引并迎来潮水般的四方宾客。

古镇、古街、古巷，是城市文化的肌理和年轮，保护和传承古街巷，才能保存城市特色，这就是习主席指示的"留着乡愁，绿水青山就是金山银山"的真谛。随着大规模城市化车轮的迁徙，一个个古镇、古街、古巷消失在人们的记忆中，保护传统建筑、挖掘乡土人文显得尤为重要，这也是泉州东亚文化之都及世界遗产：宋元中国的世界海洋商贸中心保护工作中极其重要的一环。

踏浪古浮湾

　　蓝蓝的泉州湾南畔，千年林銮古渡海滩延伸处，骄阳下，黝黑发亮的紫菜铺天盖地，这就是远近闻名的古浮湾。

　　古浮村是一个古老的村庄，六百多年来，十三个姓氏定居于此，其中蔡氏最先在此开基落叶、繁衍生息，占全村人口的90%。古浮人靠海吃海，留下了委婉动听的海的故事。

　　古浮村最美好的乡村记忆要数海洋文献《海荡记》、地理标志绿色食品"古浮紫菜"及"鸟儿天堂"大山屿。

　　翻开《丰田蔡氏族谱》，《海荡记》是一篇记载古代泉州府依法用海、依法管理、依法纳税的珍贵历史资料。地处石湖林銮古渡至祥芝海港之间的海荡疆域，元末明初兵荒马乱，无人主管。附近村民因讨海时常发生斗殴，伤及人命，地方官员十分困扰。明洪武二十五年（1392），聪明的蔡均用深知其价值，即向官府申请古浮海荡（石湖至古浮海滩）的业权，以柸当于九亩地的税收登记户籍，并交纳鱼税大米六石八斗。洪武二十六年（1393），晋江县衙批准海荡里的所有利益全归蔡均用专属行使。明洪武三十五年（1402），古浮海荡地图和户籍正式列入明朝《赋役黄册》。为记载这项承包专用权之盛事，明永乐七年（1409），蔡均用长子蔡逊敦请进士杨瑞仪撰写这篇《海荡记》，详细记录了事情的经过及后裔管理海荡的家规。《海荡记》是一篇古代古浮著名的人文记事，堪称中国古代海洋史的佳作文献。

古浮湾风光旖旎，满潮时水深 18 米，由于大山屿山体形成天然屏障，岛南侧浅海滩涂广阔，湾内海水水质好，风浪小，水流畅通，并处于淡咸水交界处，营养盐含量高，温度适宜，是养殖紫菜、花蛤的天然场所。在古代，原生态紫菜产量较少。新中国成立后，"古浮紫菜"育苗技术全国首创，早在 1958 年 9 月就开始人工养殖紫菜附苗试验。1963 年 3 月，原中央水产部投资 23 万元在古浮村建立全国第一个紫菜养殖试验基地，同年，紫菜全人工养殖获得成功并向全省推广。长期以来，"古浮紫菜"一直以光滑细腻的菜质、独特的风味、丰富的营养价值深受消费者的青睐。2010年 9 月 19 日，"石狮市古浮紫菜协会"成立，注册农民养殖专业合作社，渔民走上抱团发展道路。2011 年，"古浮紫菜"获批国家地理标志证明商标。2013 年以来，协会被中国科协、国家财政部授予全国农村科普带头人，被福建省、泉州市授予科普惠农兴村带头人等多项荣誉称号。靠海吃海，现在古浮三千多名村民中有三分之二从事紫菜、花蛤养殖加工工作，古浮紫菜已是村民增收致富的重要来源。

大山屿是古浮湾的一颗明珠，从卫星云图上看，犹如一颗心形翡翠镶嵌在泉州湾南部古浮澳，因"长"得像颗心，雅称"心形岛"。这温馨的港湾是对大自然深沉的爱，栈道、礁石、海风、白鹭……景致怡人。面积 50 余亩的大山屿是一座荒无人烟的小岛屿，距离古浮陆地最近点 480 米，海拔高 15 米。20 世纪 60 年代初，一对二十多岁的热恋情人冲破家族的束缚，摇着小舢板，带着黄金细软，登上静谧的荒凉小岛，开凿石料，搭建草寮，挡风避雨，寻找水源，开荒种菜。两人还在岛上诞下爱情的结晶，直至 70 年代末才离开小岛。他们在这里度过了十多年与世隔绝浪漫的荒岛时光，被戏称为现代的"鲁滨逊"。现代"鲁滨逊"的"爱"与"心形岛"的"心"时空巧合，烙印在大山屿的树林间、石头上、沙滩里……近年来，随着大山屿自然生态保护区的形成，这里迎来了上万只白鹭"落户"，还时常出现苍鹭、池鹭、岩鹭、仙鹭、牛背鹭、褐翅雅鹃、宗背伯劳、叉尾太阳鸟等珍稀鸟类种群翩翩起舞的身影。

2013 年 5 月，央视《地理中国》栏目进行实地拍摄报道。6 月 12 日上午，古浮湾再传喜讯：素有"水上大熊猫"之称的中华白海豚遨游于古浮湾海域，眼疾手快的渔民抓拍到这条粉红色成年海豚的英姿。中华白海豚的"光临"，被环保学家视为衡量海洋生态环境的活指标，为古浮湾大山屿再添浓重的一笔。

大自然造化的奇异美景，人与鸟类的和谐相处，画就出一幅优美的山水画卷。近年来，古浮村各项事业取得了丰硕成果，喜获福建省第四批省级传统村落、省级乡村旅游村、泉州市"乡村记忆文化"示范村等荣誉称号。古浮村十分重视文化的传承和保护，精心采编历史资料和民间传说，编撰《古浮村志》《古浮历史与民间故事》。这两部村志史料内容丰富，抢救性地发掘和保存古浮村即将被湮灭遗忘的珍贵乡土资料，近 30 万字，图文并茂，异常珍贵。

2020 年，古浮村以海洋特色养殖产业入选福建省农业农村厅"一村一品"示范村，以丰富的原生态自然景观和深厚的人文资源获评省级旅游乡村。古浮湾以乡村旅游为主轴的蓝图正缓缓展开，一曲曲渔舟对唱响彻古港，一排排紫菜飘香古村，一席席鱼虾海鲜任君品尝。古浮湾正敞开古朴又青春的胸襟，喜迎四方宾客。

（2022年"乡村文化记忆主题征文比赛"）

探寻"石井留香"

——民间考古发掘记

2010 年 12 月 30 日是安海古镇的大喜日子，海内外为她举办了十分隆重的 880 岁寿辰庆典。2011 年又是古镇一个十分特殊的年份，政府决定对古镇的核心区海东鸿塔片区拆迁改造，古老的"三里街"将变成现代化商业步行街。到 10 月初，随着拆迁进入末声，中山路、糖房埕、七房埕、车房后、石狮巷、广全巷、奉旨崎、关帝宫、仁福宫、高厝围、杉行口等老安海熟悉的地名已经成为历史的记忆！海东鸿塔片区这个地带是古安平的发源地，当年的码头、车站、商号、戏院、古街、花园鳞次栉比，300 年前的景象一脉相传，清华大学古建筑博士来规划时大为赞叹，称其为闽南地区保留最为完整的古建筑群。此前地方文史爱好者也通过多种渠道指出其蕴含的历史价值，曾经一度引起各方面的高度重视，还成立了保护领导小组，并聘请了专家顾问。但是由于古建筑与新区规划"格格不入"，大部分无法保留。如今站在泉安老车站的旧址往北仰望只有一片瓦砾像座光秃秃的小山丘，地上的东西没了，地下遗留的文物怎么办呢？如果不及时发掘保护，将愧对先贤，对后人无法交代，有的将永远成为"谜"，其中就有"石井留香"的传说。

于是，我就有了倡议保护的想法，来一个抛砖引玉，带动民间各界共同参与抢救。

时间已经到了 10 月中旬，等工程队开始施工后，就更无从发掘了，必须立即行动。随后我在拆迁办、金墩家族、拆迁构件收集保护组几个单位之间进行密集的沟通，各方终于达成共识，以抢救保护文物为重，无论如何也要将这批《千年安平》遗留的珍贵东西抢救出来。经过努力，挖掘的费用、人员都安排到位，很多热心地方文史公益活动的人士纷纷义务加入，一次民间文物考古拉开序幕，发掘的区域定在原金墩黄氏家庙旧址（现安海中心小学范围内），面积 5000 多平方米。

安海宋代建制时镇名为"石井"，这是无可置疑的，但史书和民间都有这样的记载，说在糖房埕金墩三房大厝里面有一口井，据

说这口井就是宋代"石井"名称的缘故。相传井底有一块大石头，刻有朱熹题写的"石井留香"四个字。朱熹是否真的在一块石头上题写"石井留香"四字，并将刻有四字的石头放置在某一个古井底呢？另一项重要信息是，在现中心小学范围内。中心小学原来是金墩黄氏家庙的旧址，1968 年由于小学改建之需，将金

墩黄氏家庙拆除，当年精美的石雕尽埋于地下填做基础，这是很多人知道的事。

10月16日上午10点40分，挖掘机的怪手开动。曾经居住在金墩黄氏家庙旁边的热心黄氏族人纷纷前来指引，第一铲在小学南大门边的草地开挖。到下午收工时，一片近百平方米的地被挖个天花乱坠，只出土几条石板、素工石柱础，重要的古物还没有出现。

17日，出土两个雕刻麒麟、鹿、莲花图案的辉绿岩柱础，水波纹图案的墙群，两根牌坊圆柱。可是珍贵的石狮、石鼓埋在何处？义工们紧张了，要不要继续发掘呢？我让大家不要灰心，给了大家一个定心丸，表示费用没问题。再多方查找当年知情人，热心人提供了一个重要信息，当年一直在工地打杂工的黄阿婆最熟悉埋藏的地方。电话接通说明原意后，行动不便的黄阿婆答应明天一大早将来现场指点。

18日下午3点30分，奇迹出现了，两头辉绿岩明式石狮子、一对石鼓、石门槛、数十件石构件在地下掩埋了43年重见天日。两只古朴威武的狮子还相当完整，展现了明代工匠的细致雕工。根据近代编修的《金墩安平黄氏宗祠创建始末概述》中记载，金厝祠堂始建于明成化年间，真正大规模的修建是在曾任礼部尚书的黄汝良归乡后主持进行的。根据记载，当时不仅在规模上进行扩建，而且装饰上也竭力追求完美。金厝祠堂于 1626 年修建完工。几年后，崇祯皇帝还赐了一个"源深泽远"的匾额。清初，金厝祠堂因迁界被毁坏。1684 年复界后，黄氏族人于 1695 年再次重建了家庙。当时是在原址上重修，应该有再使用到祠堂毁坏后遗留下的旧构件。

24 日发掘石井，出土半圆形的井石、井砖，26 日在井底发现了一块两面磨光的石板，但是没有雕刻任何字。完成对宋代古井的发掘和清理后，大家既欣喜又失望。喜的是，正如传闻所言，这一口宋代"古井"井底果然有块条石。石头长约 50 厘米，宽约 44 厘米，高约 12 厘米。但石头双面都是人工打磨过的光面，并未发现任何刻字。这口宋古井极可能是安海志书中所记载的"第一井"——"石井"。1983 年编修的《安海志》记载："石井，在宋石泉门内往东上，水南门内昼锦坊前，北至高处，转西十余步，井居屋畔，石盘做底，中泐一缝，泉自中出，清冽甘美，临海不碱，人以为奇，故名石井，并以名镇，亦以名书院。"地方文史爱好者认为，临海的淡水水源本来就很难得，所发掘的石井不仅为石头砖头所砌，而且工艺很好，担当得起安海"第一井"。不过，这口古井是不是就是安海"第一井"，现在还需要进一步的考证，有待于更多的专家对此研究。

11 月 15 日，安海对这一口宋代古井的发掘暂时告一段落，文史界却已掀起热议。

有关史籍对朱熹题写的"石井流香"有很多版本的记载。安海籍华侨大学中文系退休教师陈增瑞一直注意收集有关朱熹的史料书籍。1992 年南安编纂的《丰州集稿》，以及 2007 年陈荣捷著的《朱子新探索》中，都提及朱熹题字在安海第一井"石井"中。

据《丰州集稿》记载，石井的底下有块大石，而朱熹题了"石井书香"四字在那块石头上后，泉水就从字中出来了。

《朱子新探索》的记载用的是民间传说的笔法：朱熹留下的四字是"石井留香"，朱熹当时常往来于同安晋江两地讲学，途经安海，有一段时间还在安海小住，甚至打算在安海定居。定居前，朱熹请来工人凿井求泉。没想到凿下后竟碰到石头，朱熹因此放弃凿井的想法，并写下"石井留香"四字，让石匠刻在那石头上。没想到，字一刻好，泉水就突然涌出，而且清冽如镜。

《丰州集稿》所辑录的是清人留下的史料，《朱子新探索》则是研究朱熹的新著作。对比起1983年的《安海志》和2000年的《安平志》，这几本书对古井的地点形制的描述都十分相似。唯一有出入的是，志书提及石井后来引为镇名、书院名，却没有提及朱熹题字石井之事。

本次考古发掘的另一个意外收获，就是说明了一些史料记载朱熹题字"石井留香"留石在第一井的记载可能有误。

对此，晋江市文联副主席颜长江分析，1130年，安海建镇之时，朱松为第一任镇监，当时安海就称为石井镇。因此可以推测，在没有建镇之前，安海就有石井的叫法，但是不是志书上所说是引用"石井"井名则有待考证。不过，可以确认的是，朱熹出生年份和安海建镇时间同样是1130年，"石井"的叫法应该早在朱熹出生之前就有了，安海第一井"石井"不可能是朱熹开挖的。很有可能是当时的安海人们对朱熹怀有深厚的感情，故而民间流传出朱熹题字在石井的说法，以至一些史料将民间传说录用其中，导致后人误解。此次的古井发掘，正好让世人有机会来发现这个误传。但是，更为重大的发现是，这口井在南宋建炎四年（1130）安海建镇之前就存在了。

10月25日，部分发掘出的"井砖"及瓷器残件，送请省古建专家、福建省博物院文物考古研究所副所长楼建龙鉴定。楼建龙通过瓷器推断：正在发掘的古井在宋代就已开始使用，至少有八百多年的历史。出土的瓷器残件叫作"莲花杯"，通过其形制及底部的"庵六"两字，可以看出"莲花杯"是寺庙里用来供奉用的香炉。因此，也可推断这口古井极可能是寺庙的专用井，而且这个寺庙的规模还比较大。

"虽然出土的莲花杯为古井断代提供了依据，但'古井'本身具有更重要的价值。"楼建龙说。以前，公共水井就是村落、聚落的活动中心。通过古井的数量，也可看出当时的人口情况和社会的发展程度。特别是宋代，人类凿井的工艺比较高，这也可从安海发掘的这口古井中得到佐证。该古井砌有双层，外层整齐的井砖不仅起到了防护、美观的作用，还可以过滤杂质。一般古井的防护没有用那么好的砖，常用的是一些碎瓦片。本次考古还对原明清时期金厝祠堂地下文物进行了抢救性发掘，历时一个月，出土辉绿岩古石狮一对、石鼓一对、石麒麟一件、石柱础、石板数十件。同时出土了极其珍贵的宋代安平桥石栏杆一件，刊刻着"当镇旧市周圆舍叁佰贯文造此间愿延福寿"铭文，印证了古代安海的地名沿革和安平桥当年造价，该物现藏于石井书院。出土的实物印证了如今的鸿塔片区早在南宋以前就是一片人口稠密、商贸繁华的地方，"千年安平"古老美丽。

（原载《五里桥》2011年）

江夏黄家军抗倭传奇

古桥、白塔、红砖厝，"出砖入石皇宫式，燕尾屋脊高高翘"是我的家乡安海镇的一道靓丽风景线。这座千年古镇始建于南宋建炎四年（1130），古称湾海、石井、安平，有"文风丕展播远誉，文物胜迹甲一方"之誉。这里与金门一水之隔，一条源于厦门翔安覆鼎山脉的鸿江由镇西蜿蜒向东汇入安海湾。如果你站在安平桥闸往北眺望，只见一条望不到尽头的古石桥横跨在碧波上，宛若天边彩虹。整条桥都是用每条数吨至数十吨的花岗岩石板架筑，全长五华里，俗称五里桥，"天下无桥长此桥"这个世界纪录保持至今已经八百多年了。1961年郭沫若先生畅游安平桥时即兴留下了"英雄气魄垂千古，劳动精神漾九霄"的赞美诗篇，桥头的白塔凌空而立，如威武勇士守护着古镇。步入镇区，长达三华里的古街贯穿南北，直达千年古刹龙山寺。八百多年来，朱熹、王慎中、郑芝龙、郑成功、弘一法师、郭沫若等许许多多英雄豪杰、文人墨客都曾在安平桥那斑驳又光滑的桥板上留下足迹，诸贤人或生活、或讲学、或战斗、或游历。踏足在三里古街的石板路，龙山寺、石井书院、霁云殿、星塔、忠义古庙等星罗棋布的古迹无不诉说着古镇辉煌的历史，徜徉其间真让人流连忘返。夕阳西下，一轮红日落在安平桥西畔郁郁葱葱的鸡笼山间，彩霞倒映在波光粼粼的海上，气象万千，"两桥跨海，鸡峰耸翠"的安平古八景尽入眼帘。这里自古商家林立，孕育了闻名于世的"安平商人"，安海港直通南洋，市井十洲人，造就了这个被誉为"海滨邹鲁"的繁华之地。然而，富庶而淳朴的家乡却在明朝嘉靖年间遭到了倭寇长达十多年先后八次的进犯。商号被抢、宗祠焚毁、妇孺被辱、壮丁绑杀，千年繁华毁于一旦。

掀开历史，明代倭患、清代甲午战争、近代抗日战争，几百年来一幕幕野蛮侵略令人难忘，国仇家恨，罄竹难书。近年以来，关于日本扣押我国渔民、拘留香港保钓人士，日本政府购岛等一系列侵犯我国主权的闹剧，激起了全国人民的极大愤慨，"钓鱼岛事件"让世人瞩目。对此我们必须高度警惕，勿忘国耻。翻开厚重的《泉州府志》，抗倭史实历历在目。最为壮烈的是记载着的一位民间抗倭义士，令我自豪的我的八世祖黄仲公。他当年组织了一支空前绝后的民间抗倭民团——"江夏黄家军"，虽然他的事迹至今已经四百多年了，但是他的义举载入史册，永不磨灭。在此我更加怀念民间抗倭

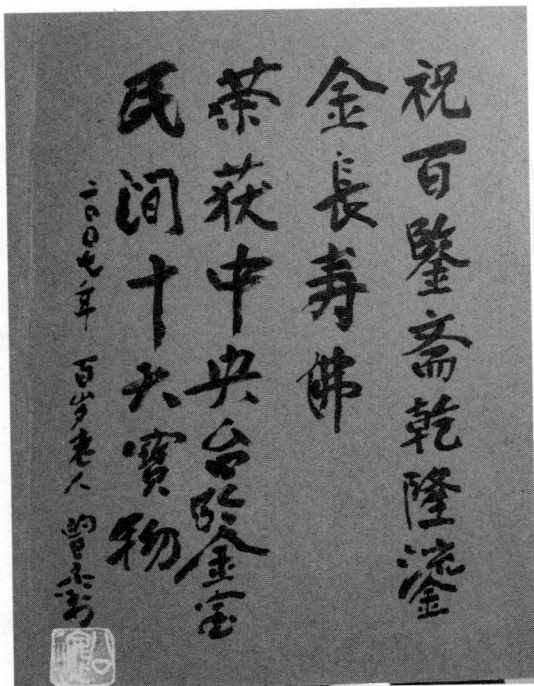

祝百鉴斋乾隆瓷
金长寿佛
茶获中央台鉴金奖
民间十大宝物
二〇〇七年 百岁老人 曾□□

民族英雄黄仰和"江夏黄家军",我要讴歌抗倭先烈的壮举来激发全国人民团结一心保卫国家的坚强决心。

元末明初,一股日本商人勾结亡命武士在浙江、福建沿海骚扰劫掠,时称"倭寇"。而地方上不法之徒或借其名杀人越货,或与倭寇相互勾结攻城略地。由于朝政昏庸,倭患越演越烈,百姓不堪其苦。此间安平镇还经历了一场倭害浩劫,成群结队的倭寇烧杀抢掠。据《晋江县志》载,嘉靖年间泉州区域有倭寇数支,贼众万计,有些长期屯扎在英林、潘径、泗州、石菌沿海等地,时时对安平镇虎视眈眈,先后八次攻入镇里烧杀抢掠。其时安平城没有驻镇官兵戍守,倭寇来犯乡民逃窜,百姓生命财产损失惨重,市民的生命财产遭到重大损失,民不聊生,极为惨烈,官府无能为力。

这一天义勇子弟返家过节,而倭贼闻知安平城内市民乡勇解严在三里古街举办"嗦啰涟采莲"欢庆活动,没有戒备,即由磁灶集众改行水道乘船直扑安平城。欢庆活动中的男女老少忽闻倭贼由磁灶前来围攻安平城,顿时惊慌,一时场面大乱。乡民争相从南门(现水心亭)上安平桥西奔,殊不知倭贼船只正在安平桥海港,误上安平桥的难民又返回拥入安平城,数以百计全副武装的倭寇上安平桥追杀。危急时刻要组织乡勇已经来不及了,黄仰立即聚集黄氏族丁数十人奔安平桥头拒敌,经过几个时辰的搏斗,杀倭首十余级,贼终败退,难民得以保全。然而失败的倭寇贼心不死,又召集盘踞在海上的三千贼寇发起疯狂进攻。面对当时寡不敌众的情况,有人劝黄仰,先避其锋芒,退守城内,黄仰不纳且曰:"逃,匹夫也。以一身活万人,丈夫责也。纵不敌而死,亦王事之忠。忠,我素志也,得死所矣,夫复何恨哉。"遂率从弟廷英以及族丁在安平桥头与倭贼血战,终因众寡悬殊而全部壮烈牺牲。

接着又奉泉州府太守熊汝达的命令转战晋北洛阳一带,率乡兵败倭贼于洛阳桥畔，设计生擒狡黠魁首"蹩脚番"，继又在磁灶大破贼敌。倭寇丧胆不敢再犯，沿山路出境，泉州城得以安宁。黄家军在历次的抗倭斗争中做出重大的贡献，涌现出黄堪、黄回清、黄时清、黄中色、黄廷英、黄可立、黄宗成等众多英烈，以大无畏的英雄气概谱写了捍民抗倭的壮烈诗篇。

黄时清，字以时，号榆，伯善长子，授涠广布政司副理问。伯父黄仰牺牲时贼势弥漫，英雄虎胆的时清却昼伏近郊夜入贼营，认数十尸，负尸而归，人服其胆。灭掉贼寇嚣张气焰，鼓舞了安平人民抗倭斗志。

安平城外东郊的菌柄是黄氏族亲的聚居村，与盘踞在英林、潘径等地的倭贼正相对垒。黄中色就在菌柄统辖抗倭时英勇殉职。中色字伯尚，官授主簿，同族兄仰统辖抗倭，仰殉职后，中色不屈不挠，继续带领族丁义勇，在菌柄宗亲的支持下诞守防御。嘉靖四十年辛酉（1561）十一月初六日倭寇入犯，当时战斗惨烈，敌众我寡，古屋尸首堆半壁，中色就在菌柄统辖抗倭时英勇牺牲。黄中色之子黄可立，字以经，继承父志继续奋战于菌柄，也于嘉靖四十一年（1562）在菌柄抗倭中献身。

金墩黄氏七房八世黄宗成，字伯国，参加了菌柄抗倭之役，后避难到莆田祖地，是渭阳黄氏一世祖。

金墩黄氏族人与安平民众同生死共患难。不论文士武夫，前仆后继，不怕流血，坚持抗倭，牺牲巨大，赢得了安平城的安宁和繁荣。至嘉靖四十三年（1564）戚继光、俞大猷出奇兵歼敌后安平城终于设防汛机构驻军，为此倭患铲除而获平安。黄仰公组织嘉靖戊午抗倭保卫战而壮烈牺牲，明朝廷下旨旌表义烈，钦赠州同知，封承务郎，崇祀泉郡忠义祠，荫子回青冠带生，《泉州府志》列传褒扬。"江夏黄家军"的抗倭义举可歌可泣，是一曲抗击日寇侵略的响亮号角，"北戚南黄"官民同心合力抗倭，是古代抗倭史上绚丽的一笔，在中国抗倭史上具有重要的地位。这段可歌可泣的民间抗倭史，将永远被后人传颂！

（原载《福建文学》2012年第12期）

风狮爷的守望

说起风狮爷，名气最大的非金门风狮爷莫属。我的家乡晋江市安海镇与金门岛仅一水之隔，三年前我去金门旅游就深深地感悟到风狮爷的魅力。无论从码头到机场、从街头到田间、从酒店到商场，一只只憨态可掬站立的风狮爷笑迎我们，风狮爷成了金门岛名副其实的形象代言人，令我印象极深。作为一个土生土长的安海人，其实我对风狮爷并不陌生，因为家乡的街头巷尾、民居墙头、寺庙校园都有年代久远的风狮爷，我是在风狮爷的呵护下长大的。

何为风狮爷？风狮爷就是人性化了的石狮子雕像。常见的石狮子雕像都是卧狮，而风狮爷则是抬起前脚的立狮，犹如威武的石将军。

据雾云殿实物考证，这对石狮成对且带莲花炉，两只狮子均为站立，包含吉祥辟邪含义。

先说说风狮爷的"祖地"——我的家乡安海。安海古称湾海、石井、安平，南宋建炎四年（1130）建镇，位于泉州府南门外六十里的安海湾，晋唐时期就有先民繁衍生息。漫步安海镇区，古港、古桥、古寺、古街、古塔比比皆是，安平桥（五里桥）、三里街、三十六巷就是古镇的经络筋骨，五里桥全长五华里，素有"天下无桥长此桥"之美誉。安海曾经是闻名全国的四大名镇。安海又是民族英雄郑成功生活、学习、战斗的第二故乡，郑成功短短三十九年的一生，在安海度过了二十二年，当年他的战船从安平港出发，驱除荷兰殖民者收复台湾。我家就在五里桥头白塔脚下的石狮巷，石狮巷以巷口的那只石狮子而得名。安海的大街小巷都有风狮爷，霁云殿有明代风狮爷，安平桥头有宋代石狮子，糖房埕古厝门口有唐代石狮子，广全巷墙面上也刻有威武的石狮头。由此可见，安海的风狮爷信仰可以追溯到唐宋时期。

风狮爷的渊源与天气有关，东南沿海一带常年遭受风沙侵害，苦不堪言。风狮爷和"煎堆补天""投堆"，就是先民抵御自然灾害的神秘古老习俗有关。

今年入夏以来，闽南一带绵绵细雨断断续续下了近两个月，这种天气俗称"49日黑"。遇到"49日黑"，按照安海的习俗，家家户户都会"煎堆补天"（《泉州府志》载），祈求老天爷停雨，这个习俗也不知流传了多少年。当年奶奶常常给我讲女娲补天的传说，她说"堆"是端午节祭祖拜神上好

的供品，将"堆"奉献给天神女娲娘娘，女娲娘娘就会用"堆"将天空的漏洞补上，雨就会停下来。"煎堆补天"只有在端午节这一天才举办，"煎堆"也就是煎煮一种面食，制作非常简单，只需备好小麦粉和糖即可。将麦粉和红糖调和成糊状，打上一大勺的麦糊放进油锅中，煎成圆圆的薄饼，片刻的工夫，颜色金黄、香润可口的"堆"就可以上锅了。

　　端午节犹如小年兜（春节），也是小孩子最快乐的日子。吃甜"堆"，穿新衣，拜祖先，挂艾草，烧遍术、蝉蜕，做完这些仪式，接下来就是去"投堆"了。"投堆"活动主要有水上捉鸭和"嗦啰涟"采莲两大节目。每年的端午节我都会回家过节，每当回忆起孩童时的"投堆"，真是回味无穷。只要你在端午节这一天到安海来，就可以亲身感受"投堆"的狂欢乐趣，忘却烦恼。午后时分，家家户户都会扶老携幼涌向街头"投堆"，万人空巷。望不尽首尾的安平桥犹如一道美丽的彩虹飞架在碧波荡漾的江面上。瞧瞧！这一边，海上捉鸭比赛犹如杂技表演，一个个矫健的游泳高手在三米多长涂满牛油的竹竿上小心地行走，有的四脚朝天掉入水中，有的展开双臂走向终点夺得肥鸭；再瞧！那一边，在一座座出砖入石、高高翘起燕尾脊的古厝间，人山人海、彩旗飘扬、鼓乐齐鸣，只见十多个穿着清朝服饰模样的铺兵和花婆抬着龙王头，前面的领队高举着妈祖宫"嗦啰涟"采莲队的旌旗，风一般地冲进居民的家中，唱着"嗦啰涟"采莲歌。花婆给各家各户分发清香扑鼻的玉兰花并献上驱邪祝福的吉祥闽南四句（顺口溜）。据领队介绍，"嗦啰涟"是古越族人的遗风，这项的民俗如今只有安海传承下来，入选国家级非物质文化遗产保护项目。

　　看完水上捉鸭和"嗦啰涟"采莲表演，踏上中山路三里古街，漫步雨脚架（街道两旁的过道），品尝几口土笋冻（当地特产），冰凉甘甜的土笋冻犹如一剂清热降火的良药，炎热的暑气即刻消除。走过中山南路、中山中路，拐进圣殿巷，就到了风狮爷的"行宫"——霁云殿。霁云殿是闽南现存最大最古老的道教古建筑群，始建于五代后唐年间，殿建于20级石梯的高台上，面阔五开间，宽16米，进深16米，面积250多平方米，占地3000多平方米。风狮爷立在精雕细刻有飞马、麒麟的辉绿岩石座上，底座高60厘米、狮子高120厘米，母狮仰立抱着小狮嬉戏、雄狮捧着绣球，威武古朴，造型奇特，保存完好。霁云殿古时是安海最高处，殿宇筑就于丈余高的石台上，殿里原供奉北极玄天上帝，即道教掌管北方之神。据传其门槛与五里桥头白塔顶的葫芦齐高，古时立于其上，似居云间，整个安海湾一览无余，因故而得名。奎光阁20世纪50年代是养正中学的旧校区，霁云殿被辟为郑成功纪念馆，1962年11月，郭沫若还特地前来参观考察。我每天都从风狮爷的跟前经过，顽皮的同学们有时会爬上狮背，抚摸光亮狮身，玩弄口中的石珠，可是不管怎么挑逗，她依然笑口常开。那个时候我也不大清楚她的来历，倒感觉风狮爷很有灵气。她的跟前还有一座青石莲花尊和一个桌子大的石香炉，香炉上刻有康熙乙未年（1715），每天都有老人在跟前跪拜上香。霁云殿风狮爷顶风沐雨，守护一方，这是闽南地区现存最早的传说是司镇风煞的风狮爷。

今年的天气有点反常，"煎堆补天"过后，雨还是下个不停。六月上旬，台风"海贝斯"夹着瓢泼的暴雨向古镇咆哮袭来，蜿蜒的三里古街水沟爆满，防台风警报拉响，预报从广东汕头至福建泉州一带登陆。我也赶紧提醒隔壁独居的黄阿婆要做好防备，但是老人家却说再大的风雨有霁云殿的风狮爷顶着呢！后来，"海贝斯"

经过两天的盘旋，到汕头登陆去了，为此，黄阿婆津津乐道地说是风狮爷的功劳。不论风狮爷和"煎堆补天"灵不灵验，我觉得这种优秀的文化遗产得到传承和发扬才是真谛。

（原载《福建文学》2013第12期）

安海暴动：辛亥革命福建的第一枪

2011 年是辛亥革命 100 周年。1911 年 10 月 10 日，武昌起义一声枪响，标志着辛亥革命的全面爆发。就在武昌起义后的第 28 天，1911 年 11 月 7 日，发生在晋江安海的火烧武衙门事件打响辛亥革命福建第一枪！现在，很多人非常好奇，为什么辛亥革命福建的第一枪偏偏在古镇安海打响，而不是发生在福州或厦门？这场暴动究竟是怎样发生的？真正的起因又是什么？谁又是这场暴动的真正策划者？泉州辛亥革命期间又是怎样的？中国同盟会泉州分会副会长黄中流有哪些义举？

安海打响了辛亥革命福建的第一枪，两千民众火烧安海分县武衙门事件。1911 年 11 月 7 日，这是一个值得安海人铭记的日子，因为安海人发动了一场暴动，一把火烧了清武衙门，安海暴动事件让安海被载入辛亥革命史册。安海当时设分县，由晋江县丞驻馆办公，分管安海、石狮事务，是泉州城的第二政治、经济、交通中心，在泉州府辖区具有举足轻重的影响。

在泉州的光复斗争中，晋南重镇安海首先发难。早在光绪三十四年（1908），广西蒋某到安海，先后联络陈少宝（菜馆主）、陈铁（工人），议定组织武装举事，并委派两人负责。之后，陈少宝与陈铁的好友杨丙先后发展革命军二十多人，蒋某亦陆续寄来经费。宣统三年（1911）春，蒋某带来"革命军"的黄袖章，约定于9月或10月起事。11月7日晚，驻安海清军与杏芳林酒店人员陈长（西宫人）发生争执，引起民愤，革命党人随即鼓动群众包围都司衙门和汛防衙门。清兵逃跑，暴动群众先焚毁都司衙门、汛防衙门和驻防军营地，后又捣毁大埕头（现成功中路）的粮局，拆毁分县衙门。

1911年11月8日，也就是安海暴动的第二天，安海街头出现一张革命军的公告，曰："焚毁文武衙门和粮局等乃推翻清政府的必然行动，是革命军所为。安海同胞务须照常安居乐业，不必惊慌，耐心等候大军前来处理善后，建立新政府……"这张告示，如同给安海民众打了一剂强心针，人们放下心中的石头，该做什么做什么。几天过后，人们却发现这是一张借革命军之名的伪告示。原来是杏芳林酒店老板为推脱责任，请人代书，将这一事件的全部责任推给革命军，要是清政府前来追究，可以直接找革命党人，而与其他百姓无关。但是如果没有革命党人的参加支持，事件只能作为一般民事事件而被清军镇压，正是有革命党人的引导指挥，才会取得辉煌的胜利。

革命是由旅日爱国华侨陈清机领导的。陈清机（1881—1940）又名火萤、经纶，出生于安海镇，但是由于家庭贫困，他没有上学的机会。姑父王春牧看到清机聪明伶俐，十分喜爱他，就把他接到家中，并栽培他上学。1905年，陈清机东渡到日本创业，当年在东京加入中国同盟会，对孙中山的革命活动给予资金支持，并且定居于神户。1911年夏，在辛亥革命爆发前夕，陈清机回晋江，与闽南同盟会骨干许卓然、陈少宝等人组织秘密团体"革命军"，在安海展开秘密活动。1911年农历九月初七，"革命军"发动民众反对官府，焚毁安海大小衙门，打响了辛亥革命福建的第一枪。据记载，安海"焚毁衙门事件"比省城同盟会党人组织的福州新军起义早了 11 天。

安海暴动后，陈清机又回到了日本。陈清机在经商的同时，还继续与在日本、中国的革命志士保持联系，仍然秘密地进行着革命活动。后来，他先后参加了反袁斗争，与十九路军将领和国民党内反蒋势力发动"福建事变"等。陈清机在安海暴动事件中发挥了重要作用，是这场暴动的真正策划者。

虽然安海打响了辛亥革命福建的第一枪，但这段史实一直以来都没有引起人们过多的注意。安海文史研究者陈德贤研究发现，当年发生在安海的这场暴动，其实是福建有历史记录的最早的辛亥革命活动。福建辛亥革命首先在安海得到响应，是因为安海当时在清光绪末年就有革命党人的活动，有早期同盟会会员陈清机的指导和资金支持，反清革命思想在广大市民群众中得到普及。也就是说，安海有各阶层的革命土壤，安海打响了辛亥革命福建的第一枪这一观点应该得到了史学界的充分肯定。

晋江华侨积极参加辛亥革命。在辛亥革命前后，海外晋江华侨纷纷响应孙中山先生号召，积极参加资产阶级民主革命。他们或秘密参加同盟会，从事革命活动；或踊跃输将，购买枪支弹药，支援革命斗争；或毅然回国，参加武装起义。据《缅甸中国同盟会革命史》记载，晋江华侨参加缅甸中国同盟会者有魏继汉、刘懋飞、林登庸、陈文固、陈允洛等 45 人。魏继汉（又名声苗）为当时旅缅华侨最早加入同盟会者，他与庄银安（同盟会会长，同安华侨）、徐赞周（副会长、厦门华侨）等人创办《光华日报》《进化报》，鼓吹革命，报馆经费大多由他负责。武昌起义后，魏继汉又与陈清波等人首先劝捐，接济军饷，被尊为当地华侨具有开国功勋者之一。陈允洛参加同盟会时年仅 20 岁，他与革命党人吕志伊等编《进化报》和《党民日报》，积极参加活动，被推选为缅甸中国同盟会文案科员和仰光中国同盟会参议员。民国四年（1915），他奉命携款返回厦门参加反袁（袁世凯）运动。

新、马地区的晋江华侨参加同盟会者也不少。李辟尘入会后，被推为同盟会吡叻分会秘书。沈鸿柏、杨昆郡、王德义、邱仰峰等人在马六甲创办中华书报社，积极鼓吹革命。庄汉民于新加坡参加同盟会后，在革命党机关报《中央日报》工作。曾奉命返回泉州开展革命活动，参与谋杀泉州知府，因炸弹未爆而未能如愿。后来，他又投身于泉、厦地区的反袁斗争。菲律宾晋江华侨同盟会成员中较著名的有史国答、刘友竹、邱奕经等人。陈光纯和郑光鼎返国参加泉州光复活动，与印尼归侨蒋报策一起负责泉州保安会财政工作。树兜村印尼华侨蒋以麟18岁时与父亲蒋报策、叔父蒋报料一起加入泗水中国同盟会。辛亥革命时，他们三人及蒋报料之子蒋德卿奉命携带枪弹返回泉州，与当地革命党人许卓然、林含碧、黄中流等人取得联系，开展革命活动。蒋以麟独捐巨资作为活动经费，同时，还亲自往军衙面见泉州防军协台唐万胜，晓以大义，迫其反正，使泉州得以顺利光复。蒋报料父子则往厦协助王振邦组织策动厦门光复工作。厦门光复后，蒋德卿任厦门军政分府副都统。旅日晋江华侨万廷璧、陈清机等人也在日本参加同盟会。万廷璧被日本神户华侨称为"革命文魁"。武昌起义时，万廷璧捐献巨资购买军火，受到孙中山先生赞扬，民国成立后被任命为南京国民政府侨务委员会常务顾问。辛亥革命前夕，陈清机和午卓然等人在安海组织革命军。

宣统元年（1909），郭治齐及吴瑞玉等人奉命到泉州，同革命党人王雨亭等进行革命活动。盛九昌也于此时回泉州与施雨苍接上组织关系，一面参加革命宣传，一面组织南部义勇队。还有苏松柏等人组成的革命组织。

宣统二年（1910）十月间，侨居印尼的革命党人蒋以麟回国密谋起义。他在泉州结识革命党人许卓然、黄仁敏、杨光涌、杨光练、苏年福等人，后又联络从南洋陆续回乡的华侨盛九昌、庄汉民、叶青眼、傅维彬等人。这时，同盟会革命活动引起反动绅士及知县的注意。宣统三年（1911）二月初，蒋以麟暂时离泉回到泗水，召集革命党人研究推动家乡革命的计划，选举蒋以芳兼理国内财政，王少文主持各处通讯。泗水的财政工作改由蒋报料与蒋报和共同负责。

"黄家军"前仆后继参加辛亥革命。辛亥革命前后，泉州黄氏族人积极参加同盟会，拥护孙中山的革命主张，主要人物有黄中流、黄仁敏、黄永亮、黄光复、黄萍秋等人，其中黄中流最为突出，贡献最大。1911年10月底，中国同盟会泉州分会成立，黄中流出任副会长，一面准备起义，一面策动泉州府协台唐万胜反正。黄中流，南安丰州旭山人，清同治二年（1863）生，7岁入村塾，后就学于泉州养正学校。清光绪三年（1877）考进泉州惠世医院医生班，勤学业优，被该院主持人、英国籍医师颜大辟器重，尽心传授，在学五年均名列前茅。

光绪八年（1882），中流毕业后在泉州开设医馆，馆名"辟生堂"。他医术精、医德好，行医几年，名扬泉属各县直至南洋各埠，地方官员对他相当尊重，眷属有病请他诊治，地方政事也向他咨询。清末，晋江县设咨议局，中流受聘为咨议员。中流关心地方公益事业，曾任泉州佩实小学、新隅小学和永年保人寿、允康保人寿董事，参与发起创办泉州电力公司。中流拥护孙中山的革命主张，在孙中山组织中国同盟会时特地到香港与孙中山会晤，并加入同盟会，接受革命任务，回泉州开展工作。当时驻泉清军多为哥老会成员，协台唐万胜是哥老会首领。为在哥老会中发展革命势力，壮大革命队伍，中流设武馆授徒，借机与唐万胜交往，并加入哥老会，掌握该会重要权力。后孙中山派人到泉协助中流开展工作，中流以"辟生堂"为联络中心，以行医为掩护，在社会各阶层中联络开明人士，组建武装起义力量，与泉州革命党人一起共谋光复大事。清宣统三年（1911）十月间成立泉州同盟会，中流任副会长，协助会长蒋以麟领导泉州光复工作。

光绪三十二年（1906）春，许卓然、叶青眼等到泉州后，发展多人加入同盟会，设立秘密机关。同年，黄中流回泉州秘密进行革命工作，开设武术馆，以此进行联络。以后又扩大与教会、医务界及地方开明人士的联系。孙中山又先后派香港胜家公司代办林华珍（福州人）和日本朋友久野、犬冢太郎等到泉州协助黄中流开展革命活动。福州、厦门相继光复的消息传到泉州后，革命党人立即聚会商议，决定发难。但不敢举行武装起义，仍决定争取协台唐万胜反正，这暴露出革命党人的软弱。经过蒋以麟与唐万胜谈判，双方协议主要内容有：唐的官衔保留旧称，光复后，按官制法规定，保荐唐仍任泉州之职；兵饷问题，如唐接受反正，暂付款1000元发饷安家。随后，唐万胜填写加入同盟会志愿书，盖上指模，介绍人袁子良。双方约定11月19日上午10时升旗放炮，举行光复典礼。之后蒋以麟又会见知县黄逢年，说明唐万胜同意反正，请他响应。宣统三年（1911）十一月十九日上午，同盟会会员在开元寺集中出发，依次到府衙、县衙和协台衙门，升起同盟会会旗，鸣枪三响，宣告泉州光复。附近各县随之响应，宣布光复。

泉州光复后，中流不居功求官，仍开馆行医。民国元年（1912），孙中山在南京就任中华民国临时大总统，颁给中流二等勋章和纪功奖状。孙中山还题赠"医兼中外""泰西华扁"两匾额给中流，褒扬黄中流精通中、西医，医术堪比我国古代名医华佗、扁鹊。中流在泉州辛亥革命中担任主要领导人时发挥了重要作用，是江夏黄氏的骄傲，是辛亥革命先贤。

记雅颂轩

安海百鉴斋收藏馆珍藏着一张发黄的老照片，照片的上方题写着"鸿江雅颂轩全体在鲤廊陶适口口"的字样，二十位身穿白长衫加马褂面目慈祥的贤者分列两排留影其中，前排右边一个少年提着写有"安海雅颂轩"字样的灯笼。鲤廊就是弦管（南音旧称）演奏的场所，陶适是指一群对音乐、乐器有共同爱好的人在一起陶冶情趣。照片中的团队统一着装，阵容整齐，说明鸿江雅颂轩规模非同一般，安海音乐界当时活跃繁荣。这张雅颂轩成立初期的照片摄于民国十年（1922），是目前南音界遗存的最久远的照片之一，使得一批南音先贤的芳容存留供后人瞻仰。

雅颂轩名师辈出，初期有刘金镖、许昌珑、黄禄树、蔡焕东、高铭网；新中国成立后有黄守万、张在我、蔡炎成、蔡森木及现任社长陈育才等，可谓人才辈出，青出于蓝。

南音一代宗师高铭网教授，又名文网，晋江安海高厝围人。生于1892年，自幼聪颖好学，就读书塾时即深得老师好评。1907年，安海雅颂轩南音社成立。铭网以才华破格立邀入轩，师承东石桂林许昌珑等三位名师，经过12年勤学苦练、认真钻研，唱腔曲艺、管弦指法日臻纯熟，洞箫、二弦、琵琶、三弦、嗳仔（唢呐）等乐器演奏技艺尽皆精通，南音乐理造诣深厂。1929年，菲律宾历史最悠久的南音组织——菲律宾长和郎君社的总社师席遗缺。高铭网经乡贤王金川昆仲举荐前往菲律宾任教。对拜师学艺之人，铭网先生均热情接待，尽心施教。太平洋战争爆发后，铭网先生刚好回国探亲，因水陆交通中断，遂在家乡居留。此间，他积极组织学生下乡担任南音教师，创作抗日救亡歌曲到处传播。抗战胜利后，先生重返菲律宾任教。1955年底，铭网回故乡安海定居，他重主雅颂轩教席，经常到泉州、厦门等地讲学表演，开展曲艺交流；参与中国唱片厂首次南音录音活动和晋江《南音全集》的编写工作。他还组织数十场的南音演唱和文艺踩街，创作了一批南音作品，培养了一大批南音人才。1956年，铭网当选为晋江县人大代表、县政协委员。1958年3月24日，铭网先生于故乡安海与世长辞，享年67岁。铭网手稿《南音指谱全集》先后两次在海外出版，被视

为至宝。铭网手迹《南音指谱全集》及散曲共八部还被影印、扫描编入《中国泉州南音集成》。

　　雅颂轩 1949 年改名为"安海南音社"，1977 年更名"安海雅颂南音社"。现有成员 162 人，社长陈育才。1995 年与印尼顶放音乐基金会及 1996 年与新加坡传统南音社缔结为"姐妹社"。现尚存有名琵琶"扬波"一把，系抗战前厦门四大名琵琶之一，一块清代用于弦管围奏的"腰子桌"及鸿江雅颂轩老照片，弥足珍贵。

原载《千年安平》

安平东斗妈宫稽古

镇之西隅有镇西古地，俗称西宫，乃古安平二十四境之一也。东斗夫人妈宫，始建于何时，阅之乡记，问之嗜老，无考。然查阅明《安海志》载，安海二十四境始于明季，明崇祯年间郑芝龙建府邸于畔，郑成功家族曾在镇西境境域内重兵镇守。先有宫，而有西宫地号，地以宫而名，宫当建于明季之前。清初辛丑迁界而毁，康熙复界后里人重建合祀。前殿奉祀田都元帅，后殿祀东斗夫人妈。

拜斗源自东汉桓帝时，据《五斗经》载，北斗落死，南斗上生，东斗主冥，西斗记名，中斗大魁，总监众灵。世人若礼斗朝真，便可消灾解厄，增福延年。东斗注算，护命星君，东斗妈乃东斗星君夫人。相传西宫一带原有一片茂密的树林，又临海滩，甚是荒凉，路人恐惧，特别是孩童都不敢经过。据传，有一年，当地暴发瘟疫，病死者无数，孩童尤甚，人心惶惶。在灾难爆发的危急关头，此处每当夜间却频发异光，显现一尊面目慈祥的老妇人立于林间，手执尘拂，曰："本尊乃东斗星君夫人也，前来注生护幼，庇佑妇人生育和孩童健康。"乡人纷纷抱孩童去跪拜，甚为灵验，全部康复，瘟疫得以消除。这一天是六月初一，弟子信女虔诚地为东斗妈举办隆重的生日庆典，后来又留传"走佛""过桥""换花"等注生护幼的习俗。田都元帅，原名雷海青，俗称"相公爷"，唐朝莆田县人，生于唐开元十三年（725）正月十六日，唐玄宗时期著名宫廷乐师，安史之乱雷海青抗命不从，举起琵琶痛击安禄山不中，被安禄山下令肢解示众。雷海青的忠烈事迹传播天下，安史之乱平定后，唐玄宗追封其为"天下梨园都总管"。唐朝肃宗皇帝追封其为太常寺卿，宋朝高宗皇帝加封为大元帅，威灵显赫，是音乐界、戏剧界的保护神。

东斗夫人妈宫清代、民国间屡有重修。1978 年重修，重塑金身，香火极盛。2015 年拆卸重建，面阔 5 米，进深 15 米，由拜亭、元帅殿、夫人妈殿等构成，近期又增建牌坊、廊道，雕梁画栋，随类附彩，仿古鼎新。楹联：昭示着西宫东斗夫人妈宫悠久之历史，逢盛世而重兴，与西宫古街联为一体，古色古香，实乃安平一胜迹。

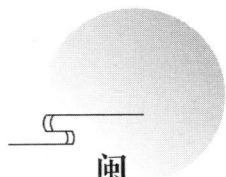

闽台亲缘

五彩圣旨印证闽台商缘

2008 年 CCTV 寻找民间国宝活动中评选的民间十大宝物五彩绫缎圣旨，足见历史文化名城泉州市和著名侨乡台胞祖籍地石狮市丰富的文化底蕴和历史文化传承。两件五彩绫缎圣旨尤为珍贵，评审专家对这件宝物的评语是："此藏品系清朝嘉庆年间的《诰封圣旨》，虽已历时 200 年，依然字迹清晰、金碧辉煌、光彩夺目，富贵、豪华气息不减当年，对研究清朝官制以及清代针织、颜料等方面的演变、发展都有极大的价值。"更为重要的是这一民间宝物的发现，印证了一段闽台缘的佳话。台胞林先生激动地拿出从台湾带来的资料核对其祖上的老商号，"日茂行"的开创者就是该宝物的主人，由此演绎了一段两岸同胞同根同源血缘和商缘以及蚶江鹿港对渡的史实。

在石狮永宁镇（原古卫城）和台湾鹿港目前都保存有一座完好的"日茂行"古大厝，其建造者就是永宁人林振嵩。林振嵩（1731—1798），号泰侯，谥毅圃，乾隆二十五年（1760）渡台经商，先在鹿港谋生，初从事零售食盐，经营有方乃成富家。当时清政府开放鹿耳门与石狮蚶江对渡，泉台贸易更为繁荣，"林日茂商行"生意蒸蒸日上，很有名气，拥有显赫地位和经济实力，被称为绅士。此时林振嵩先后出巨资倡建鹿港敬义园、迁建鹿港龙山寺、倾资助饷平定台湾林爽文起义、主持建造鹿港天后宫，由此其父子皆被政府授以监生加六品职。乾隆五十三年（1788），林振嵩回大陆永宁告老，他在鹿港创建的"日茂行"便交三子文浚去管理经营。林文浚此后在台湾经营三十二载，全权代理台湾彰化课馆（代收税款），将"日茂行"之事业推向鼎盛。

林文浚（1757—1826），字元品，是"林日茂"家族一位十分关键的人物。他秉承乃父遗风，善于经营，又与官府保持着密切的关系，在地方公益事业及家族事务中都扮演着重要角色。嘉庆六年（1802）十二月，皇帝颁赐两道制诰以彰表其功，即为本次CCTV2008石狮寻宝民间宝物。该宝物为绫质，长80厘米，宽35厘米，由汉、满两种文字分别用红、绿、朱、墨、蓝五种颜料书写，圣旨盒用金丝楠木雕刻而成，高60厘米，宽45厘米，雕刻三组蟠龙镂空图案，通体贴金，保存完好，圣旨原文如下：

奉天承运皇帝制曰：资父事君，臣子笃韦躬之谊，作忠以孝，国家宏锡类之恩。尔林振嵩乃捐职州同加二级林文浚之父。善积于身，祥开阙后。教子著义方之训，传家裕堂构之遗。兹以尔子克襄王事，赠尔为奉直大夫，锡之诰命。于戏！珠荣必逮于所亲，宠命用光夫有子。钦兹优渥，长芘忠勤。

制曰：奉职在公，嘉教劳之有自；推恩将母，宜锡典之攸隆。尔蔡氏乃捐职州同加二级林文浚之母。壶范宜家，凤协承筐之嫩；母仪诒（　），载昭画荻之芳。兹以尔子克襄王事，封尔为宜人。于戏！彰淑德于不瑕，式荣象服膺宠。命之有赫，益贲徽音。

嘉庆六年十二月初九日

林文浚

　　嘉庆六年（1801）以后，林文浚参加台湾社会活动更加频繁，进一步为台湾台南、彰化、鹿港等地公益事业做出了重大贡献，主要事迹有嘉庆八年（1803）捐银一千两重修府学文庙、十二年重修鹿港天后宫、十四年蔡牵之役捐巨资救活难民以万计、十五年至二十年捐资倡筑彰化县城、十九年捐三千五百八十两重修鹿港圣母宫、十九年捐一百大元重修台南魁星楼、二十一年平出施粥救济饥民万计、二十一董建彰化文昌帝君祠、二十三年捐建彰化教谕署、二十三年参加重修鹿港敬义园等义举。对家乡的公益事业大凡修桥造路、书院学舍、寺庙宝塔、祠堂祖墓更是慷慨解囊，其捐输皆数以万计，参加社会公益活动甚多。嘉庆十四年（1809）再次下旨"加四品职衔"，住台观察糜公奖以额曰"绩佐抚绥"，朝廷、官府褒奖有嘉，这在当时是绝无仅有的。

　　"林日茂"商号是在清代开展两岸海上交通贸易的背景下发展起来的，他们两岸都有商号，共同经营形成家族群体，资源共同管理和继承。这些族人虽然分处两地，自然、社会环境不尽相同，然而由于家族血缘相连以及交通贸易往来频繁，形成了这个家族共有的文化传统。除了一部分族人渡台外，很多人仍留在老家。渡台的先辈死后大都归葬大陆，其基业便由分居两岸的六房子共同继承，由此形成了横跨海峡的家族群体。"林日茂"的史料已入展中国闽台缘博物馆，并作为专题展览。

　　目前，在永宁的林氏后人仍完整地保留着林振嵩夫妇、长子元科夫妇的巨幅画像，碑记、林文浚墓志铭及墓葬、古宅等珍贵文物，都是闽台一家的实物。这件清嘉庆五彩圣旨不仅是民间宝物，而且是见证福建石狮市与台湾鹿港贸易往来的重要文献，据报道台湾鹿港"林日茂"古厝已列入文化古迹重点保护，石狮市永宁古卫城之"林日茂"古商号的有关历史遗存是两岸同胞共同的文化财富，也应列入国家文物保护单位加以修复保护。

　　　　　　　　　　　　　　　（原载《石狮日报·东方收藏》）

两岸两安平

　　两岸两安平，西边的安平镇建于南宋建炎四年（1130），因海上丝绸之路交流发达而建。东边的安平镇建于康熙元年（1662），民族英雄郑成功收复台湾后因怀恋故乡安平，将荷夷占据的台南热兰遮城改名而建。

　　安海古称湾海、安平、石井、鸿江、泉安，汉代称"湾海"，以其地处"九十九曲"的石井江之滨，海湾航道弯曲而名。公元1130年建镇，地处晋江平原西南部，镇域面积55.7平方公里。全镇辖7个社区、35个村，常住人口接近20万。作为人口大镇、经济重镇、文化名镇，中原文化、海洋文化和文教传统在安海完美融合。安海历代人文荟萃，学风鼎盛，薪传不息。因朱松、朱熹父子和郑芝龙、郑成功父子在安海留下足迹，有"二朱过化""朱文郑武"之谓。全国重点文物保护单位安平桥、龙山寺坐落在安海，各级文物保护单位十三处，历史建筑集中成片、古村落保护完好。2008年6月，安海端午"嗦啰嗹"习俗被列为国家级非物质文化遗产名录，同时拥有县（市）级非物质文化遗产数量10个。

　　安海镇地理位置位于围头湾内，在泉州城南二十余公里濒海处。扼晋江、南安两县的水陆要冲，依山临海，海湾曲折，海面开阔，风浪小，是宋元时代泉州海外交通的重要港口和避风良港。

主要姓氏有黄、吴、颜、陈、高"五大姓",安海是"闽学开宗"之地,自古以来文脉相承、人才辈出。宋代著名理学家朱松、朱熹、朱在三代人在安海倡学兴教,开堂授课,使得安海文风更盛。泉州文庙明伦堂旧有一联云:"圣域津梁,理学渊源开石井;海滨邹鲁,诗书弦诵遍桐城。"说的就是"二朱过化"的这段历史。海上丝绸之路起点泉州港是宋元时期的世界第一大港,安平港作为其属港,相因见盛。元末明初,泉州港盛极转衰,安平港非但未受影响,甚至在明初,泉州港的贸易一度转移到安平港。安平商人自古就与徽商、晋商齐名。与徽晋两商相比,闽商更注重对外贸易,是海洋经济的代表。安平仅以一个镇,却能与一个地区、一个省的商业规模相提并论,实在令人咂舌。安平商人凭着一股敢闯敢拼的精神,足迹遍及大江南北、长城内外,乃至西南夷地,海外则泛东西洋。改革开放以后,安海这片热土上已经发展起了恒安集团、亲亲集团、盼盼食品、晋工机械、兴业皮革等国内龙头企业。安海镇的综合经济实力连续几年保持在福建十强镇的前列,并被中央宣传部等五部委评为"全国创建文明小城镇示范点"。2016年5月,安海镇成为省级历史文化名镇;2019年1月,安海镇成为第七批中国历史文化名镇。

两岸两安平镇,两安平港往来密切,留下了大量的历史遗迹,足以印证两岸地缘相近、血缘相亲、文缘相承、商缘相连、法缘相循的"五缘"关系。安平商人、安平古港、安平古城在历史上都具有重要的地位,虽难经历了历史的沧桑,战争与人为的摧残,但如今仍然保存着极其丰富的历史文化遗产,古镇涉台之古桥、古寺、古祠、古乐社、古商号、名人故居、古佛雕店、古风狮爷……比比皆是,都是可以印证闽台交流史的重要实物,这些重要史迹也是闽台交流史的璀璨一笔。

安平古商号建筑群堪比"乌镇"

　　安海是福建四大名镇之一，位于福建省晋江市南部，与金门岛隔海相望。安海古称安平、石井，自古文风丕展播远誉，文物胜迹甲一方。现有土地面积 67 平方公里，辖 41 个行政村和 5 个街道居委会，人口 12.1 万。安海镇历史悠久，自公元 1130 年建镇，至 2010 年已 880 周年，是闽南文化古镇和商贸重镇。因朱松朱熹父子和郑成功在此留下深刻足迹，故有"二朱过化""朱文郑武"之谓。安平桥、龙山寺、石井书院、霁云殿、星塔、忠义古庙、三里古街以及"出砖入石，红砖白石"的古厝群等古迹，无不在诉说着安海历史的辉煌。

　　海东鸿塔片区是古镇安海的发源地，也是古安平的经济和文化中心，当年金墩码头、泉安公路起点、繁华商业中心尽在其中。泉州南建筑博物馆馆长詹秋冰给予很高评价，他介绍，该地图将穿插建设其中的现代建筑进行弱化处理，集中展现了安海古厝建筑群体。更难能可贵的是，该图并没有将闽南古厝脸谱化，而是对各具特色的建筑形制分别体现，对于来泉州的外地游客、南建筑爱好者以及古建筑学者而言都具有较高的观赏、研究价值。此前已有国家级古建筑专家专程考察了施氏四房古厝群，均赞叹不已。詹馆长表示，要将《安海古厝手绘地图》以及各古厝速写图收藏在南建筑博物馆。他表示，如果剔除钢筋水泥的现代建筑，安海中山南路片区保留了较完整的古镇肌理，街巷脉络清晰，闽南风格形制各异的古厝都能在这里找到，建筑集中度较高，加上南边全国有名的安平桥进行烘托，并不亚于"乌镇"等江南名镇。片区内珍贵的涉台古建筑有：

施氏古厝群是闽台缘的重要实物。施氏古厝群是珍贵的涉台文物，由施琅部将施秉、施世榜（台湾水利之父）父子建造，现中山路也是当年由施秉复建。该古厝群共有九座，建于清康熙初年，古朴典雅，规模宏大，比南安蔡资深古民居还要壮观，至今已有三百多年历史。目前现存七座，分别是一房（现施厝巷现李厝）、三房（在糖房埕，内有一口古井，安海故称石井出以此）、四房五房二房（石狮巷五房崎）、七房九房（七房埕）、六房（型厝已废）、八房（现改建西隅小学已废）。值得一提的是镇南安海港片区拥有一片黄氏宗祠建筑群，包括黄氏宗祠、接官亭、南天大厝、尺远斋、黄虞稷故居、四黄涉台古商号，义源、新源大厝、振茂黄裕记、和金、盛金等26座古厝。黄氏宗祠位于中心小学东南边，是海内外5万多金墩黄氏族人的朝拜地，原黄氏宗祠现在成中心小学，中心小学东对面就是南天大厝，被文物专家誉为"目前晋江保存最为完整的古民居"。尺远斋是解元黄志清故居，又是民国立法委员黄哲真旧居。往南不到百步，便可见一座义源大厝（古商号），也是典型古民居。往东8米就是接官亭（泉州镇级区划仅存两座，另一座在飞钱里）和黄虞稷故居，黄虞稷是世界级的人物，古代目录学的鼻祖。接官亭则是黄汝良（明末重臣，倾资助郑成功复台）当年用于迎接圣旨和各级官员之用，于明朝天启六年（1626）修建，距今有近四百年。四黄涉台古商号，包括义源、新源大厝、振茂黄裕记、和金、盛金等26座古厝，这些古商号都有自己的船队，常年有船只数十艘往来于安海与台湾之间，以金墩古码头为基地，建有商铺、货栈的商业街区，码头边出土的一方清光绪年间捐资重修妈祖宫的碑记就记录了多达七百多家的古安平商号名称。

高长春古厝。高长春古厝有最精致闽南雕砖，在石狮巷头，古厝原主人为黄汝良，黄汝良官至太子太傅，人称"金太傅"，明末倾资助郑成功收复台湾。厝对面设有一座马房，专门给码头运输的马匹提供休息。今三孔井遗址尚存，马房已经翻建，高长春古厝清末由当时做木材生意的高长春购得，目前该古厝保存完好。

五里长虹闽台缘

靖海候施琅重修五里桥碑。康熙二十二年（1683），靖海将军施琅收复台湾，回乡省亲，因连年战乱，五里桥、洛阳桥年久失修，出资同时重修。施琅侄子施韬（施显之子）于康熙二十二年随施琅收复台湾，授荫"左都督"，官至礼部右侍郎。致仕回乡后，乐善好施，康熙五十年（1711）捐资重修五里桥，康熙五十一年（1712）又捐资重修东洋桥。

台湾知府徐汝澜万古流芳碑。碑额曰"万古流芳"，徐汝澜，

析津人，进士出身，嘉庆六年（1801）初授晋江县令，任满后嘉庆十三年（1808）升台湾府知府，治台八年政绩突出，嘉庆二十一年（1816）再迁为泉州知府。该碑计两方，分别记载清嘉庆十三年、二十一年两次重修安平桥的捐款人芳名，碑文由升任台湾府知府的徐汝澜撰写。碑文载道："泉之属巨桥有二：一为万安，一为安平。万安之建，自蔡忠惠始，其桥为泉之通衢。圮而叠修者屡，至今完且固。而安平距郡城西南六十里，地与南安接壤……日就倾颓，行旅往来咸以为不便……丁卯维夏，计余从事兹土，凡七易寒暑。"徐知府从晋江县令任上丁卯六月即为重修安平桥而奔波，至戊辰九月完工。碑文记载他两次带头捐俸白银六百两，并发动泉州、晋江、南安、台湾等地商号、绅士、庶民、僧人共 120 户捐输白银九千余两，任满后提升回任泉州知府又再带头捐款续修。

陈万策重修安平桥碑。雍正五年（1727），进士出身翰林院侍讲学士陈万策荣归故里，里人恭请其为重修安平桥撰写碑文。该碑记述祖籍安海袭职为凤山兵马副指挥施世榜捐银五十两参修古桥之事，施世榜父亲施秉随施琅将军统一台湾，封明威将军。世榜随父袭职，留居台湾彰化，从事农业、水利开发，建设"八宝圳"水利工程，被誉为"台湾水利之父"，其安海故居"九房施"大厝今仍在。该碑由鳌屿蔡云书丹，字迹洒脱苍劲。

以上各碑记述了闽台官民上下一心，修建保护古桥的义举。当是时，五里桥下安平古港千帆点点，来往于闽台之间，一批批先民踏着五里桥厚重的石板启程往来于闽台两地，有的定居台湾繁衍生息。如今，海峡两岸，满眼风光，交流频繁，五里桥是一道架起闽台两岸和谐的七彩长虹。

（原载《千年安平》）

安海朝天宫褒封天上圣母碑

　　闽南古镇安海，古称安平，镇西南有建于南宋绍兴八年（1138）的国家级文物保护单位安平桥。2006 年，桥东畔的朝天宫旧址（古地名浮屿）后改建为粮库，因旧城改造拆迁，出土石碑两方。高 2.2 米，宽 1 米，双面雕刻，正面额篆"褒封天上圣母"，双龙浮云。碑文如下："重建朝天古庙碑记　安平镇南有朝天古庙焉，宋绍兴间构祀　观音菩萨。明万历癸酉春重修，因以南城楼　天上圣母口口堂徒　菩萨神像于后殿。天启元年，宫保黄公讳汝良立坊宫外，额曰：'蓬瀛别界'，又曰：'山海壮观'。嗣海氛不靖，宫殿灭尽，始姑就附近草创庙宇，妥神灵存祀，典尔来二百余年矣，华表仅遗。神光不时显耀，都人士复因小屿重建，规模在地，鸠赀祗足疙材，得住持僧广苗花钵四方丹舟以备，自光绪己丑迄庚子十余年阙工告竣，计糜金七千两有奇爰，志始末并题捐芳名。诸丽牲之石以垂不朽云。"背面额刻"皇清"，双龙图案，花岗岩刻制，落款"光绪二十六年岁次庚子腊月佛诞日诸绅董泊住持广苗重建同立石"。碑文刻有捐款商号（人）的芳名，其中大部分都是安海、台湾两地的古商号，郊、行、号、栈、船、商人等多达 720 户。这方石碑明确记载了安海朝天宫始建于南宋绍兴年间，与安平桥同时落成于绍兴八年（1138），至今八百多年，同时与

《安海志》《金墩安平黄氏大宗谱》等史书上所记载的时间相吻合，说明了安海朝天宫是泉州市范围内最古老的祀奉妈祖的庙宇之一。

碑记的下半部分是捐资捐地的芳名榜。捐资芳名榜中有许多台湾郊商。此次重建最大的一笔捐款是台郊金万顺捐银叁百圆，此外还有台鹿船商捐银八十圆，台鹿金长顺捐银六十圆，金万顺店租钱六十伍千贰百文几十家鹿港、澎湖等地商号，船商长顺船、瑞成船、胜源船、怡隆船、泰和船各捐银四圆等，碑文记载了光绪二十六年（1900）台湾商号和货船捐资修建妈祖庙的史实。另一方碑刻为亨田氏敬书，七绝诗一首"江干闲日月，顿觉世情疏，苔径连云白，松风入夜虚"，落款刻有台厦郊合福顺敬的字样，该碑文行书入草，笔画流畅洒脱。该碑宽60厘米，高80厘米，辉绿岩磨制，台厦郊是澎湖商人的商业组织，合福顺是台厦郊住安海的下属分店。

安海朝天宫，古称神山观、天妃庙，俗称妈祖宫，始建于南宋

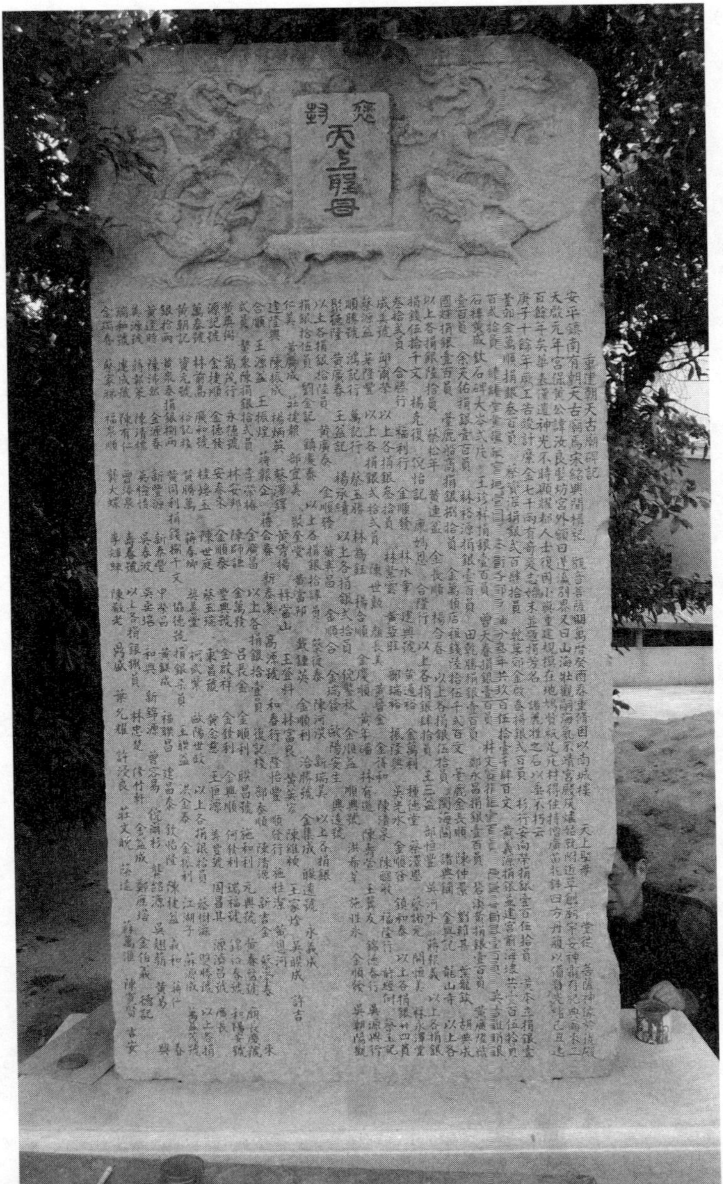
敕封
天上聖母
重建朝天古廟碑記

绍兴八年（1138），里人黄护建安平桥同时初构于水南门内。明万历二年（1574）衢州同知黄伯善捐俸提倡重建于浮屿（现粮食转运站），建五开间三落殿堂，额曰"神山观"。天启元年（1621），太子太傅（"金太傅"崇祯皇帝师傅）黄汝良立华表于庙前，镌"山海壮观""蓬瀛别界"，大学士张瑞图题匾"海不扬波"，因浮屿状如珠，似蓬莱仙岛，曰"海吐珠宫"，时被誉为安平十景之一。

　　安平港自古就是古泉州对外贸易的重要港口，在泉州港（后渚港）尚未建成的晋唐时期，武荣州治设于丰州。当时安海称为湾海，航道深邃，建有东西两市，海外贸易大都由安平港进出。据传当时立有石碑四方，其他两方刻有重建碑记和捐款额较大商号，可惜已经遗失。当时这些古商号大都经销台湾土特产，碑文载"长顺船、瑞成船、胜源船、怡隆船、泰和船以上各捐银圆四元"，五条船就是往返安海与台湾的货船。由此可见当时安海港帆樯林立，三里古街商家数以千计，对台贸易十分频繁，因而早在宋代就建有供奉妈祖的庙宇，以祈求海上航行安全。两方古碑记载了台湾、安海通商史，见证了两岸两安平港，碑记拓本入选中国闽台缘博物馆收藏展览，弥足珍贵。那么为何有两岸两安平港呢？

　　碑文中记载的"海氛不靖，宫殿灭尽"就是的历史上的"丙申毁镇"。清顺治丙申年（1656）清政府为了切断沿海民众与郑成功的联系，对东南沿海30里实行坚壁清野，安平镇废，天后宫被毁。至康熙甲子（1684）复界再建，只能"始姑就附近草创庙宇，妥神灵存祀，典尔来二百余年矣，华表仅遗"，易号朝天宫。清光绪间，住持三秀、广苗募资重建，占地十有余亩，遂成大观。抗战期间，中殿被炸损，20世纪60年代被拆改为粮库，古迹蒙尘。

　　朝天宫另一方立于1988年的芳名碑也记载了台湾嘉义同胞捐

资重建朝天宫的善举。清末有台湾嘉义布袋镇蔡姓商人往来于安海经商，见此地风光满眼，香火极盛，每次必往参拜，虔诚祈求请回妈祖真身往台供奉，乃迎得殿上妈祖金身"三妈"神像入台，蔡姓族人于住地布袋镇兴建神殿供奉，庙号"安海宫"，此后年年前来"割香"。新中国成立后，闽台交流中断。两岸恢复往来初，安海宫理事会遵照前辈交代，多方寻找祖庙无果（此时已无存）。1985年，金墩朝天境信众再倡重新，1988年诸乡绅集资倡议重建，台胞蔡崇礼闻讯前来寻根，并将此讯告知安海宫理事会，真是踏破铁鞋无觅处，得来全不费工夫，经核对安海朝天宫就是台湾布袋镇安海宫的祖庙，安海宫理事会立即组织蔡长祥、蔡福田等47位台胞前来谒祖，捐资八万余元共襄盛举，新宫落成之日又组团前来参加庆典。

目前，朝天宫六易其所，古庙重光。地方文书爱好者多方搜集老照片，古匾真迹，楹联墨宝，画制雕刻清代朝天宫全图，重修张瑞图"海不扬波"匾额，两岸两安平镇，两岸两安平港的重要史迹得到修复保护。2013年农历三月二十三日安海朝天宫再次重建落成，珍贵的"褒封天上圣母"碑是十分珍贵的闽台缘文物。

附录1：朝天宫洪钟铭

公元二零一二年夏晋南安海朝天宫大钟成住持秀恋姑与诸理事相倡和之盖将百钧焉使来请曰是法事之盛也宜有铭曰

泉州晋邑安海朝天宫始建于南宋绍兴八年里人黄护倡建安平桥成之古称神山观天妃庙奉祀妈祖明万历二年衢州同知黄伯善捐俸倡重建于浮屿额曰神山观天启元年太子太傅黄汝良立华表于庙前镇山海壮观蓬瀛别界大学士张瑞图题匾海不扬波誉海吐珠宫时为安平十景光绪二十六年诸绅董泊住持广苗重修澎湖台厦郊合福顺敬助抗战

间遭炸毁一九八六年台湾布袋镇安海宫诸信士捐资重新塑释氏诸佛同祀二零一六年鸿塔拆迁易址历三年而就朝天宫六易其所古观重光泉州晋邑朝天宫募缘铜钟一口堂前钟楼永充供养恭祝共和国昌盛十方檀信福惠庄严四恩普报三有齐资法界含灵道法自然均沾利乐

公元二零一二年岁次壬辰陆月拾柒日百鉴斋主谨记

安海朝天宫理事会诸诸绅董

主缘　当镇型厝村颜才钦黄珀莹伉俪捐助

苍南县铸匠郑继标造

附录2：朝天宫重建碑记

台湾嘉义布袋镇安海宫善信捐资芳名：

蔡长祥捐人民币壹万元

蔡崇礼　黄丽水　翁棕各捐人民币陆千元

陈海树　王尽福　蔡崇铭　蔡明村　翁炯庭　蔡崇在　蔡银来

黄进成　蔡启芳　王昭国　黄俊达　蔡　于　陈土受　郭新川

吴西华　吴素妃　林素金　蔡崇森　蔡黎典　蔡文郎　蔡文祥

蔡任生　蔡长钦　蔡崇贵　蔡长吉　蔡长明　陈明贤　陈海党

蔡崇协　郑福成　蔡福田　蔡崇田　叶清鸿　赖娘科　林　敏

简中仁　蔡坤霖　蔡崇元　蔡崇银　蔡天福

蔡长酒　以上各捐人民币壹千伍百元

蔡建二　翁水秋各捐台币三千元

公元一九八八年孟冬立

金门风狮爷"根"在安海霁云殿

闽南古镇安海古称安平，在镇北制高处耸立着一组古建筑——霁云殿。该殿是闽南现存最大的道教古建筑群，始建于五代后唐年间。殿里原供奉北极玄天上帝，即道教掌管北方之神，在不久前重修该殿时发现石柱上刻有明代万历乙巳、崇祯辛未年间重修时的年号和捐款人芳名，现存的建筑式样及柱础、石鼓、石狮均为宋、明物件，霁云殿当为明代以前建筑。20世纪60年代初开辟为郑成功纪念馆，存有郑成功玉带、头发、塑像等珍贵文物。

目前在金门163个自然村中，48个村落有风狮爷，总计56尊，有蹲踞式和直立式两种，其中蹲踞式11尊、直立式45尊，一般有一米多高，质料几乎全为石头，都立于村间路边，百分之五十九分布在东北部的金沙镇。西部的风狮爷绝大多数为砖泥质，时间上较为晚近，一般安放在屋顶墙头，是金门极具特色的民俗景观。而大型风狮爷是金门机场标志性的雕塑。

何为风狮爷？风狮爷就是人性化了的石狮子雕像。清人林焜熿《金门志》记载："隆冬海风飙骤，飞沙滚尘。东方滨海村家，沙压于室埒，夜栖宿房庐，旦已闭塞，辟除之，始得出入"，由此可见当时金门沙尘暴之惨烈。因民间认为石狮子司镇风煞，遂有了风狮爷的信仰。风狮爷究竟是金门的土产，还是传自他地？近代台湾学者许维民在《金门风狮爷》一文中指出："从地方的家谱来探讨，现今金门的血缘聚落，其先祖甚多是宋、元、明时从泉州一带迁徙定居的。"明代以前泉州一带就有风狮爷的信仰者，明代闽人谢肇淛《五杂俎·人部》就有"石狮无言而称爷"的记载。

据晋江市志记载，顺治十八年（1661）清廷实行迁界封海，"滨海梵宫民居，悉为灰烬，唯龙山寺岿然独存"，在东南沿海地区保存明代古建筑实属罕见。是时石台高耸，殿宇凌空，一望无垠，殿下残垣断壁，芳草萋萋，硕鼠成群，野狗出没，安平古港樯倾楫摧，东南沿海三十里外荒无人烟，百姓流离失所，安海地区的经济遭到毁灭性的破坏，只有远处龙山寺的寥寥香火默默地祈祷着百姓平安。登斯殿也犹有去国怀乡，宠辱皆忘，忧馋畏讥之感，是时霁云殿上的风狮爷只能孤独地"盼"着流民归来。

据厦门大学人类学研究所所长郭志超教授发表的《金门风狮爷寻根》一文考证，金门风狮爷的根在泉州。石狮子分为两类，一类为"守门狮"雌雄成对，另一类为"风狮"，镇风镇煞镇冲，单只而立。据霁云殿实物考证，这对石狮成对且带莲花炉，两只狮子均为站立，兼具两类特征，包含吉祥辟邪含义。原泉州提督府（现威远楼）前的石狮据传原也为一对，可惜现只存一只。金门自古隶属泉州府，大部分移民均迁自泉州各县，特别是清康熙二十二年（1683年）复界，金门田园荒毁，水土流失恶化，大批移民前往开垦，为了镇煞风灾，带去了家乡的守护神"风狮爷"。一方面开垦拓荒，祈求风狮爷保护；另一方面封山育林，改造大自然，改善生存环境，使金门逐渐成为居住乐园。镇煞瑞狮发挥了重要作用，当上了重要角色，石狮子由卧而仰而立，逐渐演变，成为民间之神，并进一步人性化而成了"爷"。金门风狮爷从蹲踞发展到直立，参照泉州的立狮形态发展而来是实。风狮爷是闽台两岸民众的共同保护神和崇拜物，是两岸同胞交往的见证，是闽南先民开发金门的见证，雾云殿风狮爷是闽台缘的重要实物，在闽台关系史上具有独特意义。如今台海两岸风平浪静，海内艾安，和气充满，春风满眼，风狮爷屹立着雄姿"笑迎"四方宾客。

（原载《收藏快报》）

台湾"水利之父"施世榜与八堡圳

在台湾彰化、鹿港、浊水溪中游一带有一座建于清代康熙年间的大型水利工程设施"八堡圳",至今仍然灌溉着此地区的二十多万亩土地。该水利工程的设计、建设和投资者就是晋江人施世榜。

施世榜,原名寅,字文标,号谵亭。清康熙十年(1671)生于晋江浔海(今龙湖衙口)。父施秉,与靖海侯施琅同宗,施秉随施琅东征台湾,以军功授左都督,加提督军门,诰封明威将军。康熙二十三年(1684),沿海"复界",施秉奉命座镇安海。时安海经"丙申(1656)毁镇"后,荒废将近三十年,变成荆棘遍地、狐兔出没的荒滩野地。施秉进驻后,督令兵士开辟荒滩,按旧镇格局,建设店房八百多间,为安海归来无家的迁民提供栖身之所,收取租金,这些房屋后来成为施氏私人产业。

康熙三十一年(1692),施秉调升台湾军门提督,驻镇凤山县。世榜随父东渡台湾,三十六年(1697),选为凤山县拔贡,并授为福建寿宁县教谕。世榜无意功名,任满即告归安海经营房地产业。他在安海娶有六房妻妾,生了九个儿子。后来他为九个儿子各建一座富丽堂皇的大宅院,人称"九房施大厝"。乾隆年间九房施的后裔除七房外大部迁往台湾定居,目前,保存较为完整的还有五座，尤以七房、四房、五房的宅院最为完整宏大，每座大宅均占地数亩，有厅堂、房间、书房、花园、亭台、水榭、绣楼、石埕数十间（个）。20世纪90年代，七房在台湾的后裔前来谒祖，并捐资重修古厝。这些古厝是闽台缘的重要实物，具有较高的文物价值。

康熙四十年（1701），施秉在台湾任上去世，世榜赴台湾奔丧，并袭职为凤山兵马副指挥，从此定居台湾。时台湾正值开发高潮，范围从原来的台南推向台中的彰化和台北的淡水地区。世榜先后购置半线番社东螺平原、鹿仔港等地荒滩荒地三千多甲（40000万亩），投入巨资在台湾开发田地和水利建设。

世榜在组织开发东螺平原埔地的同时，为解决用水困难，使干旱埔地成为水田，即着手兴建八堡圳水利工程。八堡圳始建于康熙四十八（1709）年，五十八年（1719）竣工。该水利工程是按晋江古代陂圳水利结构形式设计的，主要工程是在浊水溪中游筑陂（堤坝）截流聚水，提高水位，同时开圳（渠道）导流，形成圳渠灌溉网络。世榜最先引进晋江古代陂圳结构的水利工程形式在台湾推广，成为有清一代台湾农田水利建设的主要模式。八堡圳也以其工程的宏伟、受益土地的广大而闻名海内外。世榜对台湾水利建设的重视和开发，使台湾当时的农业生产得到了空前的提高，并从闽南招募大批农民到台湾开垦土地，有力地促进了台湾社会的繁荣和发展，推动了台湾开发建设的高潮。世榜在开发台湾荒山建设水利工程的壮举，使其堪称台湾"水利之父"。

世榜将其在台湾开发建设的数万亩良田和水库分为十二份，并建立十二座收租馆管理。留居安海的七房子孙分得"秀水馆"租业，历代均派全权代表往台湾驻馆收租，把租米运回安海。

世榜乐善好施，广行善事。曾置田千亩，作为台湾海东书院膏火经费，捐资修葺凤山文庙、扩建鹿港龙山寺、重修安海龙山寺。在故乡晋江凡修桥造路、救困济灾等善举更是慷慨捐输。乾隆八年（1743），世榜于台湾逝世，其墓在泉州南安。

（原载《千年安平》）

一块古匾见证闽台龙山寺佛缘

在闽南古镇有座千年古寺安海龙山寺，该寺大殿上悬挂着一方木匾，上书"通身手眼"四个苍劲挺拔的大字。该匾由明代大书法家张瑞图所题，至今已有380多年了。此匾长2.35米，宽1.2米，黑底浮雕金字，落款"白毫庵瑞图书"，并嵌印2方，白毫庵主、张瑞图印，边框雕刻寿字团纹。安海龙山寺是台湾三百

多座龙山寺的祖寺，供奉千手千眼观音。

张瑞图（1573—1644），字长公，号二水、白毫庵主等。晋江下行人。万历三十五年（1607）举进士第三名，天启六年（1626）擢建极殿大学士。瑞图书法奇逸，学钟繇、王羲之外，颇得张旭、怀素、孙过庭流韵。与邢侗、董其昌、米芾同为"明末四大书法家"，有"南张北董"之称。天启六年瑞图为龙山寺题写匾额"通身手眼"及对联"从闻思修大士何曾出世；发戒定慧众生各自开堂"。"通身手眼"四字高度形象地描述了龙山寺供奉的国宝级木雕千手千眼观音。远望该匾，通身手眼字字饱满迪劲，"身"字如观音站立，"手"字如一把芭蕉扇，出神入化。千手千眼佛雕就于隋皇泰（618—619）年间，由一棵直径2米的千年樟木雕刻而成，佛身高2.3米，底座、后屏高达6米；观音头戴花冠，脚踩莲花，两手弯合于胸前，双侧左右旁生1008只手，每只手底掌心都雕着

一只慧眼，手上分别执法器、书卷、珠宝、花果、乐器等，千姿百态、繁复入微、通身贴金、华丽精美，历经 1400 年保存完好。安海龙山寺千手观音据考证是目前国内外现存最多手的观音。

龙山寺最早传衍入台在南明永历七年（1653）孟春，由安海龙山寺肇善禅师奉千手观音像到台湾倡建的鹿港龙山寺。鹿港龙山寺号称"台湾紫禁城"，占地 6000 平方米，当初建寺所用石材、砖瓦都从晋江安平港运来，同时聘请惠安、晋江建筑名师渡台雕琢，石雕、砖雕、木雕、瓷雕、佛雕巧夺天工，为典型的闽南"皇宫起""出砖入石"建筑，其式样与安海龙山寺相同。清乾隆三年（1738），鹿港龙山寺再次扩建，安海龙山寺主持按照所藏"通身手眼"匾原物大小制作一方赠送给鹿港龙山寺，并一直珍藏至今。

20 世纪 80 年代末，随着两岸民众来往，许多台湾龙山寺信徒纷纷组团到安海龙山寺谒祖进香，并捐资重修龙山寺。1993 年，鹿港龙山寺按寺里所珍藏的"通身手眼"匾原样制作一方献给安海龙山寺，挂在大殿千手千眼观音上方，从而圆了两岸广大信众的心愿。由此一方匾额架起了两岸同胞法缘的一条虹桥，在闽台两岸传为美谈，也是见证两岸闽台缘同根同源的实物，弥足珍贵。

（原载《千年安平》）

郑芝龙重修安平桥

"世间有佛宗斯佛，天下无桥长此桥。"这副镌刻于安平桥中亭石柱上的对联，据传由清代安平金墩人直隶州同知黄元礼撰，衍居泉州灵慈的金墩黄氏族人武德佐骑尉黄恩承于清同治丙寅年立。这对楹联高度概括了安平桥这一举世闻名的伟大工程承载着两个"世界纪录"：一是世界上最长的跨海石桥，一是世界上最多手眼的龙山寺千手千眼木雕观音。古桥长度的世界记录保持长达八百年之久，但从严格意义上说，完全用石头建造的桥，安平桥目前还是保持世界记录。而龙山寺千手千眼木雕观音有 1008 支手，由整棵樟木雕刻而成，每支手上都刻有一个眼睛，也堪称世界之最。安平桥是第一批全国重点文物保护单位，龙山寺是第七批全国重点文物保护单位。安平桥横跨于晋江安海与南安水头安海湾之间，郑成功的家在桥东头的安海镇，而他的祖籍地在西端的石井镇。

郑成功青少年时代生活在晋江安平镇（现安海镇）。其父郑芝龙的继母黄氏娘家是安平当地望族金墩黄，世居安平镇安平港永安庄一带。郑芝龙的舅父黄程长年从事海上贸易，是当年澳门颇有名气的海贸船商。郑芝龙少年时代都在安平生活求学，明万历三十八年（1610），郑芝龙带着二弟芝虎、五弟芝豹到澳门投奔舅父黄程协管商务。郑芝龙发迹后于崇祯元年（1628）七月接受明王朝招抚任厦门海防游击。崇祯二年（1629），开始在安平镇安平桥西北侧的桥西铺兴建规模庞大的府邸，船队可以直达府邸后花园的水关。崇祯四年（1631）郑府落成，郑芝龙就将夫人丑川氏及七岁的郑成功从日本接回安平定居，郑成功在安平生活了十四年。

安平桥始建于南宋绍兴八年（1138），全长 2255 米，长约五华里，俗称五里桥。由安海桐林村始祖大富豪黄护和名僧龙祖派各捐资一万缗倡建。事过半，黄护与祖派相继云世，后由黄护儿子黄逸、龙山寺住持智渊及泉州太守赵令衿续建，前后历时 14 年而成。参加捐资、义务劳动者数以万计，其中不乏台湾、金门、马祖的同胞。桥中亭墙壁上嵌立着一方"郑芝龙重修水心亭记碑"。此碑记雕刻于明崇祯十一年（1638），额镌"水心亭记"四个篆字，高 215 厘米，宽 70 厘米，厚 15 厘米，碑身雕刻卷草纹，乃郑成功之父郑芝龙奖倡重修五里桥水心亭（现称中亭）所立碑记。碑文所记郑芝龙官职为"钦差管协守潮漳副总兵事前军都督府带俸右都督"。郑芝龙虽在潮漳为官，但是对家乡公益事业甚为关心，带头捐款修建水心亭。"中翼以亭祀大士像于上，往来便之，岁积就圮，风雨飘摇，余不胜篙目，夫一笠盖佛，昔犹美谭。使山行者歇力疲于经树，而利涉徒步之众。"郑芝龙将家乡安平桥水心亭因年代久远而破败挂在心上，故萌发重修水心亭之愿望。值得一提的是，当时郑芝龙的府第就建在安平桥的桥西铺，规模宏大，占地数十亩，府第后门筑有码头，从桥下驾船可以直达府第，可惜由于世事沧桑荡然无存（一说郑芝龙投降清廷，郑成功自拆府第建船抗清；一说郑成功抗清失败后被清兵所焚）。1962 年郭沫若游安平桥时当场赋七律诗一首，发出了"五里桥成陆上桥，郑藩旧邸踪全消；英雄气魄垂千古，劳动精神漾九霄；不信君谟真梦醋，爱看明俨偶题糕；复台得意谁能识，开辟荆榛第一条"之感叹，一方面为郑氏府第无存而遗憾，另一方面对民族英雄郑成功驱逐荷兰殖民者收复台湾发出由衷的赞叹。该碑于 20 世纪 90 年代出土，这里还要感谢古代安海乡绅的用心。清顺治三年（南明隆武二年，1646）郑芝龙归顺清廷，到北京任职，此举遭到了其子郑成功的极力反对，是年十一月，郑成功在南安焚烧青衣举起反清大旗。清廷令郑芝龙劝降郑成功并委以高官厚禄，遭到了郑成功的严词拒绝。清廷又于顺治十一年（1654）先后在安平石井书院、安海报恩寺进行二次谈判，均未能说服郑成功就范。谈判破裂后，清顺治十八年（1661）十月，气急败坏的清廷将郑芝龙全家十三口杀害在北京。郑芝龙成了谋反者，其所立之碑即被推倒，用心良苦的安海乡亲就地将石碑深埋在地下，将它完整地保存下来，使这一段重要史实重见天日。

（原载《安平桥》）

佛雕同一脉　法缘开百代

"此地古称佛国，满街都是圣人。"这对名联是宋代理学家朱熹对泉州的赞美诗句。有佛国则有佛雕（塑）店，是时，泉州城雕塑店林立，由此孕育出了一大批雕塑名家，至明末逐渐形成了安平范氏、王氏、永春文锦三大流派。然而斗转星移，世事沧桑，范、王两家相继失传，唯独文锦派庐山国依然薪火相传。

晋江安海庐山国饰佛祖铺，始创于清代雍正元年（1723）春。业主邱教贤祖籍永春，原是一介书生，因考举不第，乃弃儒学艺，受业于泉州西街文锦祖铺，复参明代雕刻家王文忠之《木雕谈薮》真髓，汲取安平镇范氏（范道生）老铺之法旨。至今薪火相传已历九代，其传人依次是邱教贤、志长、朝凤、家和、振亭、怡万、清池、汉植，当今嫡传第九代加田更是青出于蓝，发扬光大。

范道生（1630—1670），字石甫，别号清源山人。清初晋江安平人。雕塑世家，颇负盛名。道生承家业，擅长书画，尤精雕造佛像。顺治十七年（1660），应隐元禅师之邀，东渡日本至宇治黄檗山万福寺塑造十八罗汉、弥勒观音等佛像，所造佛像具有中国风格，至今犹存于日本万福寺里。此外还为隐元禅师雕造瑞像，而且接受长崎福济寺、兴福寺、崇福寺之聘前往雕造佛像。道生居留日本期间，遗墨颇多，他的《血书三世尊佛》《十八应真图贴》《罗汉图》等字画、雕像目前皆成为日本国宝。康熙九年（1670）十一月，范道生援日事毕，要归国时，不幸染病，卒于日本长崎圣寿山。

然而，值得庆幸的是庐山国汲取范道生佛雕技艺之法旨，一脉相承，其独特的艺术造诣有多方面。其一，人体比例"坐五行六"，五官位置"三程五步"；其二，衣褶处理有动、静、坐、立之分；其三，脸谱雕造则有多达三十六种类型；其四，在塑造人物性格方面注意突出典型，讲究视角处理，即"坐观""左右顾盼""上下观瞻"，从而在观感上收到良好的艺术效果，极具人性化美感。咸丰己未（1859）春，贵州著名书画家周之翰（1826—1887）慕名到安海庐山国求访拜师，同时为其店题写"庐山国"匾额，墨宝至今犹存，字迹苍劲有力、饱满圆润。

嘉庆元年（1796），台湾鹿港龙山寺进行扩建，住持慕名前来安海聘请庐山国师傅前往雕塑佛像。其时庐山国已传至第三代，志长四公子朝攀技艺高超，年方而立，即携眷入居鹿港，为龙山寺雕造圣像，开设台湾"庐山国"佛雕分店。此时正是闽南又一次移民开发台湾的高潮，各地移民纷纷请去祖地佛陀神祇过海供奉，大凡佛像、妈祖、土地、道教仙翁皆出于其手，目前大都保存完好，被广大台湾信众视为保护神和珍宝。正是两岸佛雕共一脉，闽台法缘开百代，从而也演绎了一段不了的佛缘情。

如今，安海"庐山国"店运兴隆，业务应接不暇，每年都有数十位台湾客人慕名前来订造佛像。庐山国佛雕、漆线雕工艺已被列入晋江市老字号加以保护，并通过文化部的非物质文化遗产专家组考察评定，入选保护项目，庐山国佛雕技艺代有传人，将进一步为促进闽台文化交流发挥独特作用。

（原载《千年安平》）

一对龙柱见证了祥芝与台湾的通商史

祥芝慈济宫已经有 700 多年的历史，宫内一对清朝石雕龙柱是重要的涉台文物。石狮祥芝海滩上原有一个妈祖庙，台湾彰化妈祖庙的香火就是从祥芝传过去的。清咸丰六年丙辰（1856）冬，祥芝商人蔡保胜出重金请惠安一知名石匠雕刻了两对石龙柱，一对赠予石狮祥芝村的妈祖庙，另一对石龙柱则由"蔡保胜"号轮船运往台湾彰化的妈祖庙。由于祥芝妈祖庙 1930 年毁于大洪水，妈祖庙的这对龙柱被转移到现在的慈济宫。这一对龙柱见证了 150 多年前祥芝与台湾的亲密交流，可谓是两岸妈祖信仰的"神圣之柱"。

这对龙柱雕刻十分精美，可见当年不惜重金。龙柱为辉绿岩雕就，八仙分骑两条巨龙，腾云驾雾，俯瞰人间。龙柱上的巨龙口含明珠，张牙舞爪，龙身上各站立着八仙中的四个。龙眼睛个个都突出面部很多，而且嘴巴大张，内含可转动的明珠，据文博专家介绍，当时用此种雕法雕出的龙较为罕见。

那捐建龙柱的又是谁呢？一根龙柱上写着"咸丰丙辰孟冬立"（1856），另一根上有"本里蔡保胜号敬奉"。蔡保胜号又是做什么的呢？蔡保胜七代裔孙毓敏说，蔡保胜以前经营海上运输业，当时生意规模挺大，拥有六七条货船，最大的有 500 吨，航线北到大连，南到新加坡、文莱以及中国台湾，是继祥芝船王"阿龙"之后的大商船。该对龙柱是当时重修妈祖庙时蔡保胜捐建的。乡民的口头流传当时共雕刻了两对，其中一对随商船被运到了台湾，安放在了妈祖宫。这对龙柱既见证了石台海上通商的历史，又印证了"海峡和平女神"妈祖信仰的传播。

（原载《石台亲缘》）

李道传承建鹿港妈祖庙

　　台湾鹿港有一座妈祖庙重建于民国初年，该庙由石狮李道传设计建造。李道传（1893—1936），石狮港前村人。其家族当年是闽南一带颇具盛名的建筑商，其父李大队是名建筑工匠。他从小天资聪颖，入书塾练得一手好字，少年时即跟随父亲学习木雕技艺，潜心钻研，技艺高超，尤为擅长图纸设计。16岁就到台湾承建庙宇。1910年，台湾鹿港天后宫重建，18岁的李道传凭借实力设计出整套图纸，最后成功中标。由于人手不够，他将工程转包给惠安溪池乡师傅，自己作为总工程师督建。李道传兄弟四人，个个独当一面。二弟李道松擅长木作，三弟李道田精于雕刻及洋楼建造，四弟李道针擅长瓷雕、灰塑，四个兄弟一起到台湾从事建筑业，建造了大量的著名建筑。20世纪20年代后期，兄弟回乡到永宁等地建造洋楼。现在李道传孙儿李贞藤家里还珍藏着当年李道传设计的图纸。李贞藤、李才塔继承了祖辈技艺，都是木雕师傅，还从事古建筑木雕，所雕刻的木料还是按照这份图样。该份图纸为手工画制晒图纸，以青蓝色为底，白线勾勒，历经百年，虽然有些残缺，但由于保存较好，画面依然清晰精美。据介绍，图纸原来有地面平面图、前殿立体图、后殿断面图等10张，目前还保存有庙宇平面图、侧面图、后殿断面图。每张图纸上都标明"后殿断面图二十分之

一、设计者、经理人"等字样，字迹清秀，图案线条细如发丝。从图纸上看，这座妈祖宫殿堂顶部雕梁、龙柱上的花纹都十分精美，三开间两落带埕围，颇具规模，是一份不可多得的古建筑设计实物及珍贵的涉台文物资料，印证了石台共同的妈祖信仰。

（原载《石台亲缘》）

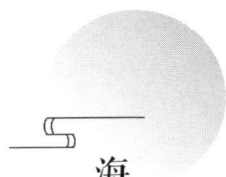

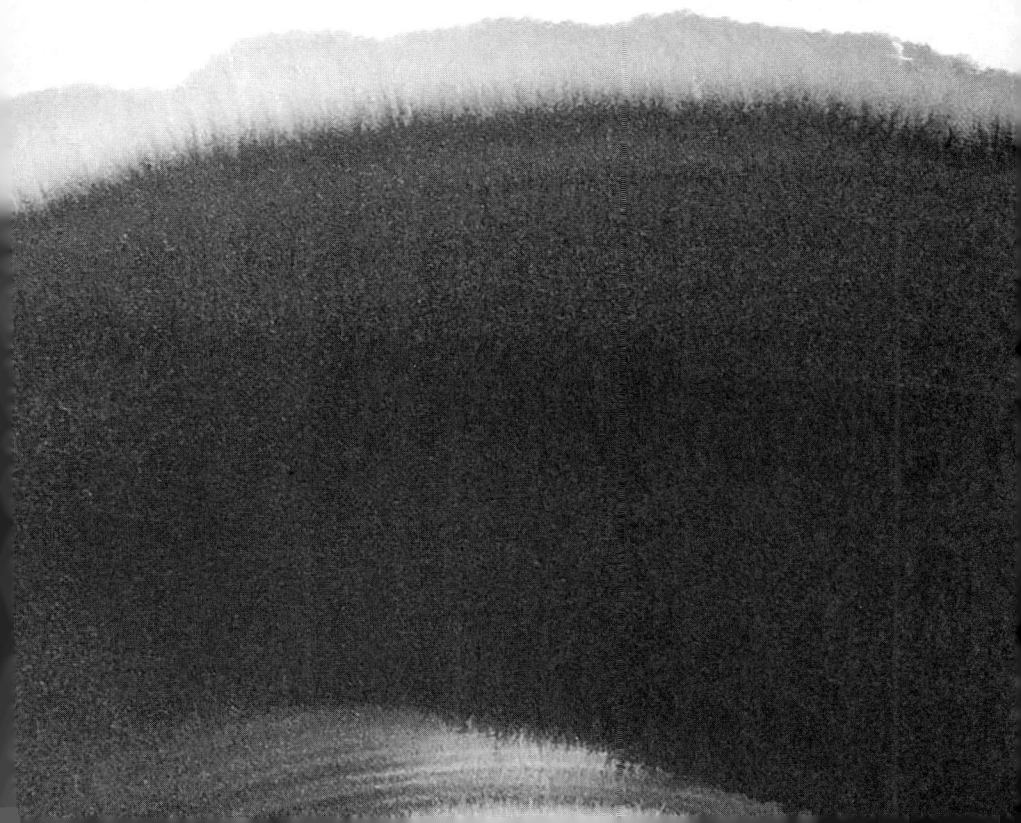

海丝人物

海丝大商人——黄护

黄护：无法忘却的安平桥倡建者

在古代，一个家族创建两个伟大建筑（泉郡开元寺和安平桥），历经千年成为全国重点文物保护单位，堪称中国建筑史上的奇迹。这个家族是泉州紫云黄氏家族。

在宋代，有一个人倾尽家财倡建两项利民工程（安平桥和石井镇廨），历经 800 多载依然受益于乡民，堪称中国慈善史上的传奇人物，这个人是黄护。

一

安平桥始建于南宋绍兴八年（1138），全长 2255 米，长约五华里，俗称五里桥。由安海桐林村始祖大富豪黄护和安海龙山寺名僧祖派各捐资一万缗倡建。黄护在当地是一个家喻户晓的古代名人，他是安平桥的倡建人和建造者，是一位航海家，中国至浡泥（今文莱）航线的开拓者。黄护（1086—1145），字迅奋，号逊顺。他并不是土生土长的安海人。黄护是泉州紫云黄氏后裔，其先祖是泉州古代赫赫有名捐地建开元寺的慈善家黄守恭，黄护的祖上黄纶是黄守恭第四子，唐代开基同安金柄，从黄纶传至黄护已是第二十三世。

黄守恭（629—712），字国材，号一翁，唐贞观三年（629）生。父黄崖于隋末由侯官迁至南安县东南十五里西洞州（泉州市鲤城区开元寺内），生守恭、守美。先祖黄元方，唐淮南道光州固始人，任东晋晋安郡太守，后隐居侯官（今福州）黄郑巷（今三坊七巷黄巷）。黄守恭少习诗书，博通经史，声蜚士林，时称"郡儒"。娶司秦西人李氏，生四子，曰：肇经、肇纪、肇纲、肇伦。又配司马氏，生有一子曰：肇纬。黄守恭创业初期从事货殖商贸，事业初成后专务农桑，开辟周围达七里的桑园，养蚕巢丝织锦，庄三白六十庙，成为名闻遐迩的庄园主。黄守恭平时扶贫济困，一生乐善好施，最著名的故事是献桑园宅建开元寺。如今我们到泉州参观开元寺，犹可以看见这株曾开白莲的古桑，大可合抱，树头主干已裂为三叉，古干龙盘，被作为珍贵文物保留下来，千百年来吸引了无数海内外游客，极大地提高了历史文化名城泉州的知名度。守恭献宅建寺，历代传为佳话。唐垂拱

宋·紫雲開基安平始祖黄護公像

海丝大商人黄护

二年（868），黄守恭把他的五个儿子召集起来，作了一首《示儿诗》："骏马登程往异方，任从随处立纲常。汝居外境犹吾境，身在他乡即故乡。朝夕勿忘亲命语，晨昏须荐祖宗香。苍天有眼长垂祐，俾我儿孙总炽昌。"说明来意，让他们迁居到同安、惠安、安溪、南安等地。也有"五子分五安"（包括绥安）之说。唐太极元年（712），黄守恭逝世，享年84岁，葬于泉州西郊（今北峰镇招峰塔后村东侧），其墓碑额曰："紫云四安始祖。"因黄守恭舍地建开元寺之后，寺顶常有紫云笼罩，故称这一派黄氏为"紫云派"，守恭子孙都以开元寺中的檀越祠为祖庙，"紫云"为堂号。黄守恭第四子黄纶（669—755），字彬夫，配智氏，于唐垂拱二年（686）自泉州携眷外迁同安县金柄（今厦门市翔安区新圩镇金柄村），为紫云黄氏同安房始祖。黄纶生七子，八女。第五子文雁于唐至德二年（757）辛丑科登进士，任监察御史，赠开国公，谥忠义。黄纶父以子而贵，赐封为监察御史，智氏封一品夫人。黄家十分重视子孙的教育，专门开书塾聘请名师教授学业。黄文龙曾孙黄

穆宗，字光龄，于唐德宗贞元三年（787）丙寅科登进士，当时同安房就有二十四位进士，其中有五人在朝廷为官，还有四知府、六士卿、三知州、六知县，荣耀至极。唐宪宗元和年间（807—820），黄文夔为漳州路总管，其子黄章呱遂在漳州篁坑传衍（今龙海县角美镇）。黄晟，字明远，生于唐宣宗大中十三年（859），累官太子太傅、明州（今宁波市）刺史。在任宁波刺史期间，为保一方安宁，于唐景福元年（892）伐石筑城18里，五代后梁开平三年（909）四月二十四日，在宁波桃花渡筑堤抗洪斩蛟龙为民除害而牺牲，吴越王钱镠追封他为江夏侯，宋太祖开宝年间（968—975）追封为仪飞将军忠济侯。宁波人民怀念他之大德，多处为他建仪飞庙、塑金身，尊为圣神以纪念。2001年，宁波市委、市政府隆重举行纪念建城1108周年暨黄晟事迹的庆典。宁波市鄞县钟公庙、金家新村、上张村、横里、九房、澍、港、曹渚村及象山一带之黄姓都是黄晟后裔。黄晟之兄黄琮与弟黄珣分别任咸铁发运副使、紫金光禄大夫和指挥使、银青光禄大夫（其匾额现存金柄大宗祠堂）。历唐、五代到北宋至道年间，黄纶十六世孙黄济，字开闵，与其弟开尚，字万顷，先后进士及第。黄济是同安筑城新设县时第一位进士，宋太宗龙心大悦，传旨曰"开科第一"，赐黄金十斤、白马一匹，游城三天，并把东门外一带丘峰尽赐以黄（此则为同安"东黄"之由来），黄家极尽荣耀！

二

在古代嘉禾里同安县一带，素有"未有厦门，先有同安；未有同安，先有金柄"的俚语相传。位于翔安区新圩镇的金柄村，于唐垂拱二年（686）开垦，至今已有1330年历史，是名副其实的厦门第一村！有诗云："垂拱肇纶开基拓金柄同邑为首，至德文彦中举封国公厦门当先。"当年黄肇纶途经今天的翔安马巷、曾林、乌山等地，最终选择背山面水的金柄村落脚发展。此时，还没有同安，直到黄肇纶迁居金柄一百多年后，即803年，才有"大同场"的建制。至于同安县始建于933年，那是黄肇纶开基金柄200多年后的事了。

北宋元祐元年（1086）农历十一月二十一，位于同安县北部大帽山下的永丰乡归德里（今翔安区新圩镇）金柄黄家庄园，一声响亮的婴儿哭声令儒生黄硕进喜出望外，这个婴儿是黄纶的第二十三世孙，取名黄护，讳宏隆。

黄护出生在一个书香门第之家，其父黄硕进是一名诸生。黄护从小接受儒学之道，六岁学诗赋，少年多奇语、通晓义，辨识训注之谬误。黄护很爱读书，遇到不明白的地方总要刨根问底。他曾为弄清一个问题，冒雨行走数十里，去安海鳌头精舍请教老师，但老师并不在家。黄护便在几天后再次拜访老师，但老师因病不能接见他。当黄护第三次独自拜访的时候，几乎晕倒在老师家门口，老师被他的诚心所感动，带病耐心解答了他的问题。黄护从小就刻苦勤奋、敏而好学。他的屋里、桌子上摆的是书，柜中装的是书，床上堆的也是书，被称作书巢。黄护是安海历史上一位名垂青史的人物，但他不是安海的原住民。他祖籍泉州城里西街（开元寺），始祖黄守恭，《泉州府志·卷61·唐·乐善》："黄守恭，唐光州固始人，移居泉州，乐善好施，人称长者。"其远祖黄元方，河南光州固始县人，东晋时任晋安郡守入福州，后隐居福建侯官（今福州）黄郑巷（今黄巷），常以道学倡闽。其数传裔孙黄崖，隋末自侯官迁南安，卜居县治丰州东南郊15华西洞州（今属泉州鲤城区）。

三

黄护十七岁参加科考未中，因从事海上贸易的姑丈高纪昌缺乏人手管理海外贸易，邀请他到安海协助打理生意，旋习货殖。南宋嘉泰三年（1103）秋，两个挑着行李书籍风尘仆仆书生模样的人匆匆行走在同安往泉州官道的人群中，年长的叫黄硕进，英俊少年是他的儿子黄护。17岁的黄护身高七尺余，天庭饱满，一双丹凤眼炯炯有神，俊朗飘逸的神情中蕴含着坚毅的气质。他们此行的目的是去安海投靠亲戚打工。走到南安县水头澳渡口，一条波涛汹涌的港道挡住了去路，这就是安海湾。水头渡口埕满着如山的货物，晌午时分正值涨潮，炎炎烈日下人群正焦急地等待着安海港对岸摆渡来的渡船，搭渡的有肩挑重担的货郎，有拖家带口的妇孺老幼，有上京赴试的书生，有身负公文的驿站铺兵。人群中少年黄护走到岸边，面对滔滔海水发出悲壮的感慨："有朝一日若发达，一定要在海面上建造一条大石桥，让大海变通途。"顿时人群中皆竖起大拇指并报以热烈的掌声，称赞其后生可畏。

黄墩位于安海东部，原是濒临东洋港道的一片土墩荒地，但是这里地理位置极佳，宋时安海"旧市"就在这一带。黄护发迹后看中这个地方前临宽阔的港道，后靠繁华的"旧市"，黄家就在黄墩安顿下来定居发展，这里也因黄氏一族定居繁衍而称为黄墩。黄护的姑丈高纪昌是一位事业有成的大海商，商船通两广至勃泥（今文莱）。他初到安海时，随姑丈高纪昌吕洋，先跑两广，后远航东南诸国商埠。经过十多年的出海经商拼搏，由于吃苦耐劳、经营有方，海上贸易取得巨大的收益。十多年间就成为远近闻名的大海商。

黄护工余仍博览群书，工隶篆、好弈棋、善制谜，为谜坛之虎将，平生喜交佛子（和尚），煮茶论禅、谈经说法。北宋政和元年（1111），25岁的黄护成家，婚娶仁和里（今东石）山前乡王家千金小姐紫霞为室，财大气粗的王家把安海北面的一片森林作为陪嫁送给黄护，为日后黄护的事业腾达再添羽翼。

黄护对于安海人来说，有着极为特殊的意义。就是他，在当时参与了古代安海三件大事——建镇、造桥、兴学。安海古称湾海、安平、石井。安海属泉郡之大邑，当水陆交通之要冲，为通贸海外之良港。镇北龙山之麓始建于隋皇泰年间（618—619）的普现殿（龙山寺）已经是一座规模宏大、香火极盛的寺庙。港道深邃宽阔，船帆林立，海外交通发达。安海港位居围头澳内，入港出有白沙、江崎对峙，是为海门。舟入海门，海面豁然开阔，港岸弯深，随处有天然避风良坞，旧有后垵湾，在镇东里许，港道深邃十数丈，可停靠百吨海舶，尤为航海者所欣向。古时海水西入西安、曾埭而至大盈；东入内市、庵前以达甘棠。两港汊环回流镇市，形成半岛，如半周圆月伸出海面，是安海"半月沉江"雅称之由来。宋代安海有旧市、新市两个兴盛的集市，宋元祐二年丁卯（1087），泉州设市舶司，州府遣吏榷税，为征关税在安海建"石井津"，旧市在镇东，新市在镇西，因交易纠纷两市商人时常发生械斗，官府无力制止。

南宋王朝1127年迁安杭州以来，朝廷的主要收入依靠海外贸易税收。位于东南沿海围头澳的安海港已经成为朝廷对外贸易的一个重要口岸，深邃的港湾延伸到内市、加塘一带，南洋商船源源不断地运来香料、海货、珍珠、珊瑚、宝石、犀角象牙等舶来品，本地的瓷器、丝绸、红糖、药材等土特产则大桩地销往海外，"玉林头"（今庄头村一带）后垵澳渡头最为兴盛，邻近"中蔡古街"

（今后蔡村一带）上千家店铺林立，最先形成集市，连绵至甘棠、曹店，称为"旧市"。北宋"石井津"榷税机关设立以后，随着海外贸易兴盛，一部分商铺沿着高厝围、西河沟、西安、曾埭一带西南部海边一带扩展，商船开进鳌头精舍前码头装卸货物更为便利，由于傍临码头，搬运仓储更加便利，于是这一带又形成新集市，称为"新市"。北宋元祐至南宋建炎四年四十多年间，因争夺码头和商船货物，旧市新市的商人发生数十起大械斗，人财物损失巨大。新市的形成，旧市大量的客户都过来落户经营，于是旧市新市展开激烈的竞争，打斗事件层出不穷，烧杀抢夺愈演愈烈，巨大的伤亡和毁坏的货物损失惨重，税官无力制止。连年的打斗和竞争严重阻碍着安海港的繁荣，对经过近百年发展而形成的集市造成破坏，来停靠的商船逐渐减少，来贩运货物的商人也选择别处。"安海市"生存遇到了严峻的挑战，对此黄护心急如焚。

四

1116年，年届而立之年，事业有成、结束终年在海上奔波的黄护，以归守乡土为本，荣归安海创业，在黄墩购置了整片的土地，建起数十间店面。靠海外贸易发迹的黄护在安海经营十二家店铺，主营米粮、京果、海味、山珍，兼营饮食、杂货。后来他又看准桐油这门生意，经营桐油，随着造船业、建筑业的兴盛，桐油销路供不应求，为黄护赚到第二桶金。接着，他在黄墩大兴土木，建设码头、仓库，造船搞运输，又辟地种植桐树，开建桐油榨油坊。短短的十多年间，黄护就拥有黄墩码头、100多间店面、数十艘商船、数百亩桐树林及榨油坊，成为巨贾。难能可贵的是，他跟先祖黄守恭一样乐善好施，诸如救助孤苦、扶贫济困、赈济灾民等善举不计其数。捐地建官署是他做的第一项大善事。此时的黄护依旧是文人做派，嗜好篆隶、棋弈、诗谜等，喜欢结交高僧，常到普现殿（龙山寺）和高僧品茶论禅，普现殿住持智渊是一位得道高僧，黄护与智渊论禅向善，志向相同，一心想要造福乡里。

五

安海古称湾海，时名为晋江县开建乡修仁里安海市（贸易集市），其时安海古港借地理优势，成为泉州港对外贸易的一个重要支港。南宋建炎四年（1130），州府请示朝廷，于当年始建石井镇（现安海镇）。《安平志》载："石井在水南门内昼锦坊前，石盘作底，泉自中出，清洌甘美，邻海不咸，故名石井"。具体地点就是在湾海西南海港距离滩涂50丈之处有一处浅浅的天然石洞，巨大的石板中间裂开条缝，清洌的甘泉不断地涌出，这个井是过往旅客商人水源的补给地，久而久之口口相传这个地方就被称为"石井"了。唐代至北宋时期安海港海外交通已相当发达，北宋元祐二年（1087），泉州府派榷税吏在港口设立津卡坐收舶税，榷税机关设立在这个井边，由此得名"石井津"，安海成为泉州府重要的经济中心之一。此古井历经千年地域变迁，存于金墩黄氏三房古宅里，2010年鸿塔片区拆迁中填毁。

其时，"欲辟廨（xiè）所，量夺民居，人皆难之"（即打算拆许多百姓的房子来盖一座官署）。批文下来了，可建官署需要一笔不小的开销。正当人们为这事犯难之时，44岁的黄护发话："息贫民，补弊政，此善事可为也。"黄护当即将私家黄金宝地献出来，还拿出一笔资金，盖起了"镇官署"衙门。黄护说这话的意思是："能让穷苦百姓过上好日子，能消除官场上那些不正之风，这是好事善事，值得去做！"而安海的第一任"镇官"便是宋代理学家朱熹的父亲朱松（号韦斋）。

黄护一生乐善好施，于绍兴三年（1133）捐资扩建普现殿（今安海龙山寺）公德堂、禅堂，整修西畴海埭，深受里人赞扬。他的另一项义举是献地建造镇公署。那时安海港一片繁忙景象，桅杆林立，店铺鳞次栉比，商户如鲫如流。旧市和新市争利，做生意的难免会有纠纷，县衙门派来的税务人员却管不了。当地人就向朝廷申请设立安海镇官署，整治那些为利相争的违法事件。位于安海成功路的石井书院（俗称"朱祠"）是泉州地区保存较完好的最古老的书院遗址，这里庭院深深，十分宁静，俨然是个求知讲学的好场所。官署建在石井书院的西侧，就是安海历史上最早的政府办公住所。

石井书院原名"鳌头精舍"，位于安海镇鳌头境。唐建中元年（780），常衮任福建观察使建私塾教育自家子弟名为"鳌头社"，后来安海兴建学社，将之更名为"鳌头精舍"。当年黄护前来拜师学艺、解惑答疑，得到丰富的文化熏陶，对此地怀有深厚的情愫。南宋绍兴年间，时任安海首任镇官的朱松为教导民众、开启民智，发起了兴学倡议，黄护等乡士纷纷捐募响应，扩建"鳌头精舍"。朱松之子朱熹任同安县主簿时，也曾到此讲学，安海学术风气因此空前高涨。可以说，在兴学方面黄护也功不可没。

六

黄护的义举深得乡民的爱戴，当地百姓尊称他为长者，绍兴二年（1132）荐为修仁里"里正"。他持己廉洁、除民疾苦，大力发展经济和慈善事业。他提出并推广劝农桑、重工商、兴义学、立药局、辟婴堂、振武林、惩邪恶、禁赌博、整市容、严街鼓、明保伍等十多项民生工程，有力地促进了当地社会安定和商业贸易的发展。

话说北宋开宝年间（968—976），唐开国侯安金藏的后裔安连济徒居湾海西安聚奎坊，其府称"世爵第"，一联四进，东构安氏大宗祠，西筑别业"访梅亭"，后易"湾"为"安"，始称安海。此时的安海是一个繁华的集市，地处围头澳向陆地延伸而入的港湾，深邃而避风，是一个天然良港。与安连济同时期到安海的还有高氏一族，高氏在北宋时出了一个鼎鼎大名的大人物高惠连（972—1068）。高惠连是北宋著名的思想家、政治家、文学家、改革家，参与王安石变革。他逝世后王安石为之撰写《宋故兵部尚书渤海郡开国侯前己亥进士历任广南计度转运使御史大夫轻车都尉赐银鱼袋尚书兵部侍郎特进兵部尚书高公墓志铭》，赞颂他勋业赫赫，有威震朝野之功。高氏一族世居"石井"之东畔的"高厝围"一带，重文从商，在宋代科举中取得令人咂舌的程度，竟在48科中共登进士58名，足称闽南宦族。在海外商贸中高氏一族也取得巨大的财富，黄护的姑丈高纪昌就是渤海高氏的一位代表人物，拥有数十艘商船往返于两广和浡泥诸地。宋绍兴二十四年（1154），高氏族人高仕舍地造东塔，曰"龙兴塔"。

南宋建炎三年（1129）春，随着季风旺盛，一艘艘满载货物的大帆船停靠在安海港。新市的商户凭借天时地利得到大量的客户，一担担货物往仓库里运，门庭若市。而此时旧市的商户获得大量客户的则寥寥无几。又一场大械斗即将开战，只见一支手持棍棒全副武装的队伍直扑新市的地盘，要把客户抢过去。此时新市的"市长"紧急敲锣聚集队伍迎战，看来一场风雨欲来的大决斗是不可避免了。就在双方对骂即将动手的关键时刻，一位40岁开外，天庭饱满、美须浓密、身长七尺的长者站在双方武装队伍的中间，大声喝道："放下武器，尔等休得无礼！有我黄护在，谁敢动手我从我的身上踏过去。"黄护接着说："'石井津'有今日之兴盛，全赖诸位掌柜数十载之苦心经营，如此下去，旧市新市将毁于我辈之手，愧对子孙后代啊！你辈于心何忍？"铿锵有力的声音令现场的紧张气氛冷了下来。黄护晓之以理，动之以情，深有感触地说："常言道：'人无信不立，民无信不正，商无信不兴，市无信不旺。'从现在起咱们两市的商户必须以诚相待，要以信立市，并树立为做人之根本，社会之公德，国家之声誉。从今以后不分你我共同振兴来之不易的集市，使越来越多的商船前来经商贸易方是上策。"随后，黄护又召集双方主事者坐下来谈判，按照原来的地盘各做各的生意，并制定通商规则，立碑为记，以后若有违犯，罚戏一台。自此以后，旧市新市再无纠纷，越来越多的商船进港贸易休整停靠，来"石井津"开店的商人成倍增加，同时带动了酒肆、旅馆、娱乐业的大繁荣，"石井津"一跃成为晋、南、同的通衢之地。

七

泉州作为宋元中国世界商贸中心，海上贸易十分发达。唐宋时期，泉州有北港和南港，北港是后渚港，南港是安海港。北宋建立后，泉州港海贸易发展迅速，朝廷于元祐二年（1087）在泉州设置提举市舶司。因安海港地位独特，随即在安海分设管理船舶的机构，号曰"石井津"，泉州港、安海港遂成为官方统一管理的法定港口。庄为玑先生认为"安海港是泉州最古的港口"，"南港（安海港）的开发远远早于北港（后渚港）"，更认为南梁时代的"梁安港指的是今泉州的安海港"。

安海港所在的"石井津"在泉州府（原晋江县城）南二十余公里，古称"湾海"，宋初始改称为"安海"。因为"城濒海，南望海门十里许，通天下商船，贾胡与居民互市"。有市曰"安海市"，西曰"新市"，东曰"旧市"。随着贸易的发展，安海港的重要性日益突显，1087年朝廷在安海港设立专征海舶税的"石井津"，建炎四年（1130）把"安海市"升格为"石井镇"，派遣镇官监管。绍兴二十六年（1156）修建城池防"海寇"等。《安平志》民风土俗称："安海濒海山水之区，土田稀少，民业儒商。又经二朱先生过化，是以科第之盛，宋元于今；商则襟带江湖，足迹遍天下，南海明珠，越裳翡翠，无所不有，文身之地，雕题之国，无所不到。……"这段史料描述了宋时安海海外通商之繁荣景况。兴盛的贸易必然需要一个便捷的交通，安海港无水路可通内地，即需要有发达的陆路交通。

古时，安海与水头为五里碧涛隔断，商人旅客往来只能靠舟渡，交通十分不便。风平浪静之时尚罢，一旦遇到台风天潮水汹涌，白浪滔天，过往商船几难幸免，不时会发生人员落水遇难事件。乾隆版《晋江县志》卷之六《舆地志·水利》："绍兴六年，邑人李密、李国表，复请筑于令洪元英，仍以僧祖派、体柔领其事，凡二年而成。"史载："飓风潮波，无时不至，船交水中，进退不可，失势下颠，漂垫相保，从古已然，大为民患。"安海湾波涛汹涌，百姓行旅之间渡船之艰辛，台风导致的船毁人亡的悲剧时常发生。为打通安海至水头通往同安、漳州的商道，促进安海对外贸易发展，建造一座跨海大石桥成为当务之急。南宋绍兴八年（1138），高僧祖派提出要建一座石桥。僧祖派是一位深谙治水之道的水利专家，曾经受官府委任主持过多项水利工程的建设。《枯崖漫录》记载："慈慧祖派禅师，温陵张氏子。祝发于开元罗汉寺。"祖派、智渊在佛教界具有很大的号召力，倡议消息一传开，晋南两地民众纷纷响应，有钱出钱，有力出力，形成一股强大的造桥力量。黄护与龙山寺住持智渊两人带头各捐钱万缗（每缗为铜钱1000文）。在安海民间至今仍流传着"三十六岁牵孙过桥"的传说。安平桥筹建之初，有人问黄护要出多少钱。黄护说要出一头牛。人们就笑话他，响当当的大富豪才出一头牛！没想到黄护竟然拿出一头黄金做成的牛。长桥落成后，金牛还剩下一条牛腿，黄护就将牛腿沉到海底。据传，只要是在三十六岁时牵着孙子走过安平桥，这只金牛腿便会浮出水面，让有福之人去捡。传说生动地描绘了黄护慷慨捐资造桥的善举。那么当年一万缗到底相当于现在多少钱呢？2010年10月，安海鸿塔片区拆迁，安海金墩黄氏组织对原明清时期金墩祠堂地下文物进行抢救性发掘，出土了极其珍贵的宋代安平桥石栏杆一件，刊刻着"当镇旧市周圆舍叁佰贯文造此间愿延福寿"铭文，印证了古代安海的地名沿革和安平桥当年造价。"叁佰贯文造此间"，安平桥共有362间，一万缗就可以建造33间。按照目前的造价，建造1间至少要50万人民币，一万缗就相当于现在1650万人民币，折算成黄金重量，黄护捐出一头一百斤重的金牛就不足为奇了。

八

绍兴八年（1138），安平桥开工之初，为祈求海上风平浪静、工程顺利进行，黄护倡议迎请湄洲妈祖在水南门街（现海乾街已拆迁）草创妈祖宫（现朝天宫）。如今位于安海鸿塔小区的朝天宫，已是六易其所、仿古鼎新、香火鼎盛，2013年迁建落成。它是泉州年代最为久远的妈祖庙宇，见证了宋代安海港的鼎盛。安平商人足迹遍及天下，海上贸易直达南洋，讨海人祀奉妈祖，祈求海上航运的平安。

　　黄护不仅捐钱，还亲自参与监理建桥。工程的设计施工由祖派主持。建造施工必须解决桥基、桥墩、桥板装吊造桥技术的三大难题。"浮运架桥"解决石料运输问题。建造石桥的石料是花岗岩，每条石板重达 8—10 吨，在设备简单、全靠人工运输的时代，运送石料也是一项浩大的工程。运用船体浮力架桥方法，根据海水涨潮的规律，将大石板放置在小船上，利用"水涨船浮"原理，涨潮的时候架进桥墩，退潮的时候就安装在桥墩上了，从而解决了工程难题。而在水浅的海坪上，则采用"激浪以涨舟、悬机以牵引"，架装时把石料卸在桥墩边，利用绞绳的旋转器（安装在桥墩上），用绳把石料捆住，沿着架设的斜辊吊装到桥墩上。"睡木沉基"解决桥基稳固。先用松木打桩，在基础两侧打若干根木桩，用木头平衡排放在海滩上，然后垒压上大石条。随着石条的不断加高、重量的增大，木头排则慢慢地沉陷至港底的承重层，从而奠定桥墩稳固的基础。桥基填砌采用刚柔结合的多种办法，极为有效地提高了抗震能力，开创出了南宋时期最先进的造桥技术。安海湾的港道都是淤泥海土，在水流湍急的海湾打地基确实是一个难题，建好的桥墩经过无数次的坍塌，大大地拖延了工程的进度。最后摸索出桥墩的三种形式，水较浅、水流缓慢的水域中采用长方形石墩；较深水域就改用单边尖半船型石墩；水最深、水流急处则采用双头尖船型墩，科学的设计大大减轻水流对桥墩的冲击力。"养蛎固基"以加固桥基。在桥基石种植海蛎，把石条凝结起来牢固无比。

　　接下来就是后勤保障问题了，这个"重点项目"里里外外都要由黄护这个工程总指挥来解决。石料开采工地、安海工地、水头工地三个工场同时开工，寻找建桥石矿、解决几百号民工吃住、安顿救治死难伤残人员是繁杂的三大难题。他放下手中的生意，每天亲临工地与工匠同甘共苦、日夜操劳。安平桥的建造是从安海和水头两边同时开始的，最后在中亭西侧合拢，因此，他和祖派每天都有划舟海上巡视。首先是寻找石料，按照当时的情况，山上的石料是很难运到海上的，按照测算桥梁"长八百十有一丈，广一丈有六尺，郦水三百六十二道"，约需石材45000立方米。黄护带领石匠踏遍山山水水，终于在金门至围头湾一带找到石材矿。据考证，距离安平桥16公里的围头湾，有一个无人居住的小岛"大佰屿"是当年开采石料的石矿。这里水道宽阔，是一个天然的采石场，沿岸有一片连绵数百米的岩岸。经安平桥历史文化研究会2010年1月10日实地考察，这里目前尚存巨型石窟遗址，还有留下许多已经开采的无数"桥板"散落于水中。先人就是在这里将石料开采运输到安海港湾建造安平桥的。当时全靠人工开采吊装，充分展示了古代工匠的智慧。在十四年中有许多工匠受伤乃至献出宝贵的生命。也就是在这种艰难的建设中，顶风沐雨、烈日烘烤，不知踏破几双鞋，留下多少血汗，工程即将完工之时，黄护身患重病倒下了。可惜的是，纷繁复杂的事情耗尽了黄护的精力，操劳七年的他竟没来得及看到桥梁竣工，就在绍兴十五年（1145）因积劳成疾而去世了，年仅59岁。可以想象，黄护要是没倡建安平桥而连续操劳七年，在家坐享他的亿万家财颐养天年，就不会这么早死去。黄护辞世后，接着祖派也圆寂了，安平桥工程被迫中断。一直到了绍兴二十一年（1151），在泉州太守赵令衿的主持下，黄护之子黄逸继承父志，率僧惠胜，续建安平桥，并于隔年的11月竣工。又将造桥余资建造东洋桥（安平东桥）、瑞光塔。

《重刊兴化府志》载有："黄逸，字德后，宋兴化县知县也，晋江人。绍兴二十三年（1153）来知县事。为政本于至诚。时主簿颜思鲁、县尉葛元樵协力赞理，邑以治称。尤崇尚学校，建议道堂，日集诸生，相与讲论刮劘。邑人郑侨以文章魁天下，乃其所造就云。"道光《晋江县志》载："黄逸，字德后。绍兴二十三年，知兴化县。政本至诚，尤崇学校，建议道堂，日集诸生讲论刮劘，士论归之。黄护次子黄适，字德夫。绍兴二十七年（1157）进士。治广州东莞县，不苛而办，府帅荐适治状，秩满，擢守新州。"黄逸继承父亲遗志，倾尽黄家祖业完成造桥伟业。

九

安平商人，天下闻名。早在唐代，安海人就已扬帆万里，通商四海。宋代以至元明两代，安海称为"安平"，安平商人的美名也随世流传。素有"儒者为贾"传统的安平商人崇文重教，一旦有人通过经商富裕起来了，往往不忘回馈社会，遗泽后人。安海桐林古称"吕林"，相传唐光启年间，吕氏祖先吕占随王潮、王审知入闽，择居此地而得名，至今已有1100多年了。后来，黄护之子黄逸娶吕林吕氏小姐为室，安海黄吕两大望族缔结秦晋之缘。黄护之孙黄仕南娶南宋抗元名士吕大奎的女儿为妻，并搬到吕林居住，而原村中吕氏举族迁居南安朴里。黄氏繁衍生息而成为吕林大姓，后因村中种植一片桐树，改吕林为"桐林"，旋肇基桐林，自后子孙繁衍昌盛，人才辈出。迨至清廷腐败，列强入侵，民生凋敝，原有书香世家十不存一。黄护子孙先后分衍周边邻村有上方、菌柄、田坑、后安、坑边、瑶后、曾埭、水头、山前、鲍厝（邵厝、内厝、瑞安）、卓坑、洛坑、白安、社仔、东泉、海沧、坛林、安海黄厝、恂埔、花台内、石佛山前、郭岑山前等二十多个村及港澳台等地，并侨居欧美、新马、菲岛等地，人丁有数万之众。桐林黄氏历来诗礼传家、人物辈出，著者有宋郡马黄仕泰、明隆庆科举人黄履初、明万历癸丑年进士黄启翰，清恩赐进士出身擢附广东按察使司黄世文、清内阁学士太子太傅提督军门黄登、清御前侍卫山东济宁府总兵黄世俊，累计举人19人，贡士8人。澎湖黄氏始祖黄正束系紫云始祖守恭公第四子纶公之衍派后裔，正是由大陆渡海来台黄氏祖先最早的人，可算是开台的黄氏宗的始祖。

始建于宋代的桐林紫云黄氏家庙历经数代修缮，这座家庙如今从外观上看，是明代风格突出的古祠宇建筑。整座家庙为砖木石结构，面阔五间，三进两天井，四廊四厅七门，采用木雕、石雕、彩绘等工艺装饰。前厅主要为族中议事和祭祀的活动场所；中厅轩敞明亮，供奉着黄氏一族历代祖先神位；后厅设置祖龛，供奉着桐林黄氏一二三世祖的塑像。高低错落的屋脊各升起高昂的燕尾，屋角耸立鸱吻，翠绿的檐前卷草与五色剪瓷，更使整座建筑在沉稳中仍能溢出夺目的流彩。近观黄氏家庙，浓浓书卷气扑面而来。门廊石柱上镌一对冠头联："桐梓夆荣孙枝挺秀；林泉佳胜地脉钟灵"，突出"桐林"地名。在大门门柱上亦有冠头联一对，左联文曰"紫绶金章衣冠跄济"，右联则曰"云龙风虎际会联翩"，彰显此地黄氏为"紫云"一脉。这两副对联皆出自清同治十三年（1874）进士、刑部主事黄传扶之手。后厅廊壁上书录了一首紫云黄氏的"认祖诗"："骏马登程往异方，任从随处立纲常。汝居外境犹吾境，身在他乡即故乡。朝夕勿忘亲命语，晨昏须荐祖宗香。苍天有眼长垂庇，俾我儿孙总炽昌。"这首"认祖诗"的来历相传是"紫云黄"始祖黄守恭与圣僧（匡护）取一铙钹，摔裂为四片，分赠四子，上刻此诗（又称铙钹诗），为子孙日后祭祖认宗的凭据。从此，只要是紫云黄氏一脉，都会在宗祠、家庙或族谱上记录下这首

"认祖诗",千年不绝。

家庙内朱漆梁枋上高悬历代三十多位黄氏先贤匾额,有"侯爵""郡马""父子一品""宫保学士""进士"等,每个匾额之后都有一段令人钦佩的名人故事,同时也彰显着黄护后裔贤士辈出、簪缨相继的氏族荣辉。

十

现在家庙里还收藏着印有黄护、黄逸父子画像的屏风,屏风上的黄氏父子髯须长垂、俊美儒雅。中国古代商人在等级制度"九流"的"上九流"中列为最末等,因此在官修地方志书中记载极少,令人感慨。无论你为社会做出多大的贡献,能够在志书上立传歌颂者实在是凤毛麟角。安平桥倡建者黄护的事迹在地方志书中记载不多。《泉州府志》《晋江县志·人物传》中没有为其列传。《晋江县志·津梁志》安平西桥只载:"宋绍兴八年,僧祖派始筑石桥,未就。二十一年,守赵令衿成之。"没有提及黄护倡建、黄逸续建之事。最早记载黄护事迹的书是淳祐十年(1250),泉州知州韩识作的《清源志》记载:"不没人善,因纪载其名,以垂不朽云。"其他散见于志书、碑记中与黄护相关的史料尚有《安海镇市记》,其载:"宋建炎四年,因新旧市利讼,郡守请于朝,设石井镇官以莅之。后黄护将己地建一廨。"《安海源流考》载:"建炎四年,设石井镇。黄护建廨于鳌头西,朱夫子韦斋为镇官。"《清源旧志》曰:"安平桥在修仁里石井镇安海渡,界晋江南安,一溪相望六七里。往来先以舟渡。绍兴八年僧祖派始为石桥,镇人黄护与智渊各施钱万缗为之倡。派与护亡,越十四载未竟。"宋《石井镇廨》:"建炎四年,因二市竞利相戕,州请于朝,差官监临，始置石井镇。市民黄护捐地建廨，在石井书院东。"《水心亭碑记》："水心亭之胜，由西桥已成，旋而建之，以便休息。盖宋绍兴间，郡大夫赵令衿实倡其事，而黄逸、黄护洎僧惠胜为之先后也。"《安平西桥》："西桥一名安平桥，在晋南之界，古以舟渡。宋绍兴八年僧祖派始造石桥，里人长者黄护与僧智渊各鸠金万缗倡修，十四载弗成。二十一年，权泉州军赵令衿乃成之。"清《安平镇文官公廨》："安平文官公廨，宋建炎四年始置石井镇官，里人黄护捐地建廨，在石井书院西鳌头舍。"

第一批全国文物重点保护单位——安平桥，兴建于宋绍兴八年（1138），至宋绍兴二十一年（1151）始告竣工，历时十四年之久。安平桥的建成，"千百年来民免病涉"，方便了过往的商旅，也提高了安海港在泉州诸港中的地位与作用。安平桥的建成，是众多民众的智慧与财力汇聚而成的结晶。这其中主要有黄护倡建、黄逸继成；有僧祖派施工设计、智渊的发动监造；有郡守赵令衿援促其成等。2021年7月25日，安平桥入选"泉州：宋元中国世界海洋商贸中心"《世界遗产名录》，黄护的历史功绩永载史册！

黄护、黄逸合葬在晋江市东石镇许西坑村。安平桥续建者黄逸的事迹在《安平志》中记载极少，仅见于宋赵令衿的《石井镇安平桥记》，其载："爰有僧祖派，始作新桥，今派死不克竟。余至郡之初，父老来谒曰：'新桥之不成，盖有所待。今岁太和，闾里无事，而公实来，事与时协，且有前绪，不可中废。请相与终之。'"而不敢烦吏，使君幸德于我，是得邦之贤士新兴化令黄逸为倡，率僧惠胜谨洁而力实，后先之。

走过八百多年风风雨雨的安平桥，历经沧桑，是世界上最长的跨海梁式石桥。古桥、民居和灯影，习习的微风吹来，让我们的思绪回到了古代。我们似乎看到一个中年男人领着一群打石师傅，驾舟上南安石井海上大佰岛采石的场景，这个中年人就是黄护。如果当初没有一个叫黄护的安平商人捐地建官署，安海历史可能被改写，安海建镇或许将推迟，名声远播的石井书院也就无从谈起。在桐林村黄氏宗祠厅堂上，悬挂一方题有"县尉"的牌匾。这是黄护因为倡建安平桥有功，南宋朝廷追赠他为晋江县尉。虽然这只是一个七品以下的小官，相当于县公安局局长，但足以说明他的德行善举引起当朝的关注和重视。黄护虽不是科举出身，也非封建士大夫，但热衷慈善，深得群众爱戴。他还是不折不扣的大慈善家，除了捐地建镇公署、倡建安平桥外，还建庙宇、办学校、开药店、设育婴院等。黄护死后，龙山寺功德堂立下他的莲座永远供奉。

借助贸易的发展、经济的繁荣，社会财富的累积，安海在南宋初期兴建了安平桥（西桥）、东洋桥（东桥）等巨大的公共工程。安平桥及后来东洋桥的陆续建成，拉近了安海港与附近八个港口的距离，提高了港口商品聚散速度。安海也随之成为"东上郡邑（按即泉州）而达省城，西通漳州而至南粤，北经南安而抵安溪、永春、德化诸山城"的交通要道。这些工程是当时海上贸易发达、社会经济繁荣的实物标志。黄护17岁到安海当学徒创业，59岁病逝，在安海生活了42年，在安海乃至泉州的历史上留名青史，堪称我国古代杰出的航海家、慈善家、建筑家！

南音大师黄禄树

　　安海百鉴斋收藏馆珍藏着一张发黄的老照片，照片的上方题写"鸿江雅颂轩全体在鲤廓陶适口口"，二十位身穿白长衫加马褂、面目慈祥的贤者分列两排留影其中，前排右边一个年轻人提着写有"安海雅颂轩"字样的灯笼，鲤廓就是南音社演奏的场所，陶适是指一群对音乐、乐器有共同爱好的人在一起陶冶情趣。照片中的团队统一着装，阵容整齐，说明鸿江雅颂轩规模非同一般，安海音乐界活跃繁荣。这张老照片上人物全部为男性（或许当时因男女授受不亲女演员没参加合影），摄于民国十年。此老照片或许是目前南音界遗存的年代最久远的照片了，使得一批南音先贤的芳容存留后人瞻仰。照片前排右四就是人称"二弦树"的黄禄树大师。

　　黄禄树字德禄，号义立，晋江安海金墩人。清光绪十二年（1886）生，排行老四，少赋聪颖，其父黄福报是一名南拳轻功

高手，练就飞檐走壁，走火柴盒不破之功。几个兄长均从小随父习武强身，而禄树无心练拳，对弦管（南音旧称）情有独钟，10 岁入泮从师学艺。经过十多载勤学苦练、认真钻研，禄树对南音的唱腔曲艺、管弦指法、古代曲谱总结研究都达到很高的造诣，洞箫、琵琶、二弦、三弦、嗳仔等乐器演奏技艺样样皆通，尤其擅长二弦之演奏，有"二弦树"的雅称。

安海古镇建于南宋建炎四年（1130），海陆交通发达，二朱过化之地，文化昌明，有海滨邹鲁之称。据传明末清初弦管弹唱已曾见于街坊社戏，三五成群，整弦相传。

安海雅颂轩成立于清光绪三十三年（1907），由禄树与蔡金水等弦管爱好者倡议，安海五谷公会及黄年敬（黄哲真之父）、王开肯、黄春涂、俞朝宗、黄开水等绅商贤达发起成立，原址在金墩石埕街广全巷。首期阁员二十多人，聘请东石蔡焕东为首席师傅，而后又聘塔头刘金镖、井林许昌珑执教，至民国十年（1922），青出于蓝，该社涌现出黄禄树、高铭网、吴萍水等才华出众的高手，并执掌教席。20 世纪 20 年代后期，禄树一边经营水果行养家糊口，一边与高铭网等师傅不遗余力地义务教学，并无私资助贫困学员，培养出高文伟、黄长泰、王开肯、高标春、高两字、陈天送、曾大恩、高墀水等知名艺人，阁员达到三十多人。此时，晋江、惠安、南安、同安等地学习传播南音蔚然成风，各地弦友纷纷前来安海雅颂轩拜师学艺，历年计有前来拜师学艺的徒弟数以百计，尝为各埠际城乡弦友所叹服而蜚声遐迩，前来切磋技艺的应接不暇，以能够到雅颂轩拜馆为荣。由于前来交流和奏者每日达到庭不能容，由此首创了"四十八套指"抽签报名排号规则，安海一度成为闽南南音传播中心。

禄树大师对南音的追求可以说达到了痴迷的境界，甚至还顾不得成家立业，直至民国三年（1914），时年28岁的他才迎娶安海七房施氏名媛乌蕊施氏。七房施氏先祖施世榜曾任台湾凤山兵马司副指挥（袭其父施秉职），施秉乃施琅族亲，随施琅收复台湾，施世榜而后留居台湾，从事农业开发，建设"八宝圳"水利工程。七房施氏后裔多数前往台湾彰化、鹿港经商定居，分得施世榜旧业"秀水馆"租业，历代均派全权代表往台湾驻馆收租，为当地望族。尤其值得一提的是民国十四年至十八年，菲律宾长和郎君社、中国台湾鹿港、台南等地弦友也经常前来探馆和奏，登门求教，禄树在台湾彰化、鹿港的很多亲戚朋友也纷纷前来学习南音演奏技艺。其学弟高铭网、吴萍水，学生高文伟还应聘南渡菲律宾、印尼等地教授弦理，于是名声远播。民国二十五年（1936）禄树大师家中连遭不幸，精心培养的南音新秀女儿染病身亡，身心受到打击的他在一次外出演唱中不幸身染风寒，由此一病不起，是年农历四月二十三日，一代宗师英年早逝，享年50岁，撇下七十多岁的老母和四个未至成年的幼儿。知音断弦，弦界哀婉，前来吊唁的弦友达数百人，其后人将所藏之古曲谱、古乐器捐赠给雅颂轩南音社，现尚存一块清代椭圆形的"腰子桌"，为当年用于弹唱的设备，还供奉在其灵位前，弥足珍贵。

（原载《千年安平》）

奶奶的篰篮

我家位于安海古镇三里街的百年老屋，多年来已是一个空巢，成为空荡荡的"纪念馆"。整洁的厅堂中，端端正正地悬挂着祖父母、父母的遗像，平常只有传统的民俗节日和先辈的诞辰纪念日才去老屋祭拜。今年农历四月二十四日是奶奶的诞辰纪念日，兄弟们按时集中去上香祭拜，我们兄弟当年叫奶奶是用亲切的闽南话——"俺嬷"，母亲则叫奶奶——"俺娘"。走进空荡的房间转转，熟悉而亲近的老家具陈列依旧，忽然间，我的双眼被阁楼上一架布满灰尘的篰篮（摇篮）牢牢地吸引住，瞬间勾起我一段美好的儿时记忆。这架黝黑发亮布满年轮的篰篮是我小时候的"安乐窝"。

这架篰篮由两部分构成，底部架子是木的，架子底部由两根弯弯的木梁置于地板，上半部是竹编的蜂花格的巢笼，形状犹如一艘小乌篷船，只要轻轻地摇着或踏着木架，篰篮就摇起来，不出一刻工夫，吵闹的婴儿即安静地入睡了。配套的竹轿车设计也十分精巧，底座安装四个木轮子，一块竹编桌面，推过来是座椅，推过去是站桶。小时候听奶奶讲，这架篰篮和竹轿车是我父亲出生后添置的，可以说是当年家里一件重要的家具。弹指间刚好 100 年，这架篰篮承载着黄家的兴旺发达，保育了几十上百个婴儿，父辈四个兄弟、我四个兄弟、堂兄弟姐妹们，以及儿侄辈……1950 年，奶奶

喜抱金孙，籤篮轿车装饰一新，1975年喜抱曾孙，她立即重新装扮籤篮，买来色织帐罗，缝好纱帐，用各色碎布精心缝制了一条几何图案的小花被，俗称"八宝被褥"，还在籤篮里面吊一个红色的"佛祖香火"，祈佑小宝贝健康长大。籤篮不停地摇动，婴儿一个个健健康康地长大，我们的家族也越来越庞大。当年，籤篮闲置时，亲戚、邻居也会来借用，归还的时候还会送上一包糖果作为回礼。

奶奶施氏乌蕊，生于清光绪二十二年（1896），是安海"七房施"名媛。奶奶个子不高，杏腮桃脸，头后梳了一个发结，穿着自己缝制的大裥衣，裹着小脚，穿上亲手做的绣花鞋，走起路来轻快敏捷。家里珍藏着奶奶和姑姑、父亲合影的老照片，时年28岁的奶奶穿着大裥绣花套装，雍容华贵。奶奶脾气温和，话音轻柔，从来没有听到她口出脏话咒语。1913年，18岁的奶奶与爷爷黄禄树结为秦晋之好，生育四男四女，持家相夫教子。爷爷在水果行当账柜，1907年发起创建安海雅颂轩，闲暇时教习弦管（南音），一家人在清贫中过着安宁的生活。然而，天有不测风云，爷爷黄禄树英年早逝，撇下八旬老母和四个孩子，最小的叔叔未满周岁，一家六口人陷入困境。危难中，家里连置办棺材的钱都没有，奶奶忍痛将家里仅有的一座漆金衣柜卖掉，方使爷爷入土为安。奶奶操办完爷爷的葬礼后，奉老带幼撑起家庭重担。

奶奶有一手轻快的针线活，白天绣花缝衣，晚上加工金纸。即将踏进中学14岁的父亲，听从祖母的话，辍学到布行当学徒；10岁、8岁的两位叔叔也去食杂店当"伙记仔"；未满周岁的叔叔则过继给"七房施"外祖家。青黄不接之际，奶奶回娘家"七房"向"祖婆"求助，以渡过难关。艰难中，奶奶踏着小脚奔波于市井，从未让孤儿寡母饿肚子。1945年病榻中，90岁的阿太即将离世之际，当时祖父辈的都离世了，奶奶独当一面，在经济相当拮据的情况下还花大钱请来画师为阿太画像，足见奶奶对阿太的深情。这幅

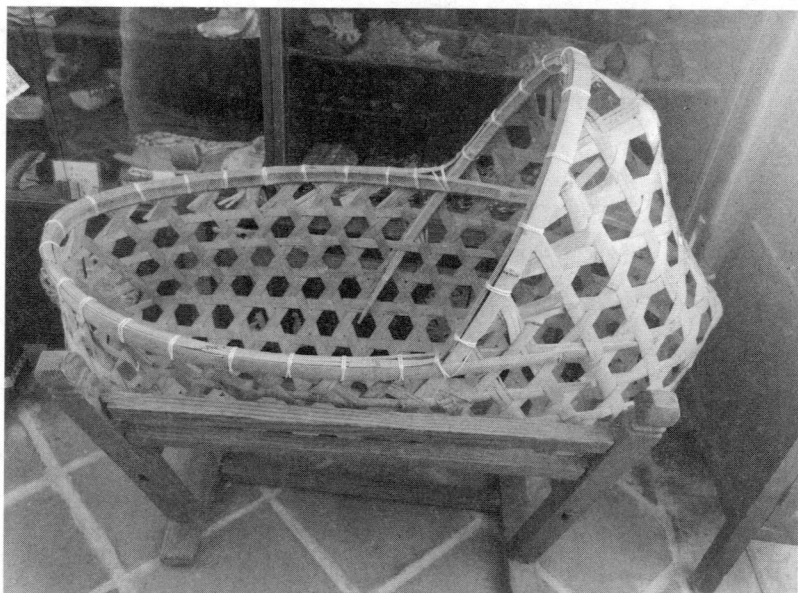

椭圆形的炭画阿太遗像高高地挂在祖厝，令我印象极深。

奶奶是一个虔诚的佛教徒。祖父过世后，她开始奉佛茹素，到安平古庙拜“妙月师”为师，取法号“福香”，跟随师父“菜姑”做慈善义工，人人亲切地叫她“阿蕊姑”。奶奶有一手绣花好手艺，每年春节，她都要提前制作好“珠仔鞋”，送给“元谦姑”“乌柿姑”“聋哑婆”……家里供奉一尊祖传的铜观音，是阿太传下来的，每天清晨奶奶都会跪在佛龛前虔诚诵经祈愿。

随着父辈们长大成人，家庭渐入佳境，奶奶就专心拜佛做慈善了。父亲是一个大孝子，每月给家里36元生活费，其中12元给奶奶，奶奶逢人便夸：“孝子千秋（父亲）给的钱‘花不完’。”奶奶也十分体贴叔叔们子女多、收入低，从不计较赡养费给多给少。当年，姨婆开口就夸赞：“攸秋（攸字辈）是‘古意人，大孝子’。”

我是家里最小的，奶奶出门都带着我，牵着奶奶布满青筋的手，初一十五到龙山寺门口（当时寺庙封闭）参拜。每年春节，正月初一到南天寺（石佛寺）、初二到灵源寺、初三到水心亭……奶奶踏着小脚，步行一趟来回二十多里路也不觉得累。奶奶有一串宝贝菩提珠，108个小菩提籽和一个大菩提籽，大菩提籽中镶嵌着一颗水晶珠，水晶珠里还画了一尊“不动明王”。菩提珠长年累月地转动，如象牙般温润，稀奇珍贵。平时在家里，奶奶就静坐于古长椅，左手不停地转动菩提珠串，口中默念佛经。当年，奶奶喜欢玩“四色”牌，即使卧病在床，家里人都尽量挤出时间，招呼来几位老邻居，在床前陪奶奶玩几盘。1976年正月初一，奶奶在家里打饭时摔了一跤，她的“鸡角碗”破成两半，自此一病不起，12月13日，奶奶握着她心爱的菩提珠串驾鹤西归，往生极乐。

篾篮是一件普通的民俗家具，农耕时代子女众多，每一家都有着一段养儿育女的美好记忆与艰辛经历。奶奶在困境中作为一家之主，顶风沐雨、勤俭自强，用善良的心撑起一个兴旺发达的大家族，得到福报，是乡邻赞夸"油甘嘴尾甜"的好命人。"俺嬷"的籂篮已完成其使命，它刻画出"俺嬷"不平凡的一生，蕴含着人生的真善美，传承优良家风，是我们家的传家宝！

（完稿于2022年7月，原载《石狮日报》2022年8月15日）

千秋传家风

父亲离开我们已经 39 年了，今年是父亲诞辰 100 周年，我的书房"百鉴斋"桌上排放着一张父亲的标准半身照，8 寸黑白老照片，是父亲当年在厦门照相馆拍的。照片上的他国字形略偏瘦的脸上，浓眉凤眼，额头宽平，鼻梁高尖，唇方口正，双耳对称，浓密黑亮"二八分"发型，穿着西装领带，头略向左倾斜的姿态。

难怪，好友陈咏民一看到相片，就惊叹地说："这是谁啊，比当今的明星照还帅！"父亲的"背影"永远铭记在我的心里，每当回想起往事，我的眼角就湿润了。

1922 年农历十月二十九，安海石狮巷 4 号，安平金墩"五广桃"弦馆师的家里传来一阵清脆的婴儿哭声，随后一阵响亮的鞭炮声久久回荡黄家老宅。爷爷黄禄树此时已经 36 岁，已经连续生了四个千金，中年得子，真

是人生之大喜。为保佑孩子平安健康成长，祖父为父亲取名"千秋"，寓意千秋百岁！

爷爷十分疼爱父亲，父亲童年到少年都在快乐中成长，此后家里又添了三个弟弟。父亲入读黄氏家族金厝祠堂"源深小学"，1936年年初，14岁的父亲正当要升入初中时，年仅18岁即将出嫁的姑姑意外去世，悲哀中，4月23日，年近花甲的祖父，又不幸偶染风寒撒手人寰，一家六口人陷入困境。此时，父亲即停止学业，到布行当学徒，开始了谋生之路。中华人民共和国成立前，得益于小学毕业"字墨算盘精"，先后到安海、厦门、石狮等地布行从业，从小学徒一直当到店长，深受石狮昌明布庄老板的信任，受聘为厦门分店经理。

父亲是一个大孝子。祖父过世后，裹着小脚年仅40岁的祖母侍奉70多岁的婆婆，孤儿寡母艰难谋生，父亲听祖母的话，挑起家庭重担。父亲当学徒时候，每月工钱4元悉数交给祖母。后来到外地就业，自己只留下伙食费，按月寄回工资。由于家庭贫困，父亲27岁才结婚，迎娶后洋合春闺秀（此时合春已经衰败）杨氏秀英，婚姻美满，育有我们兄弟四个。昔日，父亲去石狮，为节省5角5分钱的车费，都是步行来回。从安海出发，经过灵水、英墩，20多公里路程，早晨出发要下午才到。当年经济条件差，也没什么糕点面包，每次母亲都要蒸几片地瓜干给父亲半路充饥。贫穷的缘故，有一次7岁的二哥饥肠辘辘，"偷"吃了两片地瓜干受到母亲的责骂。遇到月底青黄不接有困难，母亲在头气时上还会"怪"父亲。每月家里五口人才24元生活费，而祖母是一个吃素老人，每月给12元，老祖母的生活费基本上都是父亲负担，他从来没有与叔叔们计较赡养费出多出少。当年，奶奶喜欢玩"四色"牌，奶奶卧病在床时，他都尽量挤出时间，招呼来几位老邻居，在床前陪奶奶玩几盘。

新中国成立后，我家的家庭成分被评为"店员"，也算是无产阶级。1956年，公私合营后，父亲被合并到石狮百货商店。父亲一辈子都是与布打交道，练就一手卷布、量布"快、准、算"的绝技，多次在各级技能竞赛中获得技术能手称号。他所在的棉布柜是单位的先进班组，柜台前时常门庭若市。父亲一辈子没有当过官，不是没机会当官，他可是单位的"大红人"。20世纪60年代，他积极向上，光荣加入中国共产党，曾先后当选为石狮镇、晋江县人大代表，获得先进工作者，优秀共产党员，技术能手等称号十多次。这些奖状他秘不示人，锁在抽屉里，一次偶然机会我才看到。父亲只求脚踏实地做好本职工作，组织上曾多次和他谈话，要委任他为领导，他都婉拒。但是，他的手中的"权"很大，并且是"大热门"职位。最大的官职大概是晋江县百货公司票证管理员，全县的布票都是他一个人管。所以，我母亲常说，在历次运动中父亲都能"明哲保身"，没有大起大落。得益于年年先进，父亲的工资"连升三级"，行政十九级，每月72元，全单位最高。

父亲是一个两袖清风、坚持原则的人，从来没有用手中权力为亲戚朋友谋过私利。20世纪70年代他调往县城，"升任"晋江县百货公司批发部组长，管理全县百货、棉布、针织、文具、五交等物资采购调运，朋友们开玩笑说他"官小衔大"。父亲管理棉布批发部期间，每年他经手的布料几万米，但他从来都是公私分明，不贪不取。当时"的确良""呢绒""灯芯绒"都是紧缺货，市场差距很大，有人找上门来，叫他套买一些出来倒卖，这样就会发大财。即使如此，一家七口人依然挤在三间低矮破漏的老屋他都不动心。

随着我们兄弟逐渐长大，大哥结婚，人口增多了，石狮巷"三孔井"边的老屋挤不下了。1979 年，父亲退休，领到一笔 1500 元的安家费，他决定要"建业"，改善居住环境。由于缺钱，于是找到一处离街区较远，但房价较低的房子，这座房子距离安海镇区 3 里路，中山北路街尾路面，地处型厝村龙山寺附近。他拿出平时省吃俭用存下的钱，还卖掉母亲当年结婚的黄金首饰，连我出租"小人书"赚的 100 元"外快"也被充公，凑齐 2700 元买下房子。这座房子虽是一座平屋老房子，可是极大地解决了家里住房问题。父亲选中的这座房子是一座吉宅，后来都成为我们兄弟的洞房。人丁兴旺，兄弟们也先后盖房、买房搬出去。如今，老屋空旷，成了"父母纪念馆"。

父亲平时话语不多，他中等身材，穿着朴素，从不说假话，因而赢得好口碑。作为家里的顶梁柱，他教育我们是用讲道理开导，从没有粗暴动手打骂，上学、就业也是按照我们的意愿，只有一次他"坚持原则"。1980 年，三哥要申请去澳门，他说，这边有"铁饭碗"，不要跑去"赌场"。1968 年，大哥就被送去参军。1977 年，二哥已经是晋江冶炼厂工人，父亲又支持他去参加恢复后的第一次高考，进入大学深造，同时送三哥去"上山下乡"。1979 年又提前退休，让三哥"补员"，如此我们兄弟都有了称心的工作岗位。想当年，我最快乐的时候就是放假期间，快乐地坐上公共汽车去青阳找父亲"度假"。棉布批发部里的一档档布粒堆得有两人高，像战壕沟，我们兄弟就在布堆上滚打，玩起"躲猫猫"。更为高兴的是，父亲还炖好一大锅五花肉和大鱼头等美味，给我们解解馋。他很爱搞卫生，无论是在办公室还是回到家里，第一件事就是拿起扫把，破旧的古厝都被他打扫得干干净净，桌椅无尘。他待人和蔼可亲，有时候因家庭琐事母亲大声嚷几句，他都没回话。他平时喜欢喝几盅酒，当年条件有限，几毛钱一斤的"地瓜酒、薯烧"

他都品得津津有味。逢年过节，亲朋或是我的同学来了，酒席上他很喜欢热闹一番，当他的"三、三，三啊三支"猜拳口令吹起来，全场的气氛即刻达到高潮！

呜呼！父亲一生命运坎坷，少年丧父，学业未竟，奔波50年，刚刚步入耳顺颐养天年之际，生命明灯黯然熄灭。他自己虽然管理各种高档布料，但也很少添新衣，可是洗得退了色的衣服穿在他身上都是笔直整洁的。1975年，单位统一做一套竭色涤棉咔叽中山装工作服，这套服装是他最好的衣服，他一直穿到去世，最后还做了寿衣。父亲身体没什么大毛病，大概是平时在外奔波，患上人们戏称"平安病"的胃病，时常胃炎发作痛得厉害，都是自己买点药止痛，怕浪费国家的医药费。1983年下半年，他的胃病复发了，跟往常一样，吃点"胃得安"就撑过去，家里人也不知道严重性。9月底，在家人和"火贯叔"的"好话蒙骗"下才肯去安海医院住院。但是，这一次来晚了，18天后，1983年农历十月十二日，父亲永远离开了我们，离他61岁生日还有17天。

父亲是一位称职的父亲。他热爱党、热爱集体、热爱家人，他留给我们的是满满的正能量，诚实做人、脚踏实地、孝敬长辈、和蔼待人、量力而行、艰苦朴素……这条条家风是我们的传家宝，我们要一代一代传下去。

百年父亲，百年父爱，音容宛在。父亲的一生，是平凡的一生，勤劳奋斗的一生，父亲永远活在我心中！

（原载2022年《"清明·怀念"福建作家作品选》）

母亲的手摇缝纫机

　　清明时节雨纷纷。淅沥沥的春雨下个不停，我独自一人凝视着"百鉴斋"书房里珍藏的手摇缝纫机，睹物思人。于是，我拿着抹布，轻轻地擦亮已经斑驳生锈的手摇缝纫机。这部二手手摇缝纫机是德国产的，底座 47×26 厘米，重十来斤，小巧玲珑，是我母亲留下的遗物，是我的"传家宝"。生离死别，人生几何？母亲离开我们已经 14 年了，她的一言一行依然萦回在我的脑海里。

　　1928 年端午节，母亲出生于福州"上下行"芙蓉合春杨公馆，名门闺秀。说起芙蓉合春商号，清末民初，它的经营者杨氏一族一度是福州首富，泉州南门外大富豪。母亲是家里最小的，父母视为掌上明珠，取名"秀英"，母亲在家里有姐姐哥哥的陪伴，还有仆人的照看，童年的她在合春杨公馆过着衣食无忧快乐富裕的生活。抗战期间，合春商号开始衰败，各房族人各奔东西。外祖父带着家人回到祖地后洋乡。

但是，坐吃山空，最后又搬到安海借住在外婆的家，生活陷入困境。后来，外祖父卖掉厦门鼓浪屿别墅，不辞而别前往缅甸仰光谋生，客死他乡。屋漏偏逢连夜雨，灾难再次降临，1940年，年仅40岁的外婆因病去世，母亲和兄弟成了孤儿，母亲和舅舅回到后洋做长工，当"伙计仔"，由外祖家抚养成人。我父亲与同事黄清海时常到姨婆家玩，姨婆夸赞："攸秋（乳名千秋）是一个'古意人'。"1948年，姨婆介绍做主，母亲父亲开启了美满姻缘。父亲也是贫苦孩子，在厦门昌明布庄当经理，作为家里老大，要承担一家人的生计，照顾奶奶和两个未成年的叔叔。婚后，母亲挑起家庭重担，把家里上上下下打理得温顺和谐、井井有条。1950年至1964年，我们四个兄弟相继出生。

　　由于人口多，仅靠父亲的工资已经难以支撑了。20世纪60年

代，母亲省吃俭用攒了 27 元，买了一部手摇缝纫机，缝补衣服贴补家用。母亲心灵手巧，也到"泽艺刺绣厂"做工，还时常带着大哥到水头覆鼎山割草。山高坡陡，穿过"黑厝寮"，一百多斤的草挑在肩上，跨过年久失修摇摇欲坠的安平桥，来回一趟 30 多里路，几次饿昏在路上……

母亲的性格比较耿直"素性"，平易近人，乐于助人。母亲还积极参加鸿塔街义务服务，前后 15 年担任石狮巷片区小组长，在台风、暴雨来临等灾害天气期间，她都彻夜帮助受困群众。平时，哪家遇到困难，她都第一时间赶去帮忙。当时，鸿塔街党支部多次和她谈话，要发展她为党员，但是，她都认为自己离党员的标准还有差距。由于街道居民成分复杂，土巴老、文盲、没修养的人大有人在，母亲经常受到攻击欺负，有些人甚至上门吵闹谩骂。母亲受了许多委屈，年幼的我，只知道母亲在默默地流泪。遇到委屈，母亲就对隔壁闺蜜"家啊姆""天水婶"倾诉，有时因家庭琐事遇到烦心，就去找长辈"姨婆""四妗婆"交心。

1966 年，安海市管会到鸿塔街招收临时工，街道就推荐母亲去应聘，母亲光荣地成为市场管理人。在安海市管会（工商所），母亲先后担任炊事员、农贸市场监管员、办案人员等，默默在市场管理一线。1983 年，母亲退休。参加安海镇退管办、型厝老人会，担任小组长。

我是家里的小弟弟，父母亲也最疼爱我。本地风俗疼爱小孩就叫个"猪啊狗啊"，因我小时候比较黑，母亲就叫我"黑猪仔"。我放学后，飞一样地跑去市管会找母亲，那边有点心吃。平时，母亲去哪里我都是跟在身边。1968 年，大哥去莆田参军，母亲也带我去部队玩了几天。有时候我跟三哥吵架，母亲也总是骂三哥而护着我，回想当年年幼无知，委屈了三哥。家里需要去向亲戚"姨婆""二姈""三姈"传话或送东西，我也是母亲的"特派员"。

母亲一辈子都在操劳。父亲每月交给她24元，全家里里外外，人情世故、衣食住行都由她一手操办。每年的春节，我们都穿上她用手摇缝纫机缝制的新衣。计划经济年代，每人一年发布票2.6尺，全家六口1.56丈，只能给三个孩子添新衣，不够用。得益于手摇缝纫机的"效率"，"新三年、旧三年、缝缝补补又三年"，母亲的"大改小和编织毛衣"的好手艺，使我们兄弟没有穿过破烂打补丁的衣服。一家人整洁的服装穿在身上，走进学校、走进社会、走进人生的舞台，周围人们都投来羡慕的眼光。1968年，老屋倒塌翻修花了800元；1972年，加盖厨房花去300元；1974年，大哥结婚花了1500元；1978年，买房子花去2700元；二哥结婚……这些全靠微薄的工资维持生计。

母亲有心脏病病根，心脏疼痛时，就吃两颗救心丹顶过去。1983年父亲突然去世，对她又是一个打击，一下子少了一大块主要收入（父亲的退休金）。此时，还有三哥和我未结婚，两件事让母亲揪心不已。这段时间，母亲更加打拼加班。1985年，母亲又成为安海镇退管办职工物价管理员，再次穿上物价监管制服，并获得"泉州市职工物价管理先进个人"荣誉称号。白天参加职工物价检查站工作，晚上在幽暗的灯光下不停地踏着缝纫机，加工帐围和服装，拼命地挣钱。三哥结婚后，房间"爆满"，1986年，母亲又筹钱加盖一间给我准备婚房，直到1990年我结婚后方才稍歇。爱子孙"挂意"是母亲的美德，连孙辈的工作、婚事她都烦扰到睡不着觉！母亲啊，您太辛苦了，您太伟大了。

2007年端午节，是母亲的80大寿。我们兄弟准备为她举办隆重的八十寿宴，可她坚持要简办，将节省下来的15000元分别捐赠给晋江市特殊教育学校、安海源深老人协会、型厝老人会等单位。

晋江电视台前来专访，对着采访的镜头，母亲说道："改革开放，现在生活好了，有了一点积蓄，给孩子们买书笔，帮助需要帮助的人，这才是我的本心。"多么质朴的语言，透析着"富贵不能淫，贫贱不能移，威武不能屈"的儒家人生哲理。如今回放这段镜头，令人受益匪浅。

2008年8月26日，母亲走完了81年的人生旅途。母亲的一生是不平凡的一生，是光彩的一生。呜呼，子欲养而亲不待！母亲的功绩是我们家族的骄傲，她的良好品德堪称无价之宝，斑驳的手摇缝纫机凝聚着母亲勤劳一生的汗水，是我家的传家宝。

母亲，我们永远怀念您！

（原载2022年4月25日《石狮日报》）

抗日民主人士黄哲真

抗日战争胜利七十周年之际，怀念革命先烈，勿忘国耻，是中华民族的优良传统。福建有一位抗战老兵，当年在抗击日寇战斗中发挥了独特作用，他的名字叫黄哲真。

黄哲真（1905—1992），出生于安海金墩黄氏书香门第，从小聪颖好学，胸怀大志。其父黄年敬是安海一位开明绅士，家住"尺远斋"名园。黄哲真从上海群治大学毕业后即从事政治工作。几年后赴菲律宾就任中国国民党总支部常务委员兼书记长，同时担任《公理报》社长。菲律宾是晋江籍华侨主要侨居国，哲真广泛联系华侨各界人士，积极开展工作，被选为国民党第三次全国代表大会代表。他回国参加国大会议后即留在国内，先后担任安溪、海澄、漳浦等县县长。1933 年，就任监察署秘书和《民国日报》社长。

九一八事变发生后，日寇开始进犯福建。他时任福建第八（福安）、第四（泉州）区行政督察专员。抗战初期，黄哲真任福建第四（泉州）区行政督察专员。日寇对泉州虎视眈眈，频繁出动战机对泉州城区、安海港、东石港、深沪港、永宁镇、崇武城、泉安公路等重要交通设施进行轰炸，造成重大损失和人员伤亡。黄哲真一方面积极组织军民备战，挖防空洞，保护民众安全，另一方面调动军队对来犯日寇进行有力的打击。1940 年 7 月 16 日，日寇突袭永宁城、崇武城烧杀抢掠，由于军民誓死抵抗，日寇也伤亡惨重，当天下午就仓皇逃走，从此不敢再来犯。抗战末期，日本侵略军从福州大湖败退闽东，闽东沿海告急。闽东国民党驻军防御不力，随意弃地撤守，使部分地区受到日军的骚扰蹂躏。当时，哲真正担任第八区行署专员兼保安司令，坐镇福安。他闻警后，随即到所辖各地防区督察，严密布控，加紧防御，并鼓励士兵勇敢杀敌，终使 10 余万的敌军改道窜向浙江，福安地区因而得保安宁。

抗战胜利后，台湾光复，哲真受国民党中央委派出任台湾省党部常务委员兼党部书记长，致力党务工作，积极推行三民主义教育。

1948 年，当局实施"宪政"。哲真当选为第一届立法委员、侨政委员会召集人对当局侨务政策和施政时弊能直言质询。后来他将数十年间对时政的质询和行政院答复要旨编成《建言集》一书行世。他的著作还有《地方自治纲要》《中国复兴与台湾》《我们的台湾》《地方自治概论》《菲律宾概观》《民主法治与选举》等。

哲真热心家乡建设。在菲律宾任职期间，积极鼓励侨胞投资兴办公路和各项经济建设事业。海峡两岸隔绝期间，哲真身在台湾，心怀故土。1970 年，在台湾发起组织成立"台北市福建省同乡会"，先后当选为第二、三、七、八届理事长。在任期间，发动乡亲集资兴建同乡会会所，组织编辑《福建先贤传》一至四集，《黄花岗闽籍烈士传》《黄道周传》《闽贤在台事迹》《福建简介》《闽侨事功录》等多种历史著作，又发行《八闽会讯》《福建会讯》《福建杂志》等刊物。哲真晚年潜心文史学术研究，尤以郑成功收复台湾为著，有多部郑成功研究文集问世。1985 年 8 月，组织成立"福建文化中心"，搜集有关家乡的文物史籍，以供在台乡亲阅读，鼓励乡亲关心乡土，不忘祖根。1986 年元宵又倡设八闽诗社，寄情吟咏，以示对故乡的怀念。其夫人黄汉卿逝世后，他即捐献 100 万元（新台币）作为黄汉卿女士纪念奖学基金。此后，他又发动热心的乡亲捐资设立财团法人台北市福建同乡会文教基金，办理奖学基金和各项慈善实业，奖掖同乡子弟向学，赈济贫病乡亲。1992 年，哲真得知安平金墩黄氏家庙重建的消息时，捐资并任海外筹建会名誉会长，亲题"慎终追远"字匾，其爱乡之情溢于言表。哲真 1992 年 7 月 9 日逝世于台北，他一直以来为不能还乡而深感遗憾。

哲真育有七男一女，均事业有成。长子黄威廉毕业于厦门大学，现任台湾汇侨投资公司董事长，三子黄英廉留学德国研习物理，现任新加坡华达电子公司董事主席。女儿黄紫玉（美廉）在 20 世纪 80 年代来厦门、北京等地经商，投资兴建北京紫玉山庄；曾任全国政协委员，现任北京市台商协会副会长、香港恒丰集团有限公司董事长，为海峡两岸及香港澳门沟通交流发挥积极作用。

（原文载于《江夏心声》）

长者猷范

——追记香港安海同乡联谊会荣誉会长黄长猷

　　"长者敦慈善流芳千古；猷为足楷模返璞九旬。"2020年3月11日，从香港传来噩耗，人称香港"活雷锋"的黄长猷离世。我顿时错愕伤心，追忆起与黄老先生交往的点点滴滴，撰写挽联，发给香港安海同乡联谊会，以表哀思！回想起2019年3月10日，香港安海同乡联谊会成立五十周年喜庆期间，他精神矍铄、谈笑风生，极尽地主之谊。

　　小时候常听长辈说，香港的"猷叔"是一个大善人。黄长猷，1931年出生在安海镇金厝"武馆"侨商家庭，青少年时期在安海培基小学、养正中学就学。当年，他可是学校篮球队的主力、学生会的活跃成员、品学兼优的优秀生。我和"猷叔"是同宗族亲，论辈分我要叫他"叔公"。我是十多年前才认识他的，近年来，家乡有什么大喜事，他都会随香港安海同乡联谊会组团参加，所以我们接触就多了，成了忘年之交。近年，我收到他寄来的信件，堆起来足有一尺高，这些信件一部分是黄长猷和美国黄伯禄来往的"爱安海"信件，"猷叔"也转寄给我。一封封手写信笺，倾注了两位老华侨的乡情。他说："我们老了，希望你们年轻人要接下'爱安海文化'的班。"

诚信儒商立根基

诚信是"猷叔"毕生的经商之道，出身于书香门第的他，自小受闽南乡土文化和中华儒家文化的熏陶，到香港后又汲取西方文明的理念，柔和中西文化，形成温良恭谦坚毅的性格。1950年抵港，供职于叔父黄福俊的德大参行，一辈子都与参茸打交道，熟谙参茸滋补药材采购营销。70年的历练，练就"望闻问切"特技，无论是东北山参、韩国高丽，还是美国西洋参、燕窝、鹿茸，东西一上手，劣质货就难逃他的慧眼，经于其手的货必为精品，堪称香港参茸业界翘楚。在德大30年间，不存私念、不谋私利。1981年，叔父黄福俊过世后，他与兄长黄长焕扩大经营，创办"天德参行"，声名远播于闽南及东南亚一带，成就了一番事业。也许，正是这种谦逊平和的心态，才让他的基业长青，向"百年老店"迈进。

服务社团五十载

1969年，安海同乡联谊会成立，他从小字辈到会长，历经半个世纪，任何事都亲力亲为。当大家回顾这段历史，会发现同乡会的历程之长久、会员之广泛、会务之活跃，在香港诸多社团中当属前列。同乡会之所以能够长盛不衰、有声有色，固然有赖于众乡贤的努力、乡亲们的团结，而他无疑是联系乡谊的核心人物。

他还担任众多的社会职务：香港福建社团联会执委兼财政、旅港福建商会常务理事兼司库香港福建中学校董、香港厦门联谊总会总务主任、香港晋江同乡会常务顾问、石狮旅港同乡会名誉顾问、香港安海同乡联谊会荣誉主席、养正中学香港校友会荣誉会长等。

其中旅港福建商会司库一职，从 1986 年至 2010 年连任十二届，时间之长、届数之多，为该会成立一百年来所仅见。2010 年，他荣获香港特区政府颁授荣誉勋章。

2010 年 8 月，他参加港澳深地区闽籍企业家访豫考察团，24 日在欢迎会场内外的两件小事引起了当地的轰动。随即，25 日，《大河报》发表两篇文章，即 A04 版的通讯《企业家们这样扔垃圾——港澳深地区闽籍企业家寻根之旅侧记》和 A02 版的评论《亿万富翁为何习惯自己送垃圾？》，说的是他蹲在地上捡垃圾和向记者"追讨" 10 份报纸的事。"您太谦虚了，实际上正是您的无心之举，对这种谦逊平和的美德起到了倡导作用。"朱夏炎（大河报社长）说，"希望您的举动和本集团《大河报》的报道，能够进一步推动中原地区经济社会发展、进一步提升中原地区人民的社会责任感、公德意识。"朱夏炎的诚挚期许，深得香港"活雷锋"的赞许。接过朱夏炎送上的 10 份大河报，黄长猷开心地笑了。他要把这 10 份报纸带回香港珍藏，也把河南人民的深情厚谊带回香港。黄长猷的外出旅途二三事已经在港豫两地传为美谈。

乡音不改挂心田

可以说，在香港这个世界金融之都，"猷叔"还只是小生意人，比不上亿万富豪，但他是尽力而为、实实在在地做好事。从 20 世纪五六十年代，捐赠安海消防车，建设安海医院、侨联，到七八十年代扩建学校，再到 90 年代招商引资开发安平开发区、建设水厂、重建黄氏家庙，这些项目都凝聚着他的智慧和心血。值得一提的是，当时他与新加坡华侨黄加种合资开发福建省第一个成片开发区——安平综合开发区，为彻底解决安海缺水难瓶颈，大胆规划，引进石壁水库的水，现在安平水厂充裕的水源供应安海及周边地区，为安海经济、社会民生发展提供了坚实的保障。进入 20 世纪，已高龄退居二线的他，依然关注家乡建设，在安海镇鸿塔海东片区改造中，他与同乡会乡亲第一时间发出倡议，支持改造方案，同时，还为保护古镇有价值的古厝名园奋笔疾书，出谋献策。每次遇到家乡领导，他就有吐不完的"爱安海"谋篇。2019 年是他生命的最后一年，他还全程参与筹办香港安海同乡联谊会成立五十周年庆典，最终庆典取得圆满成功。百忙之余，他殚精竭虑，关心家乡的历史文化复兴，为筹备举办"郑芝龙·郑成功明郑王朝学术研讨会"四处奔走呼吁，不厌其烦地拨通了数百个越洋电话，与澳门黄永富建立"热线"，筹集活动经费，积极联络美国、新加坡等国家以及中国内地和台湾等地区著名郑氏学者教授，来参与郑芝龙·郑成功明郑研究，并得到"中国明史研究会"支持，将作为主办单位。他希望通过挖掘安海是郑芝龙、郑成功第二故乡这段辉煌历史，振兴安海文化，为两岸和平统一添砖加瓦。虽然活动因故未能如期举办，但他炽热的心血将永远浇灌故乡的一草一木。

慈爱为怀"活雷锋"

关心别人是他毕生的美德。"猷叔"是一尊"活菩萨"，老吾老以及人之老，幼吾幼以及人之幼，他毕生奉为圭臬。生老病死是人生规律，最为难能可贵的是，凡有在港福建同乡、安海乡亲不幸辞世，无论贵贱，他总是在第一时间前往吊唁，主动提供帮助，安慰其家属。特别是对于孤苦无依的逝者，他投入的精力更加多。每年清明时节，"猷叔"照例必组织安海同乡乡贤，与旅港福建商会一道，准备鲜花、果品、香烛，前往沙岭虔诚祭祀，慎终追远，寄托哀思。通过拜山活动，缅怀先辈的浩大亲恩，让后辈感受祖先恩德，了解宗族家庭的血缘关系，尊敬父母及长辈，潜移默化地培养年轻一代的宗法观念、家国情怀。

忠孝传家承祖德

慎终追远是烙印在他心里的印记。或许，有的人离开家乡几十年后，对家乡的记忆渐渐地淡忘，有的人几十年都难得回乡一次，很少再过问老家。可是，安海镇金厝是他的祖地，猷叔离家 70 年，心中始终牵挂着家乡。2010 年，鸿塔片区征迁改造，金厝祠堂再次迁建。黄长猷又身先士卒，回乡与政府部门协商，迁建于白塔公园前。"黄氏祠堂今三迁，当时择地百辛艰，瑞光塔下长桥畔，江夏源深泽惠远。"晋江市养正中学原党委书记许尚仁赋诗一首，高度概括了黄氏家庙的历史。2015 年 11 月 29 日，已是耄耋之年的"猷叔"与来自世界各地的 2200 多位黄氏宗亲、嘉宾在晋江安海一同欢庆安平金墩黄氏家庙迁建落成。他对记者感慨地说："继承、发扬前辈优良传统，后代人任重道远……这是宗族大事，有的人一辈子也难遇到一次，再怎么忙也得过来，这是我的家，我的根。"2019 年 9 月 8 日，晋江市人民政府公布"安平金墩黄氏家庙"为晋江市第六批文物保护单位。

已离世两年的"猷叔"，像一座联心桥，一头连着家乡，一头接着海外；像一泓清水，滋润着港胞和乡民，正如他精心筑就的泉州安平供水公司石壁水库至安海十多公里的水道，川流不息、清冽甘甜，造福千家万户，"猷叔"的英名流芳千古！

（2022年8月）

一叠厚重的越洋来信

壬寅年春分时节，大地回春，本是山花烂漫的季节，却连日低温阴雨，令人透不出气来，居家阅读之余，整理起书信手稿，为文集《百鉴求真》立目选篇。如今信息传播发达，写信的人少了，一年半载也收不到一封信，可是近年来，我案头上堆起来的信件足有一尺高，这些信件是旅居美国的华侨黄伯禄和港胞黄长猷寄来的。黄伯禄和黄长猷（2020年去世）是同宗兄弟、老同学，祖籍晋江市安海镇金厝。我与黄伯禄老先生从未谋面（只有视频），黄长猷有来过几次，两位老前辈缘何会寄这么多信件给我呢？因为在"爱安海"群里，我有些文章得到两位老先生的认可和指点，因而我有幸与两位长辈成为忘年之交。这些信件一部分是黄伯禄和黄长猷来往信件（黄长猷转寄给我），一部分是黄伯禄老先生寄给我的。信件的内容主要包括回忆录和对家乡建设的建议书，洋洋洒洒有三十多万言，都是手写的，情真意切，可以想象，凝聚着老华侨和香港同胞厚重的拳拳爱国之心！

黄伯禄，1932年出生在安海镇金厝一个富裕的家庭，父亲黄福泽经营代理进口煤油生意，家里有兄弟姐妹十一人，男丁排行老六。青少年时期，他在安海源深幼儿园、养正小学、养正中学就读。1947年，学生时代的他就是一个热血青年，在养正中学参加并领导"反内战、反压迫、反饥饿"全国学生大罢课运动，因故被学校除名，转学厦门大同中学。1949年2月，在地下党组织感召下参军入伍，随军工作，参加"金厦战役"。新中国成立后，在黑龙江边境军垦农场戍边。1959年转业，被安排在北京工作。1982年，定居美国与家人团聚。

1979年，阔别家乡近30年的他回了一次安海，至今已经40多年了。认识他的人，也只有他家健在的几位老人了。但是近年来，黄伯禄（子贡）在家乡文化圈真是"家喻户晓"，他的建言可以用"疾呼"来形容，言真辞切！他说："我患了两次癌症，现在又患了重度眼疾，要与时间赛跑，为家乡的发展鼓与呼。"他通过微信找到"华侨之家"安海侨联，与许清海主席建立联系，提出想法和建议，在安海侨联成立70周年前夕发来"服务华侨七十载，功高无双誉五洲"贺电。

难以想象，离家20年，对家乡的了解和研究还如此透彻！2019年11月20日，他在接到市委市政府的越洋电话，回信中是这样写的：

尊敬的晋江市委领导人：

你们好！谢谢你们对海外侨胞乡心乡情建议的重视，这是你们对习近平主席为核心的党中央的忠诚和对晋江人民的未来发展负责任的具体表现，海外侨胞衷心感谢！晋江市各方面工作取得重大成果，在全国名列前茅，声望远播海外。为了家乡更好，请容我再直言以供参考：1.现在全国的发展趋势是城市大联合，福州市"南进西扩"把市区发展到山区，建设了闽江公园，在森林上空建设了世界最长的空中人行道……2.因此要以"大晋江"的思维来规划全市的建设，使晋江市拥有几个令全国闻名的特色重镇……3.具体来说，青阳五店市是政府功能。其他各镇按照本镇特色建立"工业镇""海港城""旅游休闲度假镇"等，各镇既有特色……4.听说近日晋江市要建设一所科技大学和清华附中。对此恕我直言，安海镇永远是晋江市的组成部分，安海镇是晋江市唯一的全国历史文化古镇名镇，若是将这座大学和清华附中设在安海镇，使"晋江文化城"的一张名牌打响全国和海外，岂不是更好？而且可以使其他镇保持大片农田，连片农田有利于发展大农业，机械化农业，引进世界名花名果和大型家禽家畜的新型晋江农业……福建和台湾都是我的祖家，我希望晋江市的这些建设超越台湾，使台湾人更加向往晋江，使晋江市为祖国统一大业做出更大的贡献！

> 美国88岁老侨胞黄伯禄敬上
> 2019年11月20日于美国德州自宅中

2020年，建设"泉州南湾公园（南园，即安海湾公园）"的建议是这样写的：

好事！刚才晋江市委给我来电话，是关于我写信建议建设"安海湾公园"的事情。我告诉晋江市委，因为南安市给我回信同意建设"安海湾公园"，也称"石井湾公园"，坚持是"石井湾（安海湾）公园"，南安市委书记、市长十分重视……以安平桥为中心区，以安海镇的全国独具的世界级、国际级的著名历史人物历史结合山海溪岛建设一个世界级的大型公园……大景区下有各种公家和私有的国营和集体或个人创业创新创造的特色主题公园和景点，借助于"泉州南湾公园"的名牌打响全国，冲向世界的旅游经济市场，创造农民发家致富和晋江市的经济效益……以安平桥为中心，沿湾区岸线建设具有世界性的、国际性的、全国性的、海峡两岸共同性的历史著名人物的石雕像和纪念馆所，作为中国第一座以中国著名历史人物（本地人物）与大自然融为一体的、以农村农民和乡镇居民为主体的、环境建设与经济发展相结合的中国特色世界级的大公园……

　　一句句深思熟虑的建言，一篇篇精辟可行的论文，一幅幅恢宏壮阔的蓝图，凝集着老华侨对家乡的爱和情。

　　伯禄先生虽年已耄耋，但记忆力极佳。翻开他的回忆录《安海抗战史话》，近10万言，时间节点、事件经过清晰翔实，抗战期间安海破坏之惨烈、民生之凋敝、市民之困苦，记述得客观详尽，连小酒馆里的小人物的姓名都记得清清楚楚，是一封声讨日寇暴行的檄文，为安海地区抗日战争保留了一份珍贵的史料。

　　2018年，泉州申遗项目折戟巴林，远在大洋彼岸的他心急如焚，顶着疼痛的眼疾奋笔疾书，力陈"安平桥"包含的安平港、海丝起点、安平商人、宋代商贸中心等世界第一的海洋文化地位，建议将千年古镇安海的安平桥和龙山寺列入"泉州：宋元中国的世界海洋商贸中心"项目。一封封建议信（他都手书）寄给各级申遗部门，同时，与原福建省旅游局副局长、文史专家张木良，澳门安海同乡会名誉会长黄永富建立"申遗热线"，奔走呼吁。其建议得到文化部申遗专家组的重视，安平桥成为"泉州：宋元中国的世界海洋商贸中心"考察点，2021年7月25日，第44届世界遗产大会上，安平桥等二十二处古迹遗址被列入《世界遗产名录》。大家都说，安平桥能够列入《世界遗产名录》，黄伯禄和张木良、黄永富是幕后的"无名英雄"。

　　黄伯禄的家人大部分在美国和海外各地定居，是一个爱国、爱家乡的大家族。2010年，安海镇海东鸿塔片区进行旧城改造，他的祖屋也在征迁范围。他支持政府拆迁方案，将分得的房产捐赠给晋江市安海镇金墩黄氏家庙理事会"黄福泽黄福陶教育基金"，支持家乡教育事业，得到乡人的赞誉。

他说，他不追求名利，已经交代好"四不"（死后不通知亲友、不搞遗体告别、不过夜当天火化、不留骨灰）后事，一定不要写他的事。但我觉得，我这本书一定要写黄佺禄和黄长猷两个人，这是续写千年古镇侨胞的美好篇章，可以留下乡愁记忆！

（2022年3月）

天下无贼

  "夜不闭户，路不拾遗"历史上是"贞观之治"的盛世景况，说明当时国家安定，人们思想品德高尚，社会风气良好，这一盛况可以概括为"天下无贼"。"中国好人"黄光蚕是一个普通农民，他疾"贼"如仇，与"贼"不共戴天。他曾经是一个成功的企业家，他现在是一名"农民义务110"队长。从企业家到义务队长，

实现其人生追求。那么他怎么有如此境界呢？

俗话说，一个人做一件好事容易，做一百件好事不简单，做一

辈子好事就难了，这个人是黄光蚕。他的人生追求是天下无贼。黄光蚕，男，1945年12月出生于石狮仑后村一个贫农家庭。少年时天资聪颖，念小学时，他的老师黄逸生发现他的记忆力超常，似乎有过目不忘的能力。刚发的课本，看过一遍他就能倒背如流。黄老师语重心长地对他说，只要肯念书，学费会请仑峰菲律宾同乡会华侨支持。但是小学只念了三年，他就辍学务农，这件事是他人生的最大遗憾！

黄光蚕是石狮当地家喻户晓的人，百度里关于他的信息足足有数百条。我认识

他二十多年了，当时，石狮乡镇企业兴起，他抓住机遇，创办了车辆配件厂，并连续8年被当地政府评为优秀企业。当年，在新开辟的石蚶路仑后段西侧，他的别墅十分耀眼，红砖白石结构的三层楼房共十多个房间，精雕细琢，十分耀眼，算得上村里数一数二"高大上"的豪宅。

如果你踏进"农民义务110"队部，眼前慈祥而诙谐的老人声音洪亮，一头浓密的头发只夹杂零星的白发，光亮国字形的黝黑透红的脸上有些许皱纹，眼角布满岁月的痕迹，就是穿着有点老旧。提起与歹徒搏斗的情形，他还时常紧握拳头，跨起马步，我调侃赞夸他宛如"智取威虎山的主角杨子荣"！

石狮建市初期，20世纪90年代，被誉为闽南"小香港"的石狮，夹杂着来自全国各地的各种繁杂人员，盗抢案件频频发生，社会治安较为严峻。黄光蚕的豪宅引来歹徒的贪婪眼光。1996年冬天的一个深夜，五名歹徒潜入黄光蚕家里盗抢，七名家人被反绑双手蒙眼封口，歹徒翻箱倒柜，十多万现金和财物被洗劫一空，歹徒还打开冰箱和名酒，边吃美味边品尝美酒，还挑选笔挺的西服穿在身上，拿着大包，夹着小包，在家里折腾到拂晓，方才大摇大摆地扬长而去。面对如此嚣张的歹徒，黄光蚕一气之下发誓要消灭盗贼。这事件彻底改变了黄光蚕的人生追求和轨迹，对钱的追求对他来说已经变得渺小而淡薄，他决定从拼命追求赚钱改善家人生活，转变到保护家人的生命。于是，53岁，正当壮年的他，毅然在生意场打起退堂鼓。1998年，他毅然卖掉了自己苦心经营多年，年盈利六十多万元的汽车配件厂，自费组建了"农民义务110"巡逻队，从老板"转行"当起义务队长，并确定"三不"原则：不接受捐款，不收一分钱保护费，不领补贴。10月1日国庆节，宽阔的石蚶大道仑后村西侧，"江夏雄风"黄家别墅挂起了"农民义务

110"的耀眼灯箱。

1999年8月9日凌晨，黄光蚕为了捉拿电缆大盗跳下了三米多深的水沟，身上六处受伤，将制伏的身材高大的犯罪嫌疑人连同缴获的一整车高压电缆一起移交公安部门。2006年1月30日凌晨3时许，他到宝盖工业区巡逻时，发现六名歹徒盗窃大量钢材装上汽车正欲开走，就与他们展开殊死搏斗，肋骨断了两根……一场更为血腥的浴血搏斗发生在他创建"农民义务110"的第十年。2008年9月2日凌晨4时许，他在石湖大道巡逻时，遇到四名骑摩托车的外地年轻男子，他借手电光发现对方的车上有包装的物品，经检查，是一尊当地寺庙的古代铜制香炉。他让同行的一名队员回队报警，只身与歹徒周旋，不料对方突然抽出随身携带的刀、棍向他疯狂袭击。他边与歹徒奋勇搏斗边大声呼喊，全身被砍伤二十多处，刀伤最长21厘米，嘴唇上部及牙齿全被打掉．手指被砍断，流血过多昏倒在地……我得知此事后，即联系文明经营户曾双彬牙科医生前往医院慰问。曾双彬医师义务给他镶上满口假牙，体现了石狮人对英雄的敬畏，一时传为佳话。

黄光蚕还给"农民义务110"搞起了"多种经营"，增加义务法律宣传员、急伤贫病救济员、乐队指挥员"三员项目"，配合当地派出所维护社会治安，他也由一名企业家变成义务保一方平安的巡防队队长。他每年印发治安宣传手册、平安信、日历一万多份，并向群众公开承诺：第一，"农民义务110"有警必接，有难必帮，凡夜间在辖区发现盗窃、抢劫或其他犯罪行为，接警后在5分钟内一定赶到现场；第二，凡向"农民义务110"提供一条犯罪线索或协助抓获一名犯罪分子的群众，"农民义务110"将给予200—1000元的奖励；第三，保证始终不向村民、企业、外来工和经商户收取任何治安费、保护费。巡逻中，遇到摔伤、急病外来工，他第一时间将伤者送到医院救治，自掏腰包垫上医药费，然后悄悄离开。或者遇到没有钱回家的人，他就赠其回家盘缠。他先后救济近百人，耗费 10 多万元钱。说起乐队指挥员，他创办的"光蚕乐团"可是石狮地区一支响当当的西乐队。他花费几十万，购买二十多种西洋乐器，招收二十多名农民工当乐手。他常年活跃在石狮乐坛上，以乐养队，白天是号手，晚上是巡逻员。

2011 年，石狮市重点项目拉开序幕，石蚶大道拓宽改造项目提上议程，黄光蚕的别墅和厂房在规划征迁范围内。舍小家，顾大家的他二话没说，找到动迁组，在征迁协议上盖上手印。为将"农民义务 110"继续下去，他不等不靠，不找政府，将队部搬到一幢华侨闲置的石头老屋，重整旗鼓，搭建低矮的铁皮屋。他吃住办公在这里，夏季的"西照日"高温下，他至今"快乐地"度过了 11 年……

伤疤，就是他的勋章！这句话是对英雄的最好颁奖词。黄光蚕先后荣获"福建省综治工作先进个人""泉州市见义勇为先进分子"等称号，2009 年 11 月入选"中国好人榜"见义勇为类好人。在他简陋的队部门外的小花圃树立着一座"双手紧握"雕塑，寓意团结一心，与歹徒势不两立的决心。雕塑上的碑记："坚守的力量，披星戴月，风雨无阻，坚守在巡逻路上，不惧生死，不求报酬，只为一方平安。1998 年，黄光蚕组建仑后'农民义务 110'巡逻队，用坚守……"黄光蚕正在实现"天下无贼"的夙愿！

（2022年6月）

劳动精神漾九霄

——记全国劳动模范吴助仁

　　从喧嚣的石狮市区宝岛路进入玉湖社区，"福建省诚信示范市场玉湖果蔬批发市场欢迎您"几个耀眼大字的广告牌映入眼帘，这里就是远近闻名的市场专业村——玉湖。玉湖位于石狮市区东北部，古称湖边、湖滨，因傍临古代龟湖塘而得名。市场一隅的湖东农民公园，波光粼粼、绿树成荫、鸟语花香。走过五十多米长的七孔玉澜拱桥，踏上湖心岛，这里就是玉湖社区的"心脏"了。花丛中一堵高大的石墙刻满"全国文化先进社区""全国敬老模范社区""全国和谐社区建设示范社区""全国科普示范社区"等14个沉甸甸的"国"字级荣誉。立于墙前，令人震叹！这么多桂冠来之不易，其中凝聚了"领头羊"玉湖社区党委书记兼主任、全国劳动模范吴助仁的汗水和心血。

　　吴助仁在石狮可谓是一个家喻户晓的人物。他身材魁梧、脸色黝黑，一副憨厚老实农民的淳朴形象；他思维敏捷、雷厉风行，更像战场上运筹帷幄的指挥员。他是一个土生土长的玉湖人，1946年出生于一个贫穷知识分子家庭，父亲吴文燧是一名园丁，母亲邱淑添耕种务农，家中有兄弟姐妹七人，仅靠父亲微薄的薪金维持生计。1967 年高中毕业，成绩优异的他毅然回家乡新湖大队务农。目睹农村贫穷落后的状况后，他立志要以"科学种田"的理念改变家乡的面貌。他先后放弃父亲退休补员、报考工农兵大学、高薪企业高管的机会，一心一意扎根农村，49 年来他没有离开过生他养他的这块土地。回乡初期，从兽医员、企业管理员、赤脚医生、合作医疗站站长、生产队队长等岗位一步一个脚印地做起，用自己自学的一技之长服务村民。

1992 年是吴助仁人生旅途上的一个重要的转折点，他当选新湖村村长。一副重担压在他的肩上，是安逸地坐在办公室享受"村官"位子，还是抓住机遇担当风险创业兴村，是排在他面前的两条路。当时村里面临着全部耕地被征用、剩余大量劳动力、贫富两极分化的问题。为此，解决剩余劳动力出路和帮助弱势群体脱贫，成为亟须解决的两大难题。他以高瞻远瞩的眼光提出"市场兴村、商贸富村、富民强村"的发展战略。兴建市场遇到资金困难，党委一班人敢于冒风险，向银行贷款，向党员、居民借款，高峰期达 7000 多万元。当时，不少亲朋好友都劝吴助仁："你这位高级经济师怎么算出这笔糊涂账呢？万一市场不成市场，这几千万元可要怎么还呀？"吴助仁也有顾虑，但他认为当干部就要有干事创业的勇气，只要对群众有利的事，就要有人去担这个风险，只要符合"三个有利于标准"，先做再说，先干再理。他清正廉洁、不徇私情，不怕得罪人、不怕丢选票、不怕丢乌纱帽、不怕负责任、不怕打击报复。《福建日报》专访并在头版刊发《"五不怕"书记吴助仁》，如果没有吴助仁的"五不怕"精神，就把不住玉湖社区方方面面。玉湖果蔬批发市场是居民勤劳致富的"聚宝地"，吴助仁在安排摊位店面时首先照顾那些贫困户、计生帮扶对象，从不偏袒亲属，做到一碗水端平。如今已逾古稀的吴助仁每天清晨天刚蒙蒙亮就奔走在果蔬市场的各个角落，堪称农业战线上的一棵常青树。

25 年来，他先后担任村（居）委会主任、党支部书记、党委书记，还兼任石狮市企业与企业家联合会创会会长、市场董事长、食品厂厂长等职，全身心投入农村改革发展事业。从担任村长的第一天起，他就立志带领居民走共同致富的道路。为了实现自己的梦想，他多次谢绝民营企业的高薪聘请，心甘情愿当吃力不讨好的"村官"，展示其平凡人生的伟大追求和不平凡的传奇。

诚信是吴助仁的行为准则，他崇尚"人无信不立，民无信不正，商无信不兴，市无信不旺"的哲理，带领村民白手起家。从无到有，从小到大，兴建市场、建设农场、创办食品厂，一二三产业同步并举，做强壮大社区集体资产，市场发展成为占地 60 亩、日交易量 185 万公斤的大型农贸综合市场。2015 年社区财政收入突破 2000 万元，集体资产达数亿元，每年分发社员福利金、老年人福利金、残疾人福利金、爱心慈善教育资金超千万元。他以一身正气管理市场，对以借钱、赊东西为名进行敲诈、欺行霸市、强买强卖、以恶势力控制市场的村霸地痞毫不留情地处理和打击，维护经营户和消费者的权益，让外地经营者放心安心经营。玉湖果蔬批发市场和玉湖食品厂先后被评为省级诚信示范市场、省级"守合同重信用"企业、著名商标，今年又被推荐为全国"守合同重信用"候选公示企业。多年来，党组织给予他多项荣誉，如"全国劳动模范""福建省优秀共产党员""福建省军民共建精神文明先进个人"等荣誉称号，他还当选福建省党代会代表、福建省人大代表、福建省工代会代表。

吴助仁嗜书如命，热衷乡土文学，他不沾烟酒，劳动之余案前床头陪伴他的是书籍。家中有书房二室，收藏着政治、经济、法律、文学等门类的书籍一万多册，连青少年时代的课本他都悉心收藏。他常说："活到老，学到老。"在任职期间，两次被省委组织部选送进福建农林大学学习，2000 年获得"村镇管理"大专文凭，圆了大学梦。几年来，吴助仁利用业余时间走访社会各界人士，收集资料、查找档案，主编及与他人合作出版《玉湖之路》《乡情石狮》《玉湖史话拾萃》《石狮吴氏风采》《南音之魂》等十多部乡土文学著述，抢救和发掘了大量珍贵的文史资料。

吴助仁一心为集体和村民谋利益，获得了村民的尊重和爱戴，"这奖那奖，不如百姓的夸奖；金杯银杯，不如群众的口碑"。村民送给他的花篮上有这样的祝福真言："我永远敬爱您，敬爱您的爱村、敬爱您的爱民、敬爱您的精神、敬爱您的成就；我永远祝福您、祝福您健康、祝福您快乐、祝福您长寿。"

1996 年 8 月 20 日，时任中共福建省委副书记习近平到新湖村考察，专门听取吴助仁的汇报，对吴助仁发展第三产业走共同富裕的做法表示充分肯定，习近平的教诲给予吴助仁极大的鼓舞和鞭策。2002 年 1 月 10 日，中共石狮市委做出《关于开展向玉湖居民区党委学习活动的决定》，号召全市各级党组织向玉湖社区党委学习。2005 年 2 月 23 日，中国作家协会名誉副主席、全国著名作家张锲参观玉湖社区评价说："福建有玉湖，石狮有吴助仁，可作东南楷模，亦中华之奇男子也"，并欣然题词"石狮之星"。

"英雄气魄垂千古，劳动精神漾九霄。"这是郭沫若当年赞颂劳动人民的诗句。劳动创造财富，我们赞美劳动，我们热爱劳动，在全国人民共圆中国梦的今天，有许许多多像吴助仁这样无私奉献的劳动模范在默默耕耘，开拓进取，党中央描绘的奔小康宏伟蓝图一定会早日实现！

（原载《石狮文艺》）

"编外"文化馆长

"蚶江海上泼水节"是石狮侨乡乃至泉州东亚文化之都一个响当当的文化品牌,2008 年定为国台办对台十大交流项目之一,2011 年国务院公布"第三批国家级非物质文化遗产"名录。这项为两岸文化交流做出重要贡献的优秀文化遗产是在濒临失传的情况下被抢救出来的,发掘打造这一文化遗产的功勋就是被誉为"古渡文化人"的林祖武。

林祖武是土生土长的蚶江人,笔名海韵、江云、锦声,1940 年生,父亲是老实巴交的修船师傅。高中毕业后,他当过 18 年的蚶江中学语文代课老师。1978 年凭着一腔对文化工作的孜孜追求与热爱,他没有计较什么正式编制,前往蚶江文化站,当起"编外"站长。1989 年,他参与组建石狮市文化馆,并被提拔为石狮市文化馆副馆长。他先后加入及被聘任为中国亚太经济发展研究中心行业高级研究员、中国国际名人协会会员、石狮市政协文史委员,在乡土文化研究方面的成就累累硕果,他不愧是石狮市文化界的一员虎将。他创作的文艺作品荣获福建省、全国乃至国际性大赛奖项 40 多次,如"全国曲艺优秀节目奖""国际灯谜优秀论文第二名"等,荣获"中国优秀人才杰出贡献金奖""全国灯谜活动家"六佳之一、"2006 年度中国百名行业风云人物""构建和谐社会中华民族知名作家"等称号。中央电视台、《人民日报》《人民画报》《文艺报》及《世界日报》《大公报》等海内外数十家新闻媒体都曾对他作过报道,他为石狮人争得了荣誉。他因对蚶江古渡、闽台对渡文化的特殊贡献而被誉为"古渡文化人"。

林祖武最杰出的贡献在于对闽台关系史的研究与挖掘。1978年,从他发现"对渡碑"残缺的一半开始,就着力对"蚶江——鹿港"的对渡史实执着地研究和挖掘。在古蚶江海防官署遗址的残墙上,一块断成两节的斑驳石碑静静地树立,碑额篆体刻有"新建蚶江海防官署碑记",碑文开篇:"蚶江为泉州总口,与台湾之鹿仔港对渡……大小商渔,往来利涉,其视鹿仔港,直户庭耳。"碑文用"直户庭耳"四个字来形容蚶江与鹿港的关系,是一种多么准确传神的描述。"户"是大门,"庭"是庭院,从蚶江到鹿港,虽然跨过海峡,却像从自家大门跨进庭院,那么轻快、自然、便捷。这块"对渡碑"诉说了一段蚶江与鹿港之间对渡贸易历史和文化,这样一段闽台缘通商史,曾经一度淹没在历史的烟尘中。林祖武硬是从厕所墙壁上将它抢救出来,经过艰辛的调查和寻访,三年后又在海滩深处找到另外半块残碑,使得这件极其珍贵的涉台文物终于完璧。作为海峡两岸通航的重要历史佐证的"对渡碑"的重见天日,它开启了一段对渡文化的挖掘之旅,开启了世界一绝的"蚶江海上泼水习俗"的复兴之路。

林祖武的另外一项重要贡献是发掘弘扬石狮灯谜。石狮灯谜的历史可以追溯到清初,清代嘉庆十四年(1809)《锦黄家谱二房卷》记载:"钟晃,乳名昉,字元明,号敏慧……多技艺,如猜谜、角棋诸戏技事,高人数着……"这段史料足以说明自清朝以来石狮不乏"猜谜"高手,证实了石狮灯谜艺术源远流长,为石狮灯谜至少有两百多年的历史提供了佐证。两百多年来石狮灯谜或衰或兴，薪火相传，一直延续到今天。清光绪八年（1882），以林桂舟为代表，林少怀、吴金炎等八人成立了"谈虎楼"谜社。这些先贤大胆创新，创造出物谜、哑谜、画谜，甚至用白话体、闽南语编谜，将闽南俗语引入到谜事活动中，获得群众的喜爱。不仅如此，1930年，当林桂舟到台湾经商后，他还将灯谜带到宝岛去，后来，猜灯谜还成了石台两地文化交流的一种形式。抗日战争以前，各个角落在"佛诞日"经常设坛悬谜。每临元宵、端午、中秋等佳节，各街道一些商家或为招徕顾客，或为附庸风雅，于店前悬谜征射，奖品多为该店商品或时令商品。1931年，日本帝国发动"九一八事变"，"谈虎楼"谜社义愤填膺，举办抗日专题谜会。1938年中秋佳节，城隍街各布店捐献奖品，以绸布业同业公会名义悬谜征射，奖品有府绸衣料、老头牌衫纱等，奖品之丰厚实属罕见。1945年，位于民生路的华侨医院举办了"庆祝抗日胜利文虎征射"。随后，城隍街棉布业、德和中药房、东亚照相馆以及建兴街等陆续举行灯谜会。

1978年10月，林祖武等14名灯谜爱好者发起成立蚶江灯谜组，发掘振兴灯谜文化。1989年他撰写的《蚶江谜史初探》论文在台湾《中国谜苑杂志》连载，在海峡两岸引起轰动。他曾被誉为中华谜坛的"五虎将"，集灯谜创作、评论、理论、竞赛、组织于一身，为乡土灯谜的弘扬与发展做出重要贡献。2000年，蚶江镇被文化部命名为"中国民间艺术（灯谜）之乡"；2008年，石狮市被文化部命名为"中国民间文化艺术（灯谜）之乡"。

蚶江灯谜组还积极组织开展狮台灯谜文化交流。据载，清乾隆四十九年（1776），蚶江与台湾鹿港对渡，并设海防官署；蚶江台湾商船往来频繁，郊商云集，经济文化盛极一时，蚶江灯谜随之传播到宝岛台湾。台湾民间古物文化交流协会理事长蔡崇熙参访蚶江灯谜馆时如此表示："没有蚶江灯谜就没有鹿港灯谜，蚶江是母，鹿港是子。"如今，台北谜学研究会、高雄谜学研究会等台湾谜学社团每年也都派人来蚶江交流。值得称奇的是，有少数台湾谜友在与蚶江灯谜交流时，通过古灯谜找到了自己的大陆祖先。台湾知名人士邱毅博士在蚶江灯谜馆参观时，用纸笔在现场记录下了蚶江和台湾灯谜交流的资料，表示"我们要记住这段历史"。

林祖武是一位多产的文艺家，年轻时就笔耕不辍，涉猎众多。林林总总 200 多万字手稿，多么辉煌的数字，是他用辛勤的汗水和颤抖的笔尖凝成的。其诗、词、散文，文辞精练优美，常有神来之笔，令人拍案叫绝；其小歌剧、戏曲常有引人入胜之意境；其灯谜作品，总有峰回路转、回味无穷之雅韵。翻开林祖武著的《古渡文化人》一书，洋洋洒洒 12 万多言，关于闽台对渡、海上泼水及蚶江谜乡的相关话题，占了相当的比例。如"直笔记录"之《海峡共潮声》《古渡春潮》《帆翼又相招》《古渡同胞会　两岸竞龙舟》《蚶江海上泼水节感赋》《欢喜船入港》《对渡碑在呼唤》《弘扬对渡文化　促进祖国统一》等章节是叙述闽台对渡交流的；而《灯谜巧结两地心》《谜系海峡情》《吟诗谈虎庆中华》《请到谜乡来猜谜》《谜铸爱国魂》等章节是对蚶江谜乡直抒胸臆，足见他对闽台对渡及灯谜文化倾注了多少心血！此外，在"实话实说"之《关于发展侨乡农村文化的思考》《办好教育，培养跨世纪人才》《弘扬对渡文化　促进祖国统一》等章节则是他作为民主党派民盟盟员对党的教育、文化工作，对台旅游、统一战线工作积极参政议政的体现，其多篇论文被民盟泉州市委作为政协提案提出，得到市委市政府的重视。1995 年 10 月 25 日，在福建省"发展闽台关系，促进祖国统一"参政议政研讨会上，《重振古渡蚶江雄风，崛起海峡民办特区——从古渡蚶江展望闽台关系发展趋势》论文，得到与会领导、专家的关注与重视。《福建盟讯》作编者按，全文刊载。

　　林祖武四十多年坚守在乡土文化这块高尚阵地。更为难能可贵之处的是在工作编制没落实、收入不稳定的困境中，他一方面为养家糊口，勤奋敬业地对待企业助理、报社编辑校对、编写村志族谱等事，另一方面还要忍受哮喘病、心脏病等多种疾病的长期折磨。因为工作不稳定、生活清贫，直到 30 多岁他才成家，后来，又遇到要培养五个子女学业、支付高昂的医疗费、翻建破旧老屋等种种生存困难。在此过程中，他始终乐观向上、笔耕不辍。2009 年，在生命弥留之际，他还拖着病体将《古渡文化人》一书奉献给读者。此书凝聚了他对乡土文化的痴心投入，对生活理想的感悟追求，也是他对石狮这片生他养他的热土最直接的感情体现。作为一名优秀的文艺工作者，他孜孜不倦地为人们丢献了不可多得的精神财富，获得大家的敬重是理所当然的。诚如福建省文化厅王晓荫处长语重心长的一句话："老林也是国宝啊，我们要很好地呵护他！"石狮文化的繁荣与发展，就是有一大批像林祖武这样的"编外"文化人在默默耕耘、默默奉献，他们的身上散发着泥土的文化芬芳，洋溢着创作的无限激情。榜样的力量是无穷的，这种潜移默化的引导使得石狮文化艺术人才辈出，许许多多的"编外"文化人乐于奉献，《石狮古厝》《石狮掌故》《石台亲缘》《石狮侨影》《天地有情》《鳌城稽古》《永宁卫志》等著作不断地为石狮乡土文化事业添砖加瓦。我们要为石狮这群"编外"民俗文化工作者鼓与呼，要好好地呵护他们！林祖武是乡土文化的杰出代表，像威武的"对渡碑"在石狮乡土文化史上留下浓重的一笔。

　　（2015 年 5 月 14 日登石狮日报《乡土文学》、入编《作家眼中的石狮》）

泉郡布金院蒙古学教授——黄凤

黄凤（1293—1368），少名洲，长名仕凤，又字仕元，行万一，号潘山，晚号十四致政。元延祐五年（1318）承袭祖恩补泉郡布金院蒙古学教授，乃元代泉州仅有的两个蒙古学教授之一，任满留居仑峰金院后。凤公出身名门望族，书香门第，庙号金墩。始祖黄岸（674—756），字宗极，武则天戊戌科进士，官至桂州刺史，封开国公谥忠义，进秩金紫光禄大夫。

石狮市区北郊之院后山畔耸立着一座蔚为壮观的佛门圣地，该山门额曰"法净寺"，由南海戒忍书丹，四周景色优美，古色古香，乃狮城又一胜景也。该寺旧址乃闻名于世的古代泉郡布金院。

此地古称院后，究其来历，地以院（寺）而得名。据史载，在一千三百多年前的隋代大业十年（614）即有佛教高僧在此地结庐弘法，初号法华寺；唐乾符三年（876）憎衍德募缘重修，凡见木皆漆，施朱布粉，随类附彩，富丽堂皇，从兹每当晚霞夕照，寺院异彩缤纷，似西天法界，满地犹如金碧毫光，祥云缭绕，遂成泉南奇观，故易名布金院。龙德元年（921）八月，闽王王审知感其瑞气福荫四方百姓，赐额"彩霞团地"，赠官瞻田百亩，以永梵修。由是泉郡布金院声名远播，四方善信纷纷来朝，香火极盛。

元代至元六年（1269），元朝廷令各路、府、州、创设"蒙古字学"；至元十八年（1281），泉州行省设蒙古提举学校官二员，蒙古学教授、学正各一名。布金院设立书院，兼具寺庙与学校，由政府派学官管理，黄凤出任布金院蒙古学教授，是寺是泮，盖全福建所独有。因泉州府教育经费短缺、从永乐五年（1407）开始，泉郡布金院院田 200 亩改为学田，用于供养各县的部分贫困学子。至正二十四年（1364），布金院鸿钟成，黄凤作《鸿钟志》，该钟现藏泉州开元寺博物馆。

2000 年，海内外重建泉郡布金院，于院后山原址重建，占地 20 余亩，蔚为大观。在院西山坡发现明代僧墓塔两座，上刻明宣德甲戌住山释立，现为石狮市级文物保护单位。黄凤墓地如今保存完好，墓碑刻"明仑山始祖十四致政黄公墓"，为典型明代墓葬，目前重修一新。

（原载《江夏心声》）

"金太傅"黄汝良

人称"金太傅"的黄汝良，是明朝末年一位忧国忧民的廉吏，他一生历仕明朝万历、泰昌、天启、崇祯四朝。90多岁致仕后，他在老家晋江安海著书，还做了一件惊天动地的大事，即倾尽家财助郑成功收复台湾。

黄汝良（1554—1646），字名起，号毅庵，因喜读《易》，改号易庵，晋江安平（今安海）人，出身官宦世家。祖父黄伯善，嘉靖十九年（1540）举人，浙江衢州府同知，权摄知府事，有政声；父黄宪清，嘉靖四十三年（1564）举人，广东廉州司马，以廉洁勤政见称。汝良从小知书好学，万历十三年（1585）乡试中举，次年会试第二名、廷诚二甲第十六名成进士，授翰林院编修。

万历二十年（1592），汝良奉旨册封赵王。藩王倨慢无礼，要在王府外安顿使节。汝良力争，指出"天子无客礼"，坚持要入殿中行礼。册封礼毕，随即回京，所有馈赠礼物一概谢绝不受。

汝良自万历二十年起，历任南（京）、北（京）国子监司业，两次出任江宁、应天典试官。在主考中，他坚持择优录取，从严从公，不避嫌怨。万历三十二年（1604）甲辰科会试，汝良以少詹事知贡举，充任读卷官。为严肃考场，他下令禁止催鼓，以免影响考生文思。这一科后来成为名臣的状元杨守勤就是由他选拔的。万历三十五年（1607）丁未科会试，汝良受命为会试总裁。正好此科主考官李廷机、杨道宾、黄国鼎均为晋江人，他们志节相同，持正不阿、从严不贷，都以为国选贤为己任，因此是科所选多贤才俊士，许多人后来成为辅弼卿相或名臣，单泉州就有探花张瑞图，会魁杨道寅，进士杨瞿崃、林欲楫、蔡侃、苏懋征等。

汝良对朝政国事非常关心。万历二十七年（1599），上疏请罢撤税监、矿监，严惩不法监史。时朝廷为弥补国库匮缺，向全国各地派遣税监、矿监榷征矿税和其他杂税，而榷税太监大都贪酷横

暴，许多地方的百姓纷纷起来反榷征、杀税监。朝臣言官曾不断上疏，历数税监罪恶，谏阻罢榷，但都没能遏止，有些正直大臣或被罢或被贬或受刑治罪。汝良不顾身家安危，多次上疏奏罢税榷，揭露监丞胡汝焕等人的罪行。

万历三十三年（1605），汝良迁为礼部右侍郎、教习庶吉士。他目睹朝政日非，即以每年垂暮为由，乞假侍养，没有得到批准。后又连续九次上疏乞归，均不批复，直至母亲去世才获准回乡治丧守制。回安平后，杜门不出，家居17年，无意仕途。

天启元年（1621），汝良在群臣推荐下，起复为南京礼部侍郎，后北迁改任吏部侍郎，并被要求修纂《实录》，他竭力推辞，不许。

熹宗初立，朝政未修，百务废弛。汝良上疏条陈政务"十策"，建议整顿朝纲、严明法纪、恢复宗法、整饬吏治，受到当权者猜忌，被安排出任南京礼部尚书，他乘此机会再次乞归回籍。

天启五年（1625），熹宗召复汝良为礼部尚书，兼掌詹事府，总裁《实录》，汝良再三推辞，不准。翌年五月入都就职。时值魏忠贤把持朝政，专横跋扈、大兴谳狱、诛杀忠良。汝良疾恶如仇，每与魏珰当面，除礼节性一揖后，即掉头而去，不与交言，因而结怨魏珰。

汝良受命总裁编修神宗、光宗《实录》，必然要涉及晚明宫廷"三大要案"。魏忠贤要为"三案"翻案，命其党羽编撰《三朝要典》，纂集万历、泰昌、天启三朝有关"三案"的谕示、奏疏、档册，并加按语编成，目的在于阿谀魏忠贤，诬陷东林党人，作一网打尽之计。并要汝良在编修《实录》时，"凡事关三案者，均据《要典》补正"。汝良对此大为愤慨，不因权势高压而屈从，持正据实，严加驳斥，力保忠良。因此魏珰视汝良为眼中钉，而汝良也以事势难为，坚请致仕。

崇祯元年（1628），明思宗朱由检即位，严惩魏忠贤及其党羽。汝良赋《太平歌》十首以志庆。同时，就《实录》和伪书《要典》有关三案一事，写成《申大义、核信史》表章，上奏朝廷，议请为三案被害的忠臣杨涟、左光斗、高攀龙、袁化中、张慎行等人平反，提出要焚毁《三朝要典》伪书，校正《光宗实录》中不实之词，以重信史。表章上闻，得到赞许，诏加汝良为太子太傅，以原职起用。

汝良陛见，又上"时务八要"，其中有关"恤民、惩墨、节财、练兵"诸条，得到嘉许。在文华殿召见时，汝良以"加派叠征，民命不堪"，直言不讳地劝告思宗"减征、轻赋"，以疏民困。当时，朝廷正命群臣推荐首辅（宰相），许多人都瞩目汝良。适值汝良上奏《祈雨疏》表章，文中批评时政，语气切直，触犯思宗的"尊严"，此议遂罢。

崇祯八年（1635），汝良以年迈体衰乞请休退归里。辞朝陛见时，仍谆谆进言，请思宗"培元气，持大体，急先务，宽小过"。崇祯十五年（1642），思宗亲下敕书，遣官馈送彩印羊酒到汝良府中存问。

汝良晚年居家，仍然念念不忘国事。南明隆武二年（1646），郑成功在安平举义抗清，得到汝良的大力支持，"自倾仓廪以助军需"，是年无疾而终。著有《河干集》《野纪朦搜》《东宫大学讲章》《历朝奏疏》《皇明乐律志》《山居联句》诸书。

百鉴求真 BAIJIANQIUZHEN

刚正廉史黄光升

明朝中叶，晋江出了一位名震朝野、刚正不阿，与海瑞齐名的廉史"黄青天"黄光升。

黄光升（1506—1586），字明举，号葵峰，明泉州晋江潘湖垵边临漳人。明黄文简《尚书赠太子少保黄恭肃公行状》："公讳光升，字明举，明嘉靖七年戊子（1528）荐于乡（中举人），越明年己丑（1529）成进士。"初授浙江长兴令，累官户刑二尚书，是明代一位倡导教育兴国尊师重教的政治家、军事家、法学家、水利学家和历史学家。嘉靖四十五年（1566），户部主事海瑞买棺材，别妻子，散童仆，以死上疏，劝说世宗不要相信陶仲文这班方士的骗术，应振理朝政，因而激怒世宗，诏命下狱论死。黄光升则把海瑞上疏比拟儿子骂父，以减轻罪责，并乘机把海瑞留在狱中，营护海瑞甚力（详见《中国历史大辞典》第3681页）。直至同年十二月世宗驾崩，穆宗即位，海瑞才被释放出狱。隆庆四年（1570）海瑞曾前往福建晋江潘湖黄光升尚书府拜谒黄光升，以表营护之恩（潘湖海瑞歇马庙可证及《中国历史大辞典》第3681页有载）。黄光升主张和倡导"昔我先皇之有天下也，惟是教学为先"及"师严然后道尊，道尊然后民知敬学"等思想，并被刻入泉州府学碑。明神宗万历帝朱翊钧特钦赐御匾《尚书允敬承》赠予潘湖临漳黄光升。

万历十四年（1586）黄光升卒后，黄文简应光升子乔栋、乔棠所请，作《尚书赠太子少保黄恭肃公行状》。《行状》曰："黄生自游庠校时，辄已知景影，公既从宦，强半家居，得陪公杖愤之末奉渠诲，故知公详，谨次公生平行状，文岳大笔采挥焉。"清李清馥《闽中理学渊源考》卷61《恭肃黄葵峰先生光升》综述旧《郡志》《闽书》黄文简撰《行状》《道南源委》、新《郡志》《通志》等有关记述，为之作《传》。"黄光升，字明举，别号葵峰，晋江潘湖人。父绶，接蔡文庄（蔡清）学派。光升登嘉靖八年（1529）进士，为吏部选人，即明法律、书数、考论、国家掌故。"清李清馥《闽中理学渊源考·卷61·恭肃黄葵峰先生光升》："授长兴令，理烦治剧，纪纲肃然。"明黄文简《尚弓赠太子少保黄恭肃公行状》："令浙江长兴（县）故剧邑也，赋役浩穰，吏缘为奸，又多傅图虚粮，诐输者苦之。公躬自综覆，定输收赍卷，仍下首正之令，俾各以顷亩自实。吏民惮公严明，莫敢隐蔽，瑶赋为之一清。邑名家贵人善请寄，其百姓故善讼。公屏谢馈遗，以古悬鱼自励，人亦不敢以私谒两造至前，既得情立遣之，有'讼庭如水'之谣焉。薄书于余暇，则延诸隽士，为校艺讲业，斌斌多兴起者。居五年，以治行冠于两浙。"刑科给事中、兵科给事中。清李清馥《闽中理学渊源考·卷61·恭肃黄葵峰先生光升》："擢刑科给事中，以艰归。服阕，起兵科。"明黄文简《尚书赠太子少保黄恭肃公行状》："嘉靖十四年乙未（1535）秋，奉圣书征；是冬拜刑科给事中。（在官严诬告、权轻重、详讼词、惩奸匿、省佐证。）嘉靖十五年丙申（1536），遭母（吴氏）丧归（晋江潘湖）。嘉靖十九年庚子（1540），免丧还朝，复补兵科。"浙江按察司金事、浙江布政司参议。清李清馥《闽中理学渊源考·卷61·恭肃黄葵峰先生光升》："以刚介不阿时相，出为浙江金事。迁参政，修筑海塘以收水利。"明黄文简《尚书赠太子少保黄恭肃公行状》："时信州（宰辅夏言，江西信州人）柄国方兴，霍尚书韬、郭通候熏互相诋讦。公昌言：'大臣宜和衷共济，而各分町畦日寻戈战，非所以尊朝廷定国是。'信州（夏言）衔之。嘉靖二十年辛丑（1541），出为浙江按察司佥事，然未几而信州（夏言）归矣！嘉靖二十三年甲辰（1544），晋浙江布政司参议。信州（夏言）起家还政府，道浙东，诸藩臬多逆诸境上，公第遣刺候道而已。信州（夏言）念前隙，恚甚然，亦不能中也。"广东按察司副使、四川布政司左参政、广东按察使。清李清馥《闽中理学渊源考·卷61·恭肃黄葵峰先生光升》："历广东按察使。时海寇为患，光升下令能捕获者，与所获财物，寇遂息。安南莫正中与莫泷翼争立，败而来归，其酋范氏（范子仪）、潘氏以兵攻钦州，索正中殊急。光升密授主将俞大猷方略，伏兵挫之。二酋奔，泷翼斩之以献，寻率其党听命，安南以安。已而复有讨定瑶黎及俘新会贼功。"明黄文简《尚书赠太子少保黄恭肃公行状》："嘉靖二十六年丁未（1547），晋广东按察司副使。嘉靖二十九年庚戌（1550），晋四川布政司左参政。嘉靖三十二年癸丑（1553），晋广东按察使。公居官皆累阀积资，若循阶而登，少跙踬处，所至率懋声迹。在浙江职，董水利，力排众议，修筑捍海塘，改竣诸暨泌湖蓄泄，山会萧（萧山）、诸（诸暨）之水，［山阴、会稽（今绍兴县）、萧山、诸暨］四邑籍不苦甘旱涝，民迄于今德之。（还提倡兴学，编写县志，政绩显著。）在广东职，巡视海道，兼管市舶。（广东沿海民众有的挟舸入海和夷人互市，时有抢掠；加上不法官吏侵削，'夷市'　课税入库只有十分之一。）公檄下滨海，郡邑严干摄之令，诸小民修牟盆业，及诸夷持贷贸易者，为详讯察程缯箓，诸奸猾无得渔猎其间，夷、民均利，军兴赖以饶给。（征得"夷税"十减其六，而课入库银却加倍增长。）（越南）交南莫正中与土舍莫宏翼争立，败而来归（到广东避难），逆酋围钦州（今广西钦州县），索正中殊急。（总督欧阳必进命黄光升速调东莞、新会二县守兵。）公密授俞都督（俞大猷，参见泉州历史网《泉州人名录·俞大猷》）方略，伏兵海岛连战，大挫之。莫宏翼疑关听命，定秉承袭（明朝廷承认莫宏翼继承王位），交南以安。它如连山（连岩）崖州之役，部勒诸将士讨定，征黎（瑶黎）殄厥，筑魁而止。事宁，督府奏捷，皆首最公功，顾卒无异擢也。公居恒语人曰：'人臣弟以不欺事君，以仁恕驭民，天下奚忧弗治矣。'总粤宪尤留意爰书，所平反冤狱甚众。新会盗陈文伯剽据四出，督府檄公及两兵宪讨平之。诸将领获一贼，乱而绯袍，目为陈文伯也。同事者心动，将上功于督府，公引狄武襄事折之，竟中辍。其不欺类如此。"四川布政司右布使、左使、都察院右副都御史。清李清馥《闽中理学渊源考·卷61·恭肃黄葵峰先生光升》："迁右副都御史，巡按四川。疏止采办丹砂、麸金及匀停水陆邮传，岁省民财数十万。会建三殿，需巨木，市鬻有法，不须加派。"明黄文简《尚书赠太子少保黄恭肃公行状》："嘉靖卅三年甲寅（1554），晋四川布政司右布使。嘉靖卅四年乙卯（1555），晋左使。嘉靖卅六年丁巳（1557），晋都察院右副都御史，巡抚四川。公宦蜀中久，洞悉其民情利病，尝重编全省瑶籍，调适剂量，吏无得以意高下；核秋粮，剩余米，为势豪诡匿者抵免丁粮物料之派，遂永著为挈令。（世宗崇信道教，笃信方士陶仲文。）比开府，会三殿（大享殿、大高元殿等）营建，需钜材蜀中。公酌定郡邑大小、道里远近，给其组输运。诸司期会，移旁午盖，挥划瞬发以为常。且与诸长吏约曰：'缓课督，杜侵明玩视兹禁。为百姓豺狼者，有朝廷三尺法在！'以故辇输不绝，而黔蒸忌劳。公猷闵然，叹曰：'蜀民力惫矣！'又奏乞停取丹砂，免麸金，蒙罢焉。"兵部右侍郎兼都察院右金都御史。清李清馥《闽中理学渊源考·卷61·恭肃黄葵峰先生光升》："（三殿）工成，擢兵部侍郎，总四川、湖广、贵州三省讨叛苗，抚降二十八寨。"明黄文简《尚书赠太子少保黄恭肃公行状》："嘉靖卅九年庚申（1560），晋兵部右侍郎兼都察院右金都御史，总督湖广、川、贵军务。属苗夷煽叛，疆吏弗能制。公激荐士卒，选将俞大猷、石邦宪、安大朝等，属以兵事，戒侦候，密按伏，诸苗闻风瓦解矣！遂乃宣布恩信，俾携钥饭犊者为齐民，而诛剿其负险怙乱者。复下令勿燔聚落，勿逆壶浆，计前后所降二十八寨，所招回流移军民六百户。事闻，世宗皇帝嘉公功，赐宝镪文绮。"工部右侍郎、南京户部尚书。清李清馥《闽中理学渊源考·卷61·恭肃黄葵峰先生光升》："召入工部，寻进南户部尚书。严嵩窃柄，政以贿成，诸督抚无能徒手保位者。光升自疏议外，绝不为私交。时光升著廉名，且有督木、抚苗功，嵩亦采舆论，以艰钜相畀意，不能无望也。"明黄文简《尚书赠太子少保黄恭肃公行状》："嘉靖四十年辛酉（1561），改工部右侍郎，寻晋南京户部尚书。先是［嘉靖三十九年（1560）］振武营兵变（南京振武营因总督粮储侍郎黄懋，官裁军饷，惹起变乱），戒主计大臣。公至，则与大司马丰城李公协谋底定（黄光升一面疏请恢复军饷原额，一面及时处理负责处理军库主事黄鹗的不法行为，责成司法查覆，使'库藏为之一清'），疏请于朝曰：'按令申江西、湖广转襄留都（南京），岁漕百二十八万。厥后咸输掳减，加以逋负漂失，戍卒警鹜待哺，遂脱巾。乞念根本重地，复会计原额。'部覆报可。自是咸漕百万，军输储不乏，卒伍无讹矣！是时分宜（严嵩，江西分宜人）秉政，公疏议外，绝不为私交，分宜（严嵩）亦采舆论用。"刑部尚书。清李清馥《闽中理学渊源考·卷61·恭肃黄葵峰先生光升》："嵩败，华亭徐阶雅相知，遂力推毂焉，自南京入长司寇。时世宗暮年，谴戮不测，阶与光升斡旋调剂，求生法外，寓生法中，良亦有独苦者。所谳杨选、严世蕃、海瑞三狱，委曲平停，得从宽减。给事中沈束以言事囚系十六年，光升疏乞蠲宥，有旨放为编民。"明黄文简《尚书赠太子少保黄恭肃公行状》："公故楚蜀急则之楚蜀，留都（南京）急则之留都（南京），公所戡定经略，咸倬著绩效，而华亭徐文贞公（徐阶）雅相重，亦颇从旁推毂，[嘉靖四十一年（1562）十月] 乃改公刑部尚书。公慨念郡国刑狱率多冤滥，由长吏不奉宣德意，乃疏陈六事曰：'重检覆之官，严诬告之罪，权轻重之情，详有词之审，惩奸匿之端，省于证之累。'疏入，上嘉纳，下所司焉。给事中沈公束以建言，遂特命释归，中外快之。通政司参议胡朝臣坐蔗缮司时事永戍，非其罪也，公力为昭雪，竟得辞。世宗皇帝英毅独断，法官谳上词多手自裁决，或持旨诘责廷臣凛凛。公据经引律，原情所委曲平停，皆此类居多。"清李清馥《闽中理学渊源考·卷61·恭肃黄葵峰先生光升》所指"杨选、严世蕃、海瑞三狱"是：杨选案：黄光升审理蓟辽总督、侍郎杨选因"失城守"坐死罪，特旨杨妻流放二千里。严世蕃、罗龙文案：明嘉靖四十四年（1565），御史弹劾严嵩之子严世蕃在其母丧期内仍放任纵淫，并严嵩父子不法事。世宗罢严嵩相位，法司判严世蕃谪戍雷阳卫（在广东省）。严世蕃同他的爪牙罗龙文逃回安徽徽州，经常诽谤朝政，建造国亭，聚众 4000 人，气焰嚣张。南京御史林润得悉这一情况，当即上疏。世宗诏令逮捕严世蕃、罗龙文下狱，并令刑部尚书黄光升、左都御史张永明、大理寺卿张守直审理。黄光升查明严世蕃、罗龙文与海寇汪直勾结，聚集亡命之徒，南通倭、北通房，准备叛乱，疾书上奏。严世蕃、罗龙文被处死，籍没严嵩家产，计黄金 3 万余两，白银 2.5 万余两，其他珍宝所值又数百万。

海瑞案：嘉靖四十五年（1566），户部主事海瑞买棺材，别妻子，散童仆，以死上疏，劝说世宗不要相信陶仲文这班方士的骗术，应振理朝政，因而激怒世宗，诏命下狱论死。宰相徐阶力救海瑞，黄光升则把海瑞上疏比拟儿子骂父，以减轻罪责，并乘机把海瑞留在狱中，营护海瑞甚力（详见《中国历史大辞典》）。直至同年十二月世宗驾崩，穆宗即位，才奏请释放海瑞出狱。

清李清馥《闽中理学渊源考·卷61·恭肃黄葵峰先生光升》："按：公为司寇时所谳三狱，当时众论未允，而拟海刚峰（海瑞）子骂父律，尤贻物议。今细阅《闽书》公本传云：'海瑞为户部主事，嘉靖末上疏，直攻上身。上怒甚，读之至手颤；已感其忠，留中月余；寻疾甚，逮系之，下旨内阁，骂瑞詈君不绝口。光升拟子骂父律以进，留中未下。会上崩，（海瑞）得释。盖上，天也，而又圣躬疾甚，当其怒时，至不可忍，孰谓先臣而后君？不拟重律进者，上怒瑞，瑞立死矣。宁少安上意，俾就长系，宽解或有日，盖其用心之微如此。当光升之为刑部也，世庙在位久，雄断渊衷，群臣无能测，婴鳞之僇，其时三尺，未易直伸。而众喙复难尽置，光升委曲平停，求生法外，寓生法中，良亦有独苦者。'（此段《闽书》叙述独详，可见恭肃之出脱刚峰处在此。）《传》云：'父有争子，以子原有谏亲之义也。'引此以断，其亦前辈委曲之苦衷乎！论世者自有所考云。"清李清馥《闽中理学渊源考·卷61·恭肃黄葵峰先生光升》："光升在事久，屡欲告归，华亭（徐阶）固挽之，曰：'藉公清德，以风庶僚。'比华亭（徐阶）为高拱挤去，光升亦请老家居（故里潘湖）。"明黄文简《尚书赠太子少保　黄恭肃　公行状》："会隆庆改元［穆宗·隆庆元年，（1567）］，新郑（高拱，河南新郑人）相，以藩抵旧臣，见

170

柄用方，与徐文贞公（徐阶）修宿寡忌者，囙并侧目公。公曰：
'吾可以悬车矣！'连疏乞骸骨，（四月）得旨赐驰驿传归。归而
楗户，部扫寂如也。"召为南京刑部尚书致仕。清李清馥《闽中理
学渊源考·卷61·恭肃黄葵峰先生光升》：'隆庆四年（1570），
召为南京刑部尚书。高拱以内阁典铨，嗾私人用稽命论劾，竟罢还
里。"明黄文简《尚书赠太子少保黄恭肃公行状》："隆庆四年
庚午（1570）春，蒲坂杨襄毅公（杨博谥襄毅）秉铨（任吏部尚
书），公用荐者言，起家拜南京刑部尚书。苚疏辞弗允，遂束装。
行抵留都（南京）而襄毅公（杨博）去位，新郑（高拱）方以纶扉
典铨部，给事中韩某（一说王时举）阿新郑（高拱）意，劾公犀
慢不恪，勒致仕（回归故里潘湖）。"清李清馥《闽中理学渊源
考·卷61·恭肃黄葵峰先生光升》："公赋性刚毅，自县令至司
寇，所至讼狱得平。引大体，达情事，生平论学，一以考亭（朱
熹）为主，重实践而摈玄虚，故其禔身居官，确有榘矱。筮仕四十
余载，未尝以寸楮尺帛濡迹权门。先世田庐之外，无所增拓，食不
重味，衣不袭帛。里居谦退，约饬宗族屏绝纷嚣，日惟焚香著书，
矻矻终老弗懈。"明黄文简《尚书赠太子少保黄恭肃公行状》：
"公赋性刚毅，生平论学，一以考亭（朱熹晚年居住建阳市考亭村
讲学）为主，重实践而摈玄虚。故其祉身居官，咸确有榘矱，筮仕
四十余载，未尝以寸楮尺帛濡迹权门。奉赐外，家无它赢，食不重
味，衣不袭帛。子乔栋自临安守弃官归侍，贫弗克自给，公怡笑
曰：'真吾子矣！'里居约饬宗族，屏绝纷嚣，日惟焚香著书，讫
讫终其身弗懈云。"黄光升归家后，居乡谦退，郡国守相时造谒，
与言国家大计及其平日历官，厝履以为常。晚与缙绅耆宿为洛杜之
游，品茶聊天，称道而不乱。他闭门自重，丆有吾泉文宗欧阳詹之
风与儒家孔子、朱熹之范。（参见泉州历史网《泉州人名录·欧阳

詹、朱熹》。）晚年著书立说于南安葵山董埔，自号"葵峰"。清李清馥《闽中理学渊源考·卷61·恭肃黄葵峰先生光升》："卒年八十一，赠太子少保，谥恭肃。""子乔栋，事父至孝，以荫授临安知府，有廉名，著《十二经传习录》《读书管见》。"（参见泉州历史网《泉州人名录·黄乔栋》。）明黄文简《尚书赠太子少保黄恭肃公行状》："明万历十四年丙戌（1586）九月初七，南京刑部尚书、晋江葵峰黄公卒于临漳里第。闽抚按官为请恤典于朝，公季子乔棠方仕为光禄署正，亦陈情以请圣上，下其疏礼部。礼官言公熏德纯懿，为国名臣，于令甲宜从优恤，上谕之。于是赐公祭葬，赠太子少保，谥恭肃，盖恤典册隆备焉。先是公治圹于邑铁灶山之原，效刘忠宣公故事，自为圹志遣其子乔栋等。业已遵治，命赐公所为志，藏诸幽矣！"配留氏、王氏俱赠一品夫人。神宗特遣福建左布政使陈冯孜造坟安葬。海瑞及闻黄光升卒，悲伤至极，带病前来晋江潘湖奔丧。清李清馥《闽中理学渊源考·卷61·恭肃黄葵峰先生光升》："著有《四书纪闻》《读易私记》《读书愚卷》《读诗蠡测》《春秋采义》《历代纪要》《昭代典则》（28卷，参见泉州历史网《泉南著述·昭代典则》）、《陶集、杜律注解》数百卷藏于家，而《读易私记》学者尤尚之。"明黄文简《尚书赠太子少保黄恭肃公行状》："所著有《四书纪闻》《读易私记》《读书愚卷》《读诗蠡测》《春秋采义》《历代纪要》《陶集注解》《杜律注解》数百卷藏于家。"

大爱恩师伍长骥

伍长骥老师是我从小学启蒙到大学毕业印象最深的恩师。可以说，我的写作爱好和文学功底都是得益于他的教导。令我遗憾的是，他只教过我短短一年的语文课，就因为学校急需英语老师而把他调离。俗话说，一日为师，终生难忘，此后三十多年来我都时常抽空去找他谈心交流，聆听教诲。他讲话富有哲理性，我们每次都有说不完的话题。

1932 年，伍长骥老师生于闽南古镇安海，父亲伍文举是新加坡华侨。他从小勤奋好学，记忆力极佳，成绩位列前茅。念初中时，他就跟随姐姐伍培英主动接受地下党的革命思想教育，阅读进步刊物，参加罢课、罢考、示威游行、练唱革命歌曲等活动。1949年 5 月，中共泉州中心县委在养正中学成立新民主主义青年团安海区工委会，6 月，他和姐姐伍培英一同加入地下共青团。1949 年 9月 1 日拂晓，他参加迎接安海的解放。此后，伍老师任校团支部副书记、学生会主席。1953 年，伍老师以优异成绩考入东北人民大学俄罗斯语言文学系，后院系调整，转入哈尔滨外国语学院继续深造。1956 年提前毕业后，他被分配到北京地质部测绘局，任俄语翻译专家组副组长。1958 年，中苏关系突变，苏联撤回专家顾问，俄语翻译也就失业了。于是伍老师被分配到西安市教育局，安排在西安二十五中教俄语。1963 年，为照顾回乡养老的父亲，他毅然偕爱人申请调回故乡小镇安海养正中学任教。

1979 年秋，我从晋江养正中学初中部升读高一，伍老师是我的语文老师兼班主任。第一天班会上我见到他，外貌一看就是一个典型的知识分子，四十开外的样子，高高的个子，健硕的身躯，一头早生的华发，国字形的脸上挂着一副金框近视眼镜。他笑口常开，声音洪亮，走起路来疾步有力，浑身迸发出激情。大概是他了解到我有美术爱好，于是选我为班级宣传委员，我也就当起了"官"。此后他时常指导我编写班级黑板报，使我们班的黑板报及宣教活动搞得有声有色。平时，伍老师也非常关心同学们的生活。有一次上体育课时我突然昏倒在操场上，他闻讯带着校医立即赶到，我苏醒后他还指定两名同学护送我回家。

伍老师是高级教师。他的教学方法非常超前，善于把枯燥单调的语文课搞得生动活泼。他授课不是"照书念"，而是把课堂变成了"故事会"，有很大的吸引力，课堂显得十分活跃。回想当年，他的课堂大概有这几个特点：首先，教学进度抓得紧；其次，要求同学们必须下硬功夫。比如《岳阳楼记》《曹刿论战》《茅屋为秋风所破歌》等名篇，都必须背得滚瓜烂熟。三十多年过去了，这些古典诗词至今我还能倒背如流；三是古文注解每个字的多种词义他都归纳出来，便于同学们理解。另外关于作文写作技巧，伍老师强调写人物要有典型事例，要刻画出其外貌特征；写事要有亮点，要有精彩的对话和起伏跌宕的情景；议论文要有自己的感受和观点等。我们班的语文课程通常在期中考前的一两个星期就不讲课本里的内容了，伍老师开始讲故事。从中国古典名著《三国演义》《红楼梦》《儒林外史》讲起，到英国莎士比亚的《罗密欧与朱丽叶》、俄国奥斯特洛夫斯基的《钢铁是怎样炼成的》、法国巴尔扎克的《欧也妮·葛朗台》等世界名著。伍老师富有哲理的评价、声情并茂的风格，像磁铁般牢牢吸引着同学们的脑袋和眼光。可以想象，在信息和媒体不发达的年代，如果没有伍老师的"故事会"，即使自己阅读也难以理解。同学们通过不断补充这些文学能量大餐，文学功底得到极大的提升，心灵也得到陶冶。

伍老师的爱人阮静姝也是我的英语老师，她和伍老师是大学同学，毕业后又是同事，结为连理后，相敬如宾，在教学上比翼双飞。如今，83岁高龄的伍老师依然鹤发童颜，耳聪目明，思维敏捷，关注时事。

伍老师退休后，仍然笔耕不辍。他积极参与组织成立养正中学退（离）休教育工作者协会，任协会秘书，义务奉献十多个春秋。他支持编写《烛光》小报，将这群在教学讲台上驰骋了几十年的老园丁的经验心得完整地记录下来，先后编撰《烛光10年》《烛光20年》，为老教师们留下了一笔宝贵的遗产，也成为养正中学这所87年的老校珍贵的校史。

伍长骥老师在三十多年的教学生涯中，不求名利、德艺双馨。伍老师身上体现的是社会主义核心价值观的爱，迸发出的是对同学的关爱、对父亲的孝爱、对伴侣的真爱，乃至对教育事业的大爱。

（原载《石狮日报·宝盖山下》）

"东方醒狮"倡建人——黄光坦

这是一张旅菲锦峰同乡会 1964 年春节联欢大会的合影，照片下方题书"旅菲锦峰同乡会春节联欢大会全体留影"，堂上悬挂着一方"德衍家声"的匾额。照片中有 78 人，老者风流倜傥，青年意气风发，儿童活泼可爱，前排右六坐的就是著名侨领黄光坦，他曾任菲律宾江夏黄氏宗亲总会第 45—48 届理事长，并捐巨资兴建菲律宾江夏黄氏宗亲总会会所。这张照片中参加春节联欢大会的人数这么多，只是一个村庄就有这么多的侨亲在菲律宾创业谋生，说明当年菲华社团的规模和影响已经很大。

黄光坦先生，祖籍石狮仑后村，金墩仑峰二十一世，清宣统三年（1911）出生，其父黄宜万，农耕出身。民国十二年（1923），年仅 13 岁的他为生活所迫而背井离乡，漂洋过海，南渡至菲律宾马尼拉投靠姐姐谋生。初当学徒、干苦力，后靠辛勤经商逐渐积累资本，1948 年在菲律宾首都马尼拉市创办光华电器供应商行及影剧院。经过数十年的苦心经营，至 20 世纪 80 年代整合成立菲律宾光华集团公司（Gotesoo Group of Gompanies），公司事务传予其子黄明顶、黄明标、黄明荣。经过两代人的苦心经营，该集团逐渐发展成为规模庞大的多元化、多行业的跨国企业，业务已遍及欧美及东南亚各地，经营范围包括：大型综合商业城、采矿业、电影娱乐业、旅游业、通讯业及医疗卫生业等行业，为公开上市的菲律宾大型企业之一。黄光坦致力促进中菲贸易和中菲友好关系发展，通过合资、合作和商贸等形式，把中国的许多产品出口到菲律宾去，为中菲贸易和中菲友谊做出巨大贡献。黄光坦父子还直接投资中国房地产，在厦门市最繁华的黄金地段兴建光华大厦、光明广场，在大连市宝石滩开发占地面积 6.8 万平方米的光华度假村等。

1988 年，阔别家乡六十多年的他回乡省亲，怀着对家乡的无限热爱之心，揣摩着如何报答石狮母亲的养育之恩。他认为石狮必须有一个能代表其灵魂的标志性形象来向全国以及世界展示它的魅力，于是斥资 100 多万元倡建"东方醒狮"城市标志，接下来又关注市民的健康，与王爱友先生共同捐资 1600 多万兴建石狮华侨医院。他在故乡仑后村修建祠堂、修桥造路、建设校舍、设立教育基金等。当年年逾八旬的他怀着对故土的热爱，捐建的不只是一座城市标志，而是塑造了石狮的精神脊梁。如今"东方醒狮"已经走向世界，成为侨乡石狮市的一张名片。

1994 年黄光坦老先生不幸病逝，逝世前仍嘱咐其子黄明顶、黄明标、黄明荣要关心家乡建设，为家乡公益事业多做贡献。

（原载《江夏心声》）

嗜文如命真书生

——吴永雄在（乙未）2015 年

　　吴永雄（我们都尊称他吴兄）一直都在写别人，很久以前我就有想写一点与吴兄多年交往感想的念头。我们是 20 世纪 90 年代相识并成为忘年之交的。他 1944 年 10 月出生于石狮新湖村一个贫苦农家，从小靠勤奋自学成才。他曾自叹自嘲说自己是"一无学位、二无职称、三无编制"的"三无人员"，而事实上他却是新湖居委会主任、民进石狮支部主委、石狮市作家协会主席的"三主知名人士"。乙未 2015 对他来说是一个特别的年份，这棵石狮文坛的老树，岁末遭遇严冬的摧残，逐渐枯萎。回想近十多天的情景，令人心疼，因此我今天慌忙动笔。拿出吴兄三年来出版的书籍和文章翻阅，《真言拾集》《天地有情》《宝盖山下》作品集，还有诸多散文作品……无论是数量和质量都是沉甸甸的，可以说已经达到了他人生创作的高峰，2015 年他欣喜地收获了丰硕成果，又意气风发地谋划 2016 年创作计划，一切如故。1 月 8 日，我接到吴兄的电话，电话那头传来洪亮的声音，吩咐我 1 月 10 日替他去永春参加泉州市作家协会 2015 年年会，他说自己要去泉州一院做体检。9日下午，我到泉州一院去看望他，他还走到住院部走廊口迎接我，他住在住院部走廊临时搭的病床上，没有打点滴，桌上放着《作家眼中的石狮》清样稿，正在潜心地校对。他嘱咐我将作协 2015 年做的 15 项工作及 2016 年 7 项计划在会上做汇报交流，临别前还给我一个"下马威"，说不许把他住院的消息传出去，否则对我"不客气"。我也哄着他说，"详细体检，彻底治疗，早日回家干两杯"。13 日我又接到吴兄的电话，约我明天和陈永康到他家去讨论"诚信湖滨杯"征文大赛评选的事，我在电话里满心欣喜地对他说："这么快就出院啊！平安没事了。"14 日早上，天空下着淅沥沥的小雨，气温阴冷，我匆匆地赶到他家里。小客厅里没有他的身影，踏进大厅，苍白消瘦的他躺在右侧护理病床上，插着氧气管、输液管，我方知情况不妙，吴兄已经"上厅边"了。此时的他依然面带微笑，交代"诚信湖滨杯"征文大赛评选的事，而后吐出真言"与病魔搏斗三年，以后不能和你们再共同耕耘石狮这块文学热土了"，其人其言，催人泪下。

此时我的脑海里即刻浮现出他发表在《石狮日报》2013 年 2 月 24 日"人在旅途"的《写在年终的人生盘点》一文，这是一篇他描写自己在 2012 年文学创作与生活感受的年终感言，再次拿出来拜读真是令人百感交集，由衷地钦佩他对乡土文学的热爱之情及超然的人生感悟。文章开头就说："一年到头，选择顺心的时候，坐下来好好梳理一下思路，回顾悄然逝去的时光，乃人生有益之事。我们的生活像是一座综合性的仓库，平日里堆放东西杂乱不堪，还有旮旯角落，年终进行'清仓'盘点，引回记忆，岂不快哉！"接下来他写道："我虽届花甲之年，按说早应告老而去。但我不在编制之内，至今仍然在文学这块园地当一名耕耘队长，周围聚集了一群朝气蓬勃的文化新人。"对石狮文学队伍的壮大及后起之秀辈出满心欣喜。他评说石狮历史上宋代王十朋、明代黄克缵、清代杨浚等文化先贤留下的丰富积淀是石狮读书人学习的典范。并感叹在当今物欲横流、商风日灼的时世，文学创作如何走出困境，文学作品怎样才能真正成为读者的热土，不能不使人感到茫然！可是他坚信石狮文化人，钟情于文学事业，在投身于奔流不息的文化大潮中，静下心来搞创作，甘心平凡。石狮文化人勤奋耕耘，挖掘地方文化特色，促使石狮这片波涛滚滚的商海泛起朵朵文学浪花。字里行间充满了他对石狮文化人的期望和对石狮乡土文学事业繁荣的强烈信心。是年吴兄已是古稀之人，文章结尾却依然一袭豪情之气，写道："此时，我隐约看到，满载着欢乐和微笑的新年正大踏步地向我走来，前头是百花盛开，姹紫嫣红。《后汉书·冯衍传》曰：'开岁发春兮，百卉含英。'我想，今晚何不举杯把美酒盛满，痛快地干它几盅，收拾一片好心情，以待来年！"

回想 2015 年，他拖着瘦弱病痛（他一直自称无病）的身躯，活跃奔走在石狮文坛，细数下来，令人赞叹。1月22日编排《石狮日报·姑嫂塔下》第36期，发表历史随笔《目尽碑文哀瑞图》并获得《散文选刊》评选活动二等奖；2月在《散文百家》发表《重读失去的湖泊》作品；2月参加由泉州市宣传部、文联、作家协会联合举办的"春华秋实蕴文都——泉州市作家作品展"；2月与石狮市第三中学联合开办文学讲座，并开讲第一课；3月20日编排《石狮日报·姑嫂塔下》第37期，发表人物传记《留学与归来》；3月31日《石狮文艺》第1期（总第85期）发表随笔《孤身而终的民国名媛》；4月18日编排《石狮日报·姑嫂塔下》第38期；4月主编出版《宝盖山下》乡土文学专版一书；5月14日编排《石狮日报·姑嫂塔下》第39期，发表散文《不忘炽热的文化自觉》；6月18日编排《石狮日报·姑嫂塔下》第40期，发表散文《对岸生息苦泪思》；7月16日编排《石狮日报·姑嫂塔下》第41期，发表人物传记《复旦之光》；8月13日编排《石狮日报·姑嫂塔下》第42期，发表散文《爱群小学忆旧》；9月1日编排《石狮日报·姑嫂塔下》第43期，发表历史随笔《梁漱溟初访延安》；10月8日编排《石狮日报·姑嫂塔下》第44期，发表散文《鲜活了东埔讨海人》；9月3日主持"庆祝世界反法西斯胜利暨中国抗战胜利70周年"座谈会；9月20日—11月20日，与政协湖滨活动组等单位承办石狮市"诚信湖滨杯"征文大赛；11月25日编排《石狮日报·姑嫂塔下》第45期；12月6日与第三中学联合承办石狮市教育局、文联联合举办石狮市第五届"新人杯中学生现场作文比赛"；12月31日编排《石狮日报·姑嫂塔下》第46期发表书评《浅析〈亲亲一吻误终生〉——读李岩生中篇小说杂言（代序）》；2016年1月18日编排《石狮日报·姑嫂塔下》第47期，发表《狮城小史书生本色》；2015年吸收发展文学尖子张钟灵、陈君香、王礼龙、余荣生等四人加入石狮市作家协会……这么多的写作、编撰、活动，同时还是石狮市第十届党风廉政监督员，继续参与履行肝胆相照、荣辱与共的社会监督职能，就算是一个健康的人也难以比拟，真是令人钦佩啊！

"春蚕到死丝方尽，蜡炬成灰泪始干。"又是一年即将逝去，今日的吴永雄已经没有当年那平头黑发、满脸红光、双眼炯炯、精神焕发、思路敏捷、行动矫健、声若洪钟……的容貌，他像一根散发光芒的蜡烛，光圈逐渐缩小。1月18日，病榻中的他一双睿智的眼睛依然炯炯有神，思维敏捷，谈吐风声，应诸文友的邀约，欣然提笔再吐真言："愿石狮市作家协会诸位同仁，发扬文艺为人民立命的精神，植根乡土，团结奋进，始终如一，创作出'高而峰'的文艺作品呈现在石狮人民的面前！"他热爱石狮家乡，他讴歌石狮成就，他痴迷石狮文学，他祝福石狮未来，石狮文化人将永记他为石狮文学的辛苦耕耘及留下的句句真言！

华侨抗日英雄　中国焦化先驱

　　照片中有一个大家非常熟悉的面孔，是一位新中国开国元勋，他正站着俯下身子聚精会神地看着图纸听取汇报，旁边还有一个带着近视眼镜穿着皮夹克的年轻小伙子正详细讲解，这位老者就是大名鼎鼎的朱德委员长，这个英俊的小伙子就是华侨抗日英雄、新中国焦化之父原籍福建省石狮市宝盖镇仑后村的黄宜国，这一年他年仅30岁。这张照片是1954年朱德委员长到辽宁鞍山鞍钢化工总厂视察时的留影，黄宜国时任鞍钢化工总厂副厂长，负责接待汇报工作，他向朱德委员长汇报了新扩建的化工总厂焦化生产线，这一生产线的建成将使我国告别钢铁业焦炭全部依靠进口的历史。

　　黄宜国同志1924年7月出生于菲律宾马尼拉。父亲黄时课，菲律宾华侨，1930年捐建仑后村第一所小学——仑峰小学堂。1939年在马尼拉华侨中学读书时，参加了进步学生组织——读书会，开始接受马列主义革命思想，历任华侨抗日游击队福建中队副政治指导员、菲共华侨委员会华委常委、学委书记、马尼拉大学支部书记。中华人民共和国成立前后，1949年6月选送到北京，参加中共中央统战部第三室学习班学习，1949年9月在哈尔滨工业大学预科焦化专业深造，1950年2月到辽宁鞍山鞍钢化工总厂工作，他全面投入新中国焦化工业的创建、试验和研究，成功地生产出我国自主研制的第一批焦化产品，为我国钢铁工业的发展奠定了坚实的基础。1952年3月被提任鞍钢化工总厂副厂长，1955年1月升任鞍钢化工总厂厂长兼党委书记。在鞍钢化工总厂27年的工作中，黄宜国忠心耿耿，勤奋工作，作风深入，实事求是，团结同志，爱护干部，关心职工疾苦，刻苦钻研技术业务，用严谨的工作作风、一贯的求实精神、科学的指挥管理方法建设鞍钢，发展我国的焦化工业，是我国焦化工业开拓者和卓越的领导者，也是中华人民共和国第一代焦化专家和杰出的企业管理者，堪称"中国焦化之父"。

（原载《石狮侨影》）

"辅料王国"的领头羊

　　说石狮市辅料行业在全国辅料界占据半壁江山，真不为过。种类齐全的辅料是构筑石狮市完整服装产业链的重要一环，是石狮市重要的支柱产业之一。建市三十年来，在构筑"辅料王国"的道路上，原市服饰鞋帽辅料行业协会会长、福建省石狮市华联服装配件企业有限公司董事长黄文远发挥了领头羊的作用，用"文之为德也大，心之向善亦远"诗句来夸赞他恰如其分。2004年，宝盖镇荣膺"中国服饰辅料名镇"，筑就起"辅料王国"的一片天。在风景秀丽、波光粼粼的西洋公园畔，一座占地77.5亩，建筑面积13万平方米的石狮城市新地标"石狮辅料城"拔地而起，此地就是远近闻名的辅料专业村——埔锦村。埔锦古称龟湖，历史悠久，人杰地灵。这个小乡村一跃成为在全国辅料行业占据半壁江山的明星村，和侨胞黄文远有密切关系，黄文远被业界誉为"纽扣大王"。三十五年前，他带着从香港掘回的第一桶金，返回家乡开始了他的纽扣制造传奇人生。一粒小小的纽扣缘何能筑就一座"城"，乃至成为"大王"，最终登上国家"辅料行业标准起草单位"的宝座？黄文远以诚信理念谱写了一曲精彩的创业传奇，带领石狮市辅料行业走向全国，走向世界。

一

石狮作为中国服装辅料产业基地，现有服饰辅料生产企业
1500 多家、经销商 3000 多家，涌现出华联、鑫盛达、忠信、福
特、鸿鹏、博雅、浪潮等一大批国内外知名企业，形成了以宝盖镇
为中心，年产值数十亿元的辅料产业集群，销售网点遍布北京、上
海、广东、江苏以及东南亚、中东等国家和地区；产品在全国市
场占有率接近 50%，其中锌合金类服装辅料占全国市场同类产品的
75%，具有绝对优势地位。为做强做大辅料产业，抱团发展，2008
年 11 月 10 日，黄文远牵头成立石狮市服饰鞋帽辅料行业协会，连
任两届会长。他为这个"家"殚精竭虑，团结会员参与建设石狮五
金电镀辅料集控区，做绿色环保先行者，为辅料产业可持续发展打
下坚实基础。他亲自带队参加一年一度的上海辅料展。在北京人民
大会堂召开的中欧供应链社会责任峰会上，他说："我认为企业在
今后的市场当中要不断地创新技术，进行产业提升，还要加强企业
的社会责任建设。只有真真正正做到以人为本，这样才能提高企业
的核心竞争力，才能在国际上跟国外竞争，跟国际上有更好的合
作。"黄文远的独到见解引领着石狮市辅料行业走向世界市场。

走进华联公司位于宝盖科技园的新厂区。红白相间的厂房与车
间里工人的工作干劲一样，烘托出一派热火朝天的气氛。进入公
司办公楼，这里没有高档豪华的装修，都是朴素简洁的老式办公
家具。大门迎宾台一侧的墙上悬挂着数十面荣誉牌匾，细细数来，
个个都有沉甸甸的分量。企业获得"全国守合同重信用企业""中
国驰名商标""纺织工业（福建）服装辅料创新中心""中国纺
织服装业竞争力 500 强""模范职工之家""安康杯竞赛优胜单

位""CSC9000T 社会责任执行企业"、福建省"和谐企业""高
新技术企业""百佳外商投资企业""质量管理先进企业""产
业经济龙头企业""思想政治工作优秀企业""基层妇女组织建
设先进单位"、泉州市"先进基层党组织""规范用工管理先进
企业"、石狮市"明星企业""安全生产先进单位""纳税大
户""红旗团总支"等多项奖项和荣誉,产品获得瑞士"OEKOTEX-
标准化 100"证书、"ITS"合格证书及香港标准和鉴定中心"色
粉检测"合格证书、福建省经贸委评为优质产品等。墙上一个个耀
眼的光环,就是华联公司坚持走诚信发展之路的真实写照。

二

黄文远 1953 年出生于石狮市宝盖镇铺锦村,其父黄其土是越
南华侨。14 岁时,他随母亲蔡惠贞到菲律宾投靠亲戚打工,勤工
俭学念到高中毕业。1968 年,母亲要他到越南找父亲,途经香港
时,因越南战争爆发,只好滞留香港另谋生路。几经周折后,开始
在香港学做塑料纽扣,此后一发不可收,从此与辅料结下不解之
缘,为他后来聪颖的经商头脑和缔造国内"纽扣王国"打下坚实的
基础。1977 年他和郭雪晴结为连理,夫唱妇随全身心地投入商海。

改革开放的春风吹拂神州大地,黄文远的思乡之情日渐浓烈,
兴起回乡创业为国家做贡献的念头。于是 1982 年,他与几个堂兄
弟一道回大陆创业。他们专挑别人要依靠进口的产品来进行合法加
工,不吃"现成饭",专炒"热门菜",生意自然起色快效益好,
二十多岁的他当时就已拥有六家工厂。1987 年 6 月,他创办中外
合资企业福建省石狮市华联服装配件企业有限公司,出任董事长兼
管销售。接着年年都有新项目上马,塑料配件分厂、五金分厂、电

镀分厂、拉链分厂相继建成。现拥有 15 万平方米标准厂房，员工
4000 余人，先后从意大利和中国台湾、香港等地引进了世界一流
的设备一千余台套，拥有一支经验丰富的高技术研发和管理团队，
成为国内最大的集塑料、五金服装配件设计、开发、生产和销售为
一体的服装辅料专业生产商之一。中国驰名商标"华联""KAM"
牌、"华联-KAM"牌系列产品上万种，是中国轻工业品进出口总
公司指定的出口商品辅料生产定点企业。在国内大中城市设立八十
多个销售网点，产品销售到中国香港、台湾等地以及东南亚和欧美
六十多个国家地区，市场份额在同行业中处于领先地位。

　　黄文远的创业经历并不像世人所想象的一帆风顺，毕竟商场如
战场，世事难料，而难事远非一件，最大的经营危机是在 2000 年
底。由于公司内部矛盾，只剩下六十多台旧设备，还欠下 9800 多
万元的外债，要在农历年前发放员工工资及应付款项 2500 多万，
同时被外省拖欠资金近 8000 多万元，企业面临倒闭。本来他可以
不管这个烂摊子，但善良的他于心不忍，觉得公司很多老员工都跟
他创业一二十年，哪能丢下不管。思前顾后，他毅然接手这个空壳
公司，开始重整旗鼓。利用自己对外业务和讲信用的优势。他给浙
江那边的朋友打一个电话，600 万很快就汇了过来，几天时间就筹
到 2500 万元，年底过年之前发足工资，安定了员工们的心。后来，
公司需更新设备，开机械厂的朋友让他先把新机器载过来使用，待
生产后有了收益才付款。这就叫作"诚信两字值千金"。面对成
绩，黄文远并不满足，他又瞄准将产品出口到欧洲的高档服装厂，
做国际知名品牌，进军顶级品牌服装市场。前方的路并不平坦，但
是华联公司坚持沿着诚信之路继续走下去。

三

　　黄文远在抓好公司生产经营、改革发展的同时，始终秉持"以人为本"的理念，把尊重员工、关爱员工、发展员工放在首位。他常说，企业的"企"如果少了"人"就剩"止"了，认为企业的"企"字是以"人"为主的，企业的生存发展离不开人才。他求贤若渴。有位在国营企业搞军工制造大炮多年的工程师引起了他的注意，经多方考察，这位工程师是企业不可或缺的人才。通过多次接触了解到，这位工程师担忧到华联工作后，若企业垮了自己下半辈子没有着落。于是，黄文远做出一个大胆决定，不惜重金硬是把这位工程师给"挖"过来，此后几十名工程师慕名投奔华联，在石狮安了家。千方百计为员工提供良好的工作生活环境，投资2000多万元建了面积达20000余平方米的职工集体宿舍，舒适安静的127套夫妻房、76间单身公寓，空调、纯净水净化设备、厨卫设施、数字电视等设备齐全。在石狮率先实行公司员工全免费自助膳，每日早、中、晚、宵夜四餐可口的饭菜，仅此一项每年支出近千万元。关心员工从点滴做起，每年开学前都出面与学校联系，保证几十位职工子女按时就近入学。同时，为了丰富外来工子女的校外生活，开阔视野，增长知识，远离不良社会影响，于2008年10月成立了"关心下一代教育辅导站"，利用假日开设了人品教育、电脑班、乒乓球、舞蹈、美术、音乐、书法等培训班，还组织学生到市博物馆、革命烈士纪念馆参观，把关心下一代工作融入企业建设和和谐社会的创建之中，促进儿童身心健康成长。每当夏天来临，提前细心部署"防暑降温"工作，购进蜂蜜、草药茶送到各车间，还投入60多万元在车间安装了环保型冷气机等降温设备，即使在炎热的夏天，车间温度均保持在30度以下。还购置了两部大巴车每天来回于各厂区接送员工上下班。在金融危机中，不少企业遭遇用工短缺困境，华联公司提出"不裁员、不减薪"，仍保持着稳定的员工队伍，许多老员工还源源不断地介绍老乡和亲属到华联公司工作。这里让员工有了"家"的感觉。

四

黄文远谨记母亲乐善好施、和善待人的训诂，处处为他人着想，在公益事业上更是无私奉献。正如知名记者彭玉婷所言："他是年轻人拼搏创业所效仿的榜样，他更是乡亲们赞叹不已的骄傲，他大爱无私的情怀、博爱众人的胸襟，都使得他成为善德济世的一道标杆。"黄文远经常深入基层，了解职工的工作、生活情况。支持工会开展"送温暖"活动，为生活困难伤病职工捐款达30多万元。2008年汶川大地震，公司立即组织员工捐款计120万人民币。他生性乐观豁达，助人为乐，村里人齐声夸他有一颗奉献的心，村里大部分同行业者多多少少得过他的帮助。他每年都拿出100多万元支持村里的公益事业，几乎每一件都有他的份。正如乡亲们所说，奉献公益事业华联公司贡献最大，名列第一。

对于黄文远而言，行善积德是他人生的高尚境界，他的目光也看到了更远的前方！他积极响应石狮市委市政府发出的"实业强市，二次创业"号召。正当他准备全身心投入新一轮转型创新的热潮中时，令人惋惜的是，2016年12月3日晚上，劳顿一天正在接待客户的黄文远突发心肌梗塞去世，享年63岁。斯人已去，但是他那高尚拼搏精神依然在华联公司传承。他大爱无私的情怀、博爱慈善的胸襟、爱岗敬业的风范堪称石狮企业界的楷模标杆。

（"诚信湖滨杯"征文大赛优秀作品）

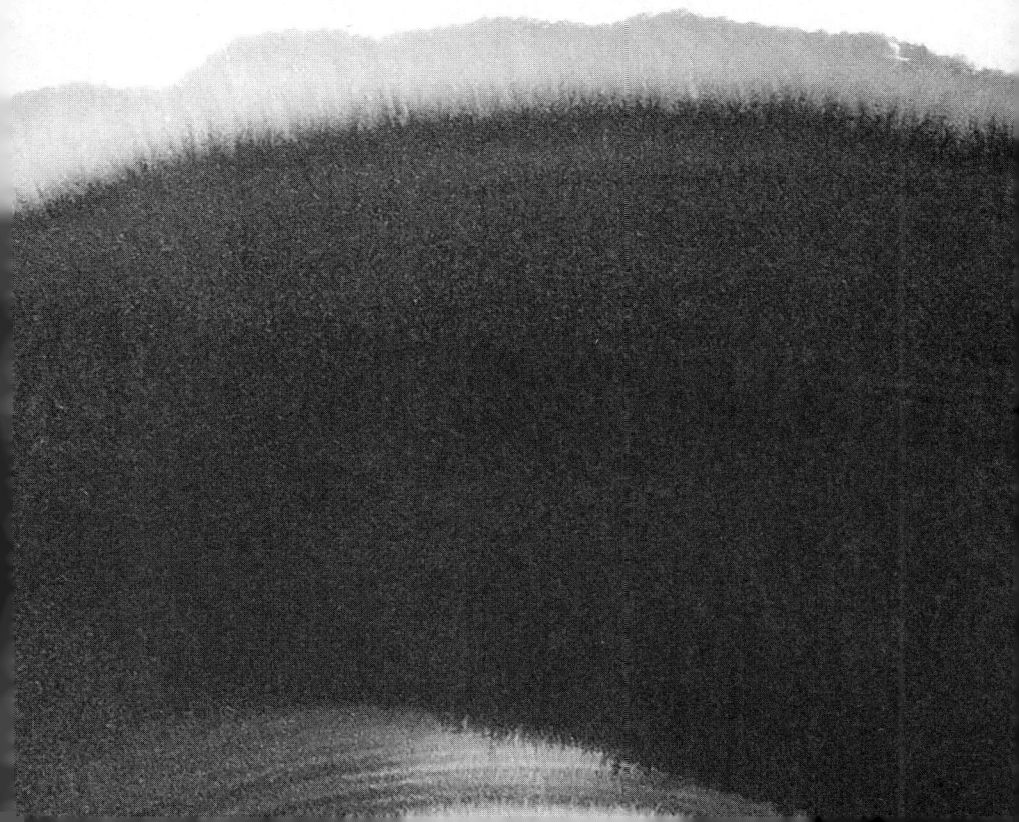

古厝情缘

一堆荒废残损的古董

"一堆荒废残损的古董"让中国作家看石狮采风团"很大的振奋"。这堆古董就是千年石狮的精粹，是石狮文脉所在。2013年5月20—21日，短短的两天，一个小县级市一下子迎来了十九位国家、省、市作协作家光临，他们体验石狮，把脉石狮，为石狮鼓掌与欢呼，这样的活动确实是石狮文坛的一件盛事！6月3日，《石狮日报》"宝盖山下"栏目刊发了洪辉煌写的《采风中想不到的和想到的》采风随笔，对石狮丰富的文化遗产用尽好话来赞美，并对"石狮的领导者们认识到，文化是民族的血脉，是人民的精神家园"给予高度的评价。

通常安排领导视察、接待外宾参观都是去看几个精挑细选的新项目大工程。此次令来采风的作家们振奋的是主办方放弃亮丽的"盆景"不用（洪辉煌语），而端出永宁古卫城、九十九间洋楼、大夫第、城隍庙这些老古董，这样的"原生态"安排令这群"身经百战"的老作家有"很大的振奋"。虽然老古董荒废残损，但古拙博雅，虽然普通得只是出砖入石，但婀娜多姿。作家们对老宅的褒扬，无论用何种优美词句都当之无愧。真的，留住了这些"老古董"，就是一座无法用金钱衡量的石狮"文脉经络"宝库。

其实我们祖先留下来的这些历经岁月沧桑的古建筑都是宝，但是，可以说我们不识宝。近 20 年以来，这些老古董命运颇为坎坷。随着城市化进程，拆迁改造、业主拆旧翻新、老化倒塌等因素，先后一座座倒下，消失在人们的记忆中。此外时下古董也成了电视、报刊、拍卖会的热门词汇，中央台《寻宝》《收藏天下》《一锤定音》收视率极高，正是这些节目的红火，助推了全国方兴未艾的收藏热。一些人则干起了盗掘的勾当，一大批精美古建筑构件被盗挖，古建筑千疮百孔。

香港影星成龙是一个惜宝的人，十多年前就到安徽抢救收购了十多座徽派古建筑，花费大笔资金，拆卸装箱运回香港仓库保护起来，去年打算捐献给新加坡城市大学，还起了不小的风波。今年也有一些"成龙们"到我们石狮购买古厝，钞亢的"金吉古厝""颜文初故居"等数座古厝，一砖一木拆卸运去重建，有厦门的、有广东的，还有安徽的。安徽的大概是后悔当年没有好好善待当地的古建筑，而今却跑到千里之外的地方抢购。

作家们第一天看完老古董，第二天看新村。祥芝镇的前山村是新农村建设的典型村，村长先带大家到村口的"钱山公园"游园。公园很美，入口处是一组由两只粗大的手托起一个康熙通宝的名为"富裕共享"的石雕，小桥流水、瀑布飞泻、曲径通幽，这样的景色以前只能在市区见到，石雕的主题道出了新农村建设的初衷——共同致富。走过淹没在树林间的一幢幢欧式别墅，来到村中央的广场，这里妈祖庙、祠堂、祖厝连成一片，一样的青石龙柱、琉璃瓦当、水磨石板装扮得金碧辉煌，都是新建的仿古建筑。据庙祝介绍，庙宇已有 400 多年历史了，可惜村民们不懂得古建筑修复要遵循"修旧如旧"的原则，我们未能体验到原汁原味的古韵。

闽南红砖古厝已经上报"世遗"预备目录，我们要为这些"古董"让路，保护古厝已经刻不容缓！期待诸如北京梁茵故居被拆、广州民国别墅夷为平地、镇江宋代古粮仓遗址遭填埋等事件不会再成为报刊电视的新闻。

回想 1984 年到永宁工作时，永宁那条铺着光亮石板的窄窄的古街八年间不知走过了几回。气势辉煌的洋楼，出砖入石的古厝，高高翘起的燕尾脊，遍布城乡村街，无不述说着石狮一千五百多年的沧桑历史，每座老宅都有一段委婉的传奇故事，每次踏上老街都有一股浓浓的文化感受。

作为一个"古董人"（收藏爱好者），对近年来一大批精美的历史建筑不断消失可以说是夜不能寐、痛心疾首、无可奈何！有时候恨不得把它们通通收藏起来，但是无能为力。只能尽力通过政协提案平台，积极呼吁政府相关部门、业主重视保护。

也正是乘着这股春风，保护"老古董"的倡议喜事连连。先是永宁古街入选"中国十大历史文化名街"，接着又举办了"第二届永宁古卫城暨城隍文化节"，近期又启动永宁小城镇片区改造。此次片区改造的亮点是对丰富的历史文化资源和自然生态景观资源进行有机保护，按照"修旧如旧"进行修复，一个"石狮三坊七巷"即将呈现，届时我们将再次恭迎全国各知名作家来做客采风。

（2013年"中国作家看石狮采风团"随笔）

本觉堂

龟是长寿的象征，龟湖塘以龟而得名，大概是古人对理想生活向往的寄托，祈愿百姓风调雨顺、健康长寿。龟湖塘像一对丰乳滋养着一方百姓，是故千百年来，此地稻香鱼跃、人杰地灵。龟湖塘是石狮古代著名的水利工程，也是古代泉州最主要的农田水利设施之一，系泉州太守蔡襄开凿于北宋嘉祐年间（1058—1060）。据《晋江龟湖塘规簿》记载，该塘与沿塘、沙塘、芙蓉塘、洑田塘、古宅塘、龙塘合称"七首塘"。沧海桑田，岁月如歌，龟湖塘逐渐失去了灌溉的功能，2001年于原址兴建"龟湖公园"。漫步其间，绿地草坪、翠榕劲松、隐龟曲桥、林荫小道、轻舟垂钓、湖光山色、音乐动感……处处洋溢着迷人的景致，成为民众娱乐、休闲、健身的好去处。

宝盖镇塘边村位于龟湖塘岸边，故自宋代以来即取名"塘边"，宋代济阳蔡氏迁居于此。以村落濒临龟湖塘，取"水不在深，有龙则灵"之意，称"龟湖"为"龟水"，取"龙渊"为"塘边"雅称，该族也因此称为"龙渊蔡氏"。明代，林氏九牧二房锦马宗支二十三世西庵公迁居塘边，成为塘边林氏开基祖。相继开垦下东头等地，新开发的地方演变成为角落地名。村中有一处古迹，就是闻名遐迩的佛教古刹"本觉堂"。

从石狮市区沿着宽阔的濠江路直行，不到一刻钟就到达塘边村。从古色古香的牌楼进入村主干道，村道中段北侧有一片庄严幽静的禅林，古色古香，颇具规模，额曰"本觉古地"。寺庙占地三亩有余，坐北朝南，面阔五间，一进歇山式建筑，建筑面积 300 平方米，堂前有天公坛、万法亭、一乘亭、放生池、禅房僧舍等附属建筑物。殿前大石埕宽阔清幽，古榕参天，花香四溢。据《重兴本觉堂志》载，寺庙始建于宋代，奉祀三世尊佛、观音、四大金刚、十八罗汉、韦驮护法、地藏王菩萨。正殿悬挂"祥云庇地""花雨弥天"等匾额，柱联"本身开化碧莲座上慈云普照；觉世牖民紫竹林中法雨流行""本诸身千手千眼；觉斯世无我无人""佛法无边开觉路；慈云广荫济群生"。殿堂大门保存石鼓一对，古朴圆润，保存完好，当为建寺初物。堂匾"本觉古地"为高僧云果墨宝，大门楹联"七百春风化法雨；三千世界沐祥光"述说出其悠久。门面塌寿角柱联"普门再示现；应化三皈依""本心广荫宣慈性；觉路宏开度众生""慈目降诸魔；低眉悲大道""法施无量寿、彻悟有禅机"等梵句名联。原为砖木结构，建寺后的 500 多年间未有改建，保留原貌，直至民国二年（1913）住持本宗募缘重修。

"本觉堂"在民国期间是闽南一带颇具影响力的一座佛教寺院。民国初年，闽南名僧传道、性愿、妙月住锡弘法，当时住持法承师释道兼修，儒医兼通，卓锡有年，交游广阔。民国年间各地高僧如转博、瑞明、元镇、法空、福勇、常凯、常清等时来住锡，尤以崇福寺妙月大师和南海普陀山清念长老莅临，信众得见一代宗师双拳铁罗汉及百岁老和尚鹤发童颜之风采，更是在佛教界传为佳话。十七、十八、十九、二四、二五、二六、二七诸都及今之龙湖、石狮（市区）、永宁、蚶江、罗山、陈埭等乡里信众纷纷前往朝拜，由是香火旺盛，"塘边观音"名闻遐迩。

本觉堂还是 1955 年中国佛教协会晋江分会 79 座入会寺庙之一。1985 年乡人侨胞募资重修,现存建筑为 1997 年重建,石木结构。东殿祀北极玄天上帝、广泽尊王、大圣爷、境主公、大巡爷;西殿祀王公文判、金氏妈舍公。本觉堂西侧另建有一座"西头馆",供奉"三五七大巡爷",庙里有"公船"、文武判官壁画等传统民俗信仰。本觉堂已成为佛道两教合祀的宗教场所。

村中还有一处文物古迹,名叫"龙泉岩",亦名"塘边岩",据乾隆版《泉州府志·乐善传》记载,宋末元初,祥芝大堡慈善家刘君辅曾捐资重修。现塘边村中尚保存一座宋代建筑风格的石塔,可见"塘边"地名由来已久,且富有文化内涵。

塘边村还是一个古老的"砖瓦之乡"。早在宋朝年间,塘边人就利用地下土资源建造瓦窟烧砖瓦,经营建筑材料。到清朝年间,瓦窟发展已成规模,把塘边村的经济发展推到了一个鼎盛时期,当时有"小台湾"及"金上浦、银塘边"的称誉。塘边村现留有明代、清代进士第、台湾举人府等二十多座古民居洋楼。村落中的蔡氏祠堂、林氏祠堂、古井和各房的祖厝交融出村落的古建美丽风韵,若加以修旧如旧,规划创意,将是一个"踏青朝拜,留住乡愁"的醉美乡村。

(原载《石狮寺庙建筑》)

泉郡布金院史话

　　一座寺庙，衍化了一座书院，孕育了一个村庄，传衍了一个大家族，家族中出了个慈善家黄志勇，这是一个传奇故事。

　　从石狮市区驱车 2 公里，就到达北郊的宝盖镇仑后村。村的东侧有一个叫院后的角落，这个小山丘海拔不出 50 米，但是当地人自古以来就称之为院后山。山的南面有一条小溪，山畔耸立着一座蔚为壮观的佛门圣地，山门额曰"法净寺"，由南海戒忍书丹。沿着山坡拾级而上，一座占地近二十余亩，五开间四进，古色古香彷木结构的寺宇呈现眼前，四周林木繁茂，这个寺就是泉郡布金院。经过精心修建，依次有山门、钟鼓楼、天王殿、圆通宝殿、大雄宝殿、藏经阁、罗汉堂、讲经堂及两侧厢房，成为狮城又一胜景。该寺旧址就是闻名于世的元代著名书院——泉郡布金院。1995 年，旅菲侨胞黄志勇捐巨资于院后山泉郡布金院原址重建，2000 年落成。建设中在寺西山坡出土明代高僧墓塔二座，上刻"大明宣德庚戌十二月布金院住山释立"字样，现确立为石狮市级文物保护单位。

　　说起泉郡布金院，其地位非同一般。冠以"泉郡"字号的古代书院仅此一家，也就是相当于目前的泉州市市级学校了。既是一座佛教寺庙，又是一座书院，古代福建省唯一一座。因此它的地位非常崇高，兼具寺庙与学校功能，因此其山长（院长）由政府委派。元代至元六年（1269），元朝廷令各路、府、州创设"蒙古字学"；至元十八年（1281），泉州行省设蒙古提举学校官二员，蒙古学教授、学正各一名。布金院设立书院，黄凤出任布金院蒙古学教授。因泉州府教育经费短缺，从永乐五年（1407）开始，泉郡布金院院田 200 亩改为学田，用于供养各县的部分贫困学子，这可以说是古代教育基金的鼻祖。

院后地名，究其来历，以院（寺）而得名。据史载，在一千三百多年前的隋代大业十年（614）即有佛教高僧在此地结庐弘法，初号法华寺。唐乾符三年（876），僧衍德募缘重修，凡见木皆漆，施朱布粉，随类附彩，富丽堂皇，从兹每当晚霞夕照，寺院异彩缤纷，似西天法界，满地犹如金碧毫光，祥云缭绕，遂成泉南奇观，故易名布金院。龙德元年（921）八月，闽王王审知感其瑞气福荫四方百姓，赐额"彩霞团地"，赠官瞻田百亩，以永梵修。万历二年（1574）二月，明隆庆二年（1568）榜眼，官至南京礼部尚书兼翰林院侍读学士的黄凤翔捐俸重修布金院，工毕书额"转谛悟机"，并撰楹联"我佛西来布金法净；鳌江东去震旦春长"。

由是泉郡布金院声名远播，四方善信纷纷来朝，香火极盛。

黄凤（1293—1368 年），少名洲，长名仕凤，又字仕元，行万一，号潘山，晚号十四致政。元延祐五年（1318）承袭祖恩补泉郡布金院蒙古学教授，乃元代泉州仅有的两个蒙古学教授之一，留居仑峰金院后。凤公出身名门望族，书香门第，庙号金墩。始祖黄岸（674—756），字宗极，武则天戊戌科进士，官至桂州刺史，封开国公谥忠义，进秩金紫光禄大夫。凤公次子黄贯随父迁居院后，世世传衍，枝荣叶茂，传今仑后 2500 多人，海外 3000 多人，成为当地望族。

布金院得以重建还发生了一段真实的佛缘佳话。黄志勇乃黄凤第二十三代裔孙，生于1944年，4岁随父母定居菲律宾，长期在菲律宾就学经商。作为第二代华侨，他对故乡的风俗世故也知之甚多，他的故居就在院后这个地方。布金院毁于明末战火，相传当年郑成功起事抗清，住持僧玄芳大师捐助军饷，辛丑迁界遭毁，消失300多年了，无任何踪迹，当地无人知晓其确切位置。1994年，旅居菲律宾的黄志勇先生特意从菲律宾带回来金墩《仑峰黄氏宗谱》。该谱修于清朝乾隆庚辰年（1760），族谱里面有布金院寺院平面图，以及仑后人明朝刑部尚书黄光撰写的《晋江学田记》。《晋江学田记》载："泉有布金院，院有田地，为吾先祖仕凤公产也。""以布金院田改废之，详上之于公，公曰：院田业学田，安得有变卖……"这一年夏天的一个下午，黄志勇从家门口往东面的山坡踏青，不知不觉中走到布金院旧址山头上的一块大石上坐了下来，在石上小歇片刻，竟然睡着了，并做了一个梦。梦中只见一位高僧双手合十向他走来，将他引入一座金碧辉煌的寺庙。他即跪在佛龛前，只见佛龛里白衣大士手执竹枝，点化他要在这个地方盖一座像这样大的寺庙。他从朦胧中醒来，回家后即向文博界人士及乡绅求教，查阅《福建通志》《泉州府志》《晋江县志》等史书，方知以前在那个地方真有一座远近闻名的布金院。他喜出望外，就和佛结了缘，并立志在有生之年要完成建寺宏愿。1995年他就将1000万元人民币汇到家乡，聘请工匠动工兴建，经过几年的督工建设，圆了建寺的梦。

心系教育，情牵公益。早在20世纪60年代初，黄志勇的父亲黄时班就捐资兴建仑后村院后生产队队址。父亲对家乡的深情厚谊，特别是对家乡公益事业的热心，使黄志勇从小耳濡目染，受益颇大。村里兴建仑峰学校，黄志勇昆仲带头捐资 120 万元。对于村中兴建金水宫、风景池、功德堂、时班大道、文化活动中心，资助老人慈善福利、帮助弱势群体等家乡的公益事业更是解囊捐输，累计达近 2000 万元。黄志勇已于 2011 年驾鹤西归，但其建寺义举成为佳话，演绎了一个传奇。2019 年，院后乡亲感念其善举立《黄志勇居士功德碑》于寺庙前，功德无量，万古流芳！

（原载《宝盖山下作品集》）

安平金墩黄氏家庙

"黄氏祠堂今三迁，当时择地百辛艰，瑞光塔下长桥畔，江夏源深泽惠远。"晋江市养正中学原党委书记许尚仁的这首诗高度概括了黄氏家庙的历史。

安平金墩黄氏家庙位于安海镇区南，世称"金厝祠堂"，居豪光山之正脉，俯瞰溪海之云滔。该祠是泉南著名的祠堂，相继入选《福建名祠》《海峡名祠》《侨乡名祠》《中国宗祠文化博览》。2019年，公布为晋江市第六批文物保护单位。

宗祠始建于明成化十一年（1475）。后多次扩建，至明万历年间，柱国太子太傅礼部尚书黄汝良主持大规模扩展，占地近五亩，并建有闽南各大祠堂之少见的"接官亭"。崇祯皇帝钦赐的"源深泽远"匾高悬祠堂大厅上，誉甲泉南。

安平黄氏家庙曾在清顺治迁界中被毁，清康熙时复界后又重建，此后宗祠代有修缮。民国十一年（1922），黄年敬、黄德万、黄嘉万等先贤创办源深小学，祠堂部分用作教室。新中国成立后又作为安海中心小学教学场所，培育了无数学子。1966年，宗祠被全部拆毁，改为中心小学大操场。

改革开放后，安平金墩海内外族亲缅怀祖德，深感重建宗祠之重要。1993年，由海内外族人同心协力，在奉旨崎原下金二房小宗原址复建了宗庙，仿原"逸炖堂"主体祠宇格式建筑而成，方位仍处正脉。原宗祠由主体宗祠殿堂、世德里大门坊、黄汝良纪念楼、源深幼儿园、大石埕等五大部分组成，占地面积近3000平方米。主体祠宇经五级台阶而上，主体建筑为面阔三开间、二进、中天井屋宇。一对青石狮分立两边，前落大门左右置有石鼓。祠堂进门由大门和两阁门组成，实是三门并列。这些规制在古代是三品以上士大夫方可享用的。前落门庭花心柱楹联'朱子过化之乡文章宜奕世；黄氏卜居此地科第可传家"。台基选用花岗岩巨石铺就，坚实稳固。精美的石雕、木雕钩联贴切，古色古香的大圆镂空窗棂，金黄闪闪的琉璃瓦，礼厅大堂富丽堂皇，蔚为壮观。墙体"出砖入

石"，喻示着家族兴盛，百子千孙。

2010 年，安海镇海东鸿塔片区拆迁，金厝全部拆除，安平金墩黄氏家庙也未能幸免，三易其所。经海内外族人积极依法维权争取，据理力争，最终划定在原朝天境新源旧址重建，面积 1500 平方米。方位坐北朝南，东临鸿江西路，西倚水心禅寺，北接白塔公园，南对安海中心小学。2012 年 10 月落架迁建，成立迁建祠堂基建组。基建组兢兢业业，义务出工出力。2014 年九月初四，还圆满举行安平金墩黄氏家族第四届理事会换届选举，理事会廉洁无私，取得海内外族人的信赖与支持，族人踊跃捐款达 200 万，对祠堂进行扩建装修。2014 年 12 月落成，建筑面积 1400 平方米，由主体祠宇、双护龙楼、承启堂、照墙、大石埕等组成。主体祠宇建筑材料从旧祠拆迁而来，重新架构，墙柱易木而石，凡木贴金彩画，屋脊瓷塑人物、龙凤、花鸟、宝树栩栩如生、富丽堂皇，高大而雄伟。

2011 年 10 月，家族理事会联合安海镇拆迁文物保护组、安海收藏协会组织对原明清时期祠堂地下文物进行抢救性发掘，历时一个月，出土辉绿岩古石狮一对、石鼓一对、石麒麟一件，石柱础、石板数十件。值得一提的是，出土了极其珍贵的宋代安平桥石栏杆一件，刻着"当镇旧市周圆舍叁佰贯文造此间愿延福寿"铭文，印证了古代安海的地名沿革和安平桥当年造价，该物现藏于石井书院。

安平金墩黄氏家庙按照明代宗祠独特规制构筑，建筑非常讲究，厅堂宽敞明亮、流光溢彩。厅堂正中神龛雕镂彩金，供奉安平金墩黄氏列祖列宗牌位，庄严肃穆。厅堂上方四周牌匾高挂，赫然夺目，其中为黄汝良所立的"尚书""四世一品"，为黄元勋所立的"四代一品"，为黄哲真所立的"经文纬武"，为黄松禄所立的"德厚流光"等匾额最为珍贵。祠堂护厝楼还开辟"黄汝良纪念馆""黄仰抗倭历史文化馆"，弘扬黄氏先贤爱国爱乡的浩然正气。珍藏的明诰赠中宪大夫广东肇庆知府墓道碑、石狮、石鼓、石麒麟等古文物，昭示着安平金墩黄氏卓尔不凡的辉煌历史。安平金墩黄氏历代英才辈出，为抗击倭寇，还曾组建"江夏黄家军"。在明嘉靖戊午年端午节发生的抗倭保城战中，英雄黄仰壮烈牺牲，他的事迹至今为人传颂。

安平，是中国历史文化名镇安海的别称。安海镇南滨海金墩码头至白塔以东一带古称永安庄（世称金厝），是安平金墩黄氏聚居的发祥地。居地前濒鸿海，傍临全国重点文物保护单位安平桥（五里桥），安水公路贯穿全境，地理位置极佳。安平金墩黄氏为晋安世系元方公，溯源派属莆阳岸公，郡望江夏，庙号金墩。莆阳十四世黄府由碧溪迁徙金墩，又传四代至黄松，元末战乱避居泉州郡城熙春铺。松公，字本茂，行千一，号天麒，为安平金墩黄氏始祖。明洪武十四年（1381），黄松子黄良辅由泉州迁居安平永安庄，育有四子，长子元寿往云南鹤庆从军，三子元修迁惠安，次子元裕暨四子元嗣衍安平上金、下金两支系。现本里及旅居海外及港、澳、台湾地区的族裔，总计达二万多人。安平金墩黄氏仰奈祖先圣德，经过历代族人拼搏拓展，族氏繁衍昌盛，基业稳固，成为安海五大望族之一。

安平金墩黄氏敦仁尚德，英才辈出。据资料统计，在明清时期，有文武进士8名，文武举人43名，历代封赠大夫、将军者41人。其中杰出人物有：八世黄仰，抗倭义烈，赠州同治；十世黄汝良，清正廉明，官柱国太子太傅、礼部尚书；十一世黄元勋，官太子太保；又据《安海志》所载，安平金墩黄氏一门入乡贤文苑有黄物备、黄庆贞、黄志龙等17人，隐逸笃行者有黄伯瑞、黄汝封等12人，孝友及其他名人有黄颖、黄维京等8人。其他如解元黄志清被尊为金玉君子；黄虞稷学富五车，纂修《大清一统志》，著有《千顷堂书目》，历来受到文史界珍视。

近现代黄氏族人涌现出不少知名人士。其中最足称道的有：黄禄树、黄守万，南音名师；黄竹禄，革命先烈；黄哲真，民国时期的立法委员、晋江行署专员；黄松禄，曾任福建省委常委、政法委书记、省人大副主任、省公安厅厅长等职。

（原载《泉州姓氏文化》）

附录：迁建黄氏家庙记

曾子曰：慎终追远，民德归厚也。黄氏家庙，渊源有自，香火礼乐，化比阙里。始建于明成化十一年。万历间，太子太傅毅庵公主持扩建，崇祯皇帝钦赐"源深泽远"匾额，誉甲泉南。清顺治迁界时被毁，康熙复界重建。"文革"间拆毁改建中心小学，家国维艰，灵位震动，诸贤孝痛心焉。一九九三年，海内外族人同心协力，在奉旨崎下金二房小宗原址复建，方位仍处豪光山之正脉，仿原"逸炖堂"主体祠宇格式建筑而成，占地近五亩，遂复大观。

吾金墩黄氏源于晋安世系元方公，派属莆阳岸公，郡望江夏，庙号金墩。莆阳十世，府公由碧溪迁徙金墩。又传四代至松公，行千一，元末战乱避居泉州郡城熙春铺，为安平金墩黄氏始祖。明洪武十四年，松公子良辅由泉州迁居安平永安庄。良辅公子四，长子元寿往云南，三子元修迁惠安奎峰，次子元裕衍安平上金、四子元嗣衍安平下金。下金派衍泉州灵慈、莆田渭阳、南安前宅、杨美茂、路下诸宗支。千一公嗣子凤公衍居石狮仑峰。族氏繁衍昌盛，基业稳固。

辛卯拆迁，金厝唯白塔独存，家庙再蒙尘。耆贤会于家庙，焚香告我列祖之灵前曰："修好家庙，上慰祖宗之灵，下慰孺慕之情。"祖耀千才苗，族和百业兴，族人义务出工出力，组成家庙迁建筹委会。旋举行家族理事会换届，第四届理事会圆满就职，无私奉献，各尽其职，深得海内外族人之信赖。理事会协同海外各埠诸侨领向各级政府陈情交涉，据理力争，承蒙政府之支持，乃辟地迁建于原朝天境新源旧址，占地一千五百平方米。族裔之迁徙在外者，望乡井而思之若渴，闻宗庙之修皆踊跃襄鼎焉。善款二百余万，顷刻领认。二零一二年十月落架拆卸重构，扩建双护厝、承启堂，建筑面积一千四百平方米。树旗杆，立照墙，仿古鼎新。二零一五年岁次乙未十月十六日迁建落成暨符桃，列祖天灵，亦应额庆。

树高千丈，叶落归根。方今城市化加速，迁徙浪潮席卷。凡我苗裔，无论迁于何方，应思福禄何所自来，百年灵魂何所皈依。故家庙扩竣，殿庑堂皇。凡吾列祖，魂灵栖傍。实乃百年之盛举，是为记。

二零一五年岁次乙未季秋吉旦

仑峰金墩黄氏宗祠

仑后金墩黄氏宗祠坐落于石狮市宝盖镇仑后村西畔公园，坐北踞龟背山，朝南望宝盖山，风生水起，人杰地灵。始建于明末，清顺治迁界时被毁，康熙复界重建。历代均有修缮，现存建筑为1985年重修，典型闽南砖木结构，三开间二进，建筑面积300平方米，雕梁画栋、古朴壮观。庭前有石埕、花园，连接仑后休闲公园，占地十余亩，东侧心泉池，两侧潆洄池，碧波潋滟，四季花木盛茂，凭栏观鱼跳，依数听鸟语，景色秀丽。

宗祠正门刻有"仑峦（山则、山力）光前裕后；峰脉延绵续往开来"的对联，两侧两狮镇宇、檐口壁面立碑刻两方：

本湖江夏晋衍唐蕃七迁流芳簪缨奕世道德文章功业耿耿昭日月
源洵侯官岸公献祖百代并茂巩溪金墩安平仑峰子孙绵绵懋春秋

正厅高悬"敦本堂"流金匾，庄严肃穆，堂上祀奉仑峰黄氏历代列祖列宗昭穆，石柱上的对联"鸿海（安海）支蕃蕴藻流芳；荔城（莆田）世泽频繁焕彩"昭示仑峰黄氏渊源深远，报本思源。

仑峰黄氏一世祖黄凤衍居石狮仑峰。二世（衣贯）公，三世晋公，四世佛观公，留恋仑峰山川秀丽，风景独好，徒居金院后（今院后）。育四子，长子公庚衍仑峰长房，次子寅生衍仑峰二房，三子妈奴衍仑峰三房，四子华严入寺为僧。至今衍传二十六世，分布在港澳台及东南亚等地。秉承先辈勤耕苦读，奋发图强之美德，奕世英才济济，为官者清廉，经商者诚信。八世孙黄凤翔，明隆庆戊辰（1568）榜眼，官至南京礼部尚书。黄凤翔一门"三代八进士"，誉满泉郡。近现代杰出人物如海外旅菲爱国侨领黄光坦、黄光赞、黄光车、黄志勇、黄明顶等为家乡教育、卫生、交通、宗教、文化等福利事业贡献良多。国内如菲律宾华侨抗日英雄，回国后任鞍山钢铁公司焦化总厂厂长的黄宜国、海军天津塘沽707研究所所长黄光鉴少将、晋江县人民法院院长黄光坦等人民公仆，默默奉献，奉公守法；而商界翘楚更是层出不穷，工商企业数以百计，仑后村经济发展位居全市前列。仑后农民义务110更是誉满全省，入选"中国好人榜"，为石狮市社会治安综合治理做出了积极贡献。

（原载《石狮宗祠》）

长福黄氏宗祠

长福黄氏源于泉州紫云五安黄，始祖守泰公。于明初自永宁卫金埭村播迁而来。据《金埭黄氏支衍长福家谱》载，开基始祖启运公生于明初，生卒无考。启运公生子二，长子则隐，次子则端，生于明永乐间。长福紫云黄氏宗祠始建于清代。2012 年长福片区征迁改造时拆除，易址于交通车站西侧，占地二亩。现建筑两层，一层为钢筋混凝土结构，辟为家族活动场所；二层为祠堂主体建筑，三开间两落砖木仿古结构，由正厅、下厅、中庭天井等组成，建筑面积 300 平方米。精美的石雕、木雕钩联贴切，古色古香的辉绿岩镂空床桄、金关闪闪的琉璃瓦、金碧辉煌的礼厅，富丽堂皇、蔚为壮观。大门楹联"江夏传家兴邦黄石开祖武；桃源流派温陵龟水定宗支""祥开塘后素羡凤毛麟角；庆衍闽南几看鲲化鹏搏""箕裘叠芳五世明经绵手泽；簪缨继美三登副榜振家声"等，叙述着黄家祖宗源流和辉煌历史。

长福黄氏现有 180 多户，300 多人。开基繁衍 600 多年来，科甲题名、人才辈出、敦亲睦邻、孝友传家、精忠节烈。九世鼎庵公康熙癸卯年（1663）从戎，任铜山镇总兵官，光复台澎两岛，朝廷嘉其殊勋诰授荣禄大夫左都督，妣陈氏赠一品夫人。并追赠"四代一品"。六世元诚公，赠荣禄大夫左都督，妣王氏赠一品夫人；七世天祐公赠荣禄大夫左都督，妣李氏赠一品夫人；天祐公赠荣禄大夫左都督，妣李氏赠一品夫人；八世宏哲公赠荣禄大夫左都督，妣王氏赠一品夫人；十世钟公，工诗文，随鼎庵公决策行间，身居功勋授江西南昌府通判；十一世朝庆公清乾隆丙辰年舟次澎湖遭飓风人船俱没，妣吴氏邀娘守节而逝，县令胡公捐俸赋诗表额，朝廷立碑以旌其节烈；十三世渊裔公诰授登仕郎。

　　清乾隆、道光年间，长福黄氏纷纷搬迁台湾、金门经商定居。十一世朝谦公、朝天公往台湾鹿港；十二世元笑居台湾彰化；十二世元虞往台湾鹿港；十二世元山居台湾台南凤山县碑头下大砻宫；十三世渊使公邑庠生，往台湾；十三世渊安公、渊满公往台湾台南；十四世泉约公往金门；十四世泉跳、泉吉、泉淇、泉波、泉炉、泉雪、泉捵、泉杰、泉飘、泉福、泉面、泉苟、泉头、泉肃、泉锭、泉灌、泉洞往台湾阿公店。目前在台裔孙1000多人。

（原载《石狮宗祠》）

金山吴氏宗祠

后垵村（古称金峰）后垵金山吴氏宗祠始建于明代，现存建筑于 1991 年重建，砖木结构，主体建筑为面阔三开间二进、中天井屋宇。前落门庭花心柱楹联"祖德留微追固始；宗风绵远溯延陵"，青石堵鎏金贯头联"金门献赋石渠校书才夸八斗学富五车；峰高入云流清见底毓秀钟灵人文济美"。台基选用花岗岩巨石铺就，坚实稳固。精美的石雕、木雕钩联贴切，古色古香的大圆镂空床楣，堂宇悬挂为明弘治举人吴秉信立"余杭教谕"、为吴武彩立"五品军功"、为台湾府太学生吴拨英立"钦褒孝子"、为台湾凤山县第一科进士吴弼立"松溪正堂"、为明万历举人吴朝祐立"奉议大夫"、为吴弘谟立清乾隆壬子科"解元"等匾额，述说着吴氏先祖的辉煌家声。该祠堂被列为"福建省地方历史文化古迹研究单位"。全村人口 500 户 2000 人，台港澳海外华侨 800 多人。菲律宾著名侨领吴子备、吴民民先后捐巨资建设后垵小学、吴氏祠堂、金峰体育中心等，受到国务院侨办的通电表扬。

村后原有一座赤山头，山形似马鞍，"鞍"与"垵"谐音，故取名"后垵"。宋末元初，延陵吴氏平庵公从兴化平海卫（莆田）迁居仙境，再迁靖山（松茂），暂居于"戴厝埕"，最后卜居后垵赤山头边。"赤"即是"金"之意，故改为"金山"，又称

"金峰",成为后埭的雅称。民国《台湾彰化吴氏金山衍派族谱》记载:"第一世始祖,肇居泉州府晋江县南关外二十四都龟湖后埭乡,地号金山,即金峰也。"

明代,因赤山头被吴氏视为家族风水山,按其山形想象为玄龟,故后埭亦称"龟山"。明末,后埭吴必达重修族谱,工部尚书林朝栋撰写《吴氏谱序》称:"兹有龟山吴生必达以重修谱集,首举其事,请序于余。"林朝栋还以龟湖塘、天马山、赤山头等形胜赋诗一首以贺:

> 突兀双峰下,流光十里湖。
> 元龟拱北极,月马跃南都。
> 万石关家世,千枝汇图谱。
> 簪缨应不息,眼底识全吴。

清康熙年间,十三世金山东二房登缙公(1648—1724),名弼,字伯绅,因条陈平海方略,得到总督姚启圣的器重。台湾平定后,吴弼入台求学,成为台湾凤山县"开台第一科岁进士(贡生)",任福建松溪县儒学训导,参与编修《台湾府志》,是台湾彰化吴氏的开基始祖。吴弼第三子吴东龙定居彰化,为纪念祖籍来自"金山",自称"金山溯源台瀛衍派"。

(原载《石狮宗祠》)

前坑郭氏祠堂

　　石狮市宝盖镇前坑回族村位于石狮市东郊城乡接合部，是石狮市的四个少数民族村之一。全村有一千八百多人，共 450 户左右。前坑村回族的祖先是阿拉伯人。在唐代，阿拉伯人通过海上丝绸之路到达东方第一大港——泉州做生意，长年累月在泉州、定居、繁衍、发展，鼎盛一时，成为泉州经济发展的主要开拓者。至明初，由于明太祖的"排外"政策，阿拉伯人在泉州无法生存，大多逃往本土，余者避祸逃徙至偏隅海滩山野。前坑是由惠安百奇分支到石狮市石湖村，后又由石湖分支到前坑村。据清代《钱山三房郭氏家谱》记载，前坑郭氏三房八世祖郭萃焕墓葬即位于"本处坑仔山"。

　　清代《温陵晋邑钱山郭氏家谱》记载，追尊远祖唐朝汾阳王郭子仪，堂号曰"绍汾堂"。派衍于仪公六子暧公，官驸马都尉，封代国公。明洪武年间，石湖郭厝郭氏因遭倭乱变故，年仅 16 岁的郭南窗（生卒不详）避居于仑后姑父黄家，厝娶前园林氏，暂居前园。其子郭宗鲁，号遗安，生于明永乐癸巳（1413）正月十二，卒于正统丁巳（1437）十月六日，在前园生育五子，"拮据经营，宏拓基业"。于明宣德年间聘请一位名叫"雪羽"的地理先生另行择地于前坑安居，《郭氏家谱》称："雪羽先生卜地于前坑东畔，其地苍郁茂林，半属黄姓。乃致礼而得之，遂划木定基。"郭氏定居前坑之后，人丁兴旺，为祈求富贵吉祥，以"前"与"钱"谐音，称"前坑"为"钱坑"，雅称"钱山"。清代《桃源新厅前黄氏钦祚公派家谱》记载，黄君萃，生于明万历三十七年（1609），"娶十九都钱坑郭氏"。至今历六百余载。现存郭氏祠堂是一座典型的清代闽南红砖建筑，三开间两落。1980年重修，保留石柱、石吟、柱础等旧建筑构件；古石柱雕刻的楹联"支分霞殿毓人文；派出石湖绵世泽""燕翼贻谋承祖德；鸿图巩固愿孙曹"，道出了前坑一脉由石湖派衍生而来的史实；厅堂悬挂"驸马家声""父子明经"匾额二方，述说着其先祖郭暖娶唐代宗女升平公主贵为驸马的辉煌。石埕对面花向，原辟为书斋，今已废。

清代，蚶江鹿港对渡，前坑郭氏族人前往台湾彰化经商，并逐渐定居于鹿港。前坑南窗公派下郭氏从此与惠安白崎郭氏、石湖郭氏并称鹿港郭氏三大支派。渡台前坑郭氏裔孙将鹿港聚居地命名为"郭厝"，以示不忘来自石湖郭厝之渊源。1990年岁次庚午，台湾台南市南势街郭氏小宗裔孙前来认祖，赠送中堂一对，"绍业箕裘扬祖德，汾阳香火得薪传"，表明认祖归宗不忘祖德的心愿。

（原载《石狮宗祠》）

山雅吴氏宗祠

　　山雅俗称"山仔"，山明水秀，环境幽雅，故取名，见于道光《晋江县志·铺递志》。目前全村常住人口为 1002 人，236 户。相传，古时村头有五块灵石，形象各异，每当深夜来临之时，隐约可闻仙乐之声，又称"仙境"。据民国《台湾彰化吴氏金山衍派族谱》记载，宋末元初，延陵吴氏平庵公从兴化平海卫（莆田）迁居后垵之前，曾暂居于"本都仙境之东古榕树下，遗址尚在"。"古榕树下"俗称"古松树脚"，该角落地名沿月至今。仙境、金山、茂山三乡吴氏并称"三吴"。

　　《重建山雅吴氏宗祠碑》记载：其先祖于五代天德间自河南光州固始入闽，初居福州南台，后迁兴化塘下。塘头新厅吴氏始祖吴阅，又名尚智，号十一郎，官唐宣宗兵部尚书，择徒晋江龟湖象畔嘉埭。山雅吴氏有三个支系：1. 元至治年间（1321—1323），塘头村（新厅）十一郎之十二世吴达斋移居自龙渊徒至新锦，是为新锦肇基始祖，达斋公生子四，长嵩邱、次吉斋、三笃轩、四启斋，传二十五代；2. 明嘉靖年间（1522—1566），锦里村（内里）十一世吴冲泉从松茂移居山雅村，传锦美派；3. 清顺治年间（1644—1661），塘头村（新厅）十一郎后裔吴朴尚从郑厝村移居山雅村，成霞楼一派。新锦、霞楼、锦美原本一体，同气连根，三

217

派子孙又相继传至福州、泉州、龙海石码、晋江安海、石狮永宁山边、莲塘、观下巷，乃至香港、台湾及东南亚等地。

吴氏宗祠始建于明万历癸酉年（1573），明清之交，宗祠毁于兵燹，清康熙复界后再建，民国三十六年（1947）。旅菲族贤续赞、五福、圣楣、赞铿、文志、德来等倡议并捐资重建。新中国成立后充作教室之用，1982年吴续赞之子吴文炳独资兴建山雅小学，学校迁址。1983年遭火灾毁坏，黄文炳及诸贤倡议重修，现存建筑于1990年动工，面积450平方米，1991年岁次辛未落成。三开间，双护厝，砖木石结构。宗祠留存多方近现代著名书法家墨宝，如清代状元吴鲁题额"吴氏宗祠"；厅堂悬挂"让德传芳"匾额由泉郡书家吴捷秋书；陈奋武撰书"经国兄弟同建节，拜祠文武尽生荣"；张熹照题写"延陵衍派"；王乃钦撰书"延陵世胄派衍龟湖，梅里名家支分象畔"；天晔题书"本忠臣为烈士，真孝子作仙人"；郑伯扬题书"八闽孝子裔，三譲帝王家"等。厅堂悬挂着为十三世吴廷辉立的嘉庆匾；裔孙（佚名）所立"五经魁"。

古代名人有吴斌，明末随郑成功征台，授安远将军。吴延辉，清嘉庆十六年（1811）辛未科进士。同年，仙境吴廷辉中进士，铨选知县，回乡谒祖。恰逢金山吴氏重修族谱，吴廷辉应邀作序，即言明"金山、茂山与辉（吴廷辉）乡地近而情深"。现代名人有吴子文，福建中医药大学荣誉教授；吴端培，旅居美国的软件工程师，博士；吴朝阳，免试入读中国科技大学，获得数学、应用数学、计算机三个硕士学位，以及数学、历史博士双学位等六个学位。

山雅是石狮市著名的侨乡，侨亲爱国爱乡，捐资桑梓公益，有着优良历史传统。早期旅居菲律宾的山雅吴赞续及其一家就是杰出的代表。早在抗日战争时期，吴赞续、王荷幼夫妇就对村中没有学校甚为关注，积极筹资倡办小学，1949年，山雅村明德小学创办。吴赞续夫妇不仅负担学校常年经费，还经常捐献教具及文娱体育器材，1951年又出资扩建学校。1950年至1954年，王荷幼女士多次向石狮侨联捐款捐物，支持侨联工作。王荷幼女士虔诚奉献安海灵源寺、泉州开元寺、石狮朝天寺名胜古迹的修建。1974年吴赞续见家乡贫穷落后，为帮助发展集体经济，他捐赠抽水机、拖拉机等农机设备，建造了晒谷场，安装电力线路，实现全村通电，为村民生活改善和工农业生产发展做出了积极的贡献。

吴文炳继承和发扬父辈爱国爱乡的光荣传统。1981年他回乡时，看到家乡小学的规模不适应学生日益增加的需要，遂即表示要捐巨资建新校舍。1982年山雅新学校落成，同年10月25日，国务院侨办为吴赞续、吴文炳父子热心教育事业发来的贺电匾额，《福建侨报》《泉州晚报》等为此专题报道。同时继续捐建石狮华侨中学"赞续楼"，石光中学"荷幼楼"等，被乡人誉道"怀德为人，志兴桑梓"。

（原载《石狮宗祠》）

松茂吴氏宗祠

松茂古称"上墓",记载于道光《晋江县志·铺递志》。后来,村民避讳"墓"字,改称"上慕"。另据传说,古时此地有一大片松树林,生长茂盛,故取"松茂"作为"上慕"的雅称。

松茂吴氏来自后坂。据清代《吴氏金山衍派族谱》记载,后坂吴氏四世祖吴阳生,字浚渊,号安石,于明初迁居松茂,成为吴氏东房长房支祖。为区别后坂地号"金山",松茂族人取"茂山"为号,演变成为"松茂"的另一个雅称。松茂村全村362户,1484人。

吴氏宗祠始建于明初,原为始祖安石公肇祥之居,后世裔孙辟宅为祠,俗称"安石吴公宗祠"。安石公为后坂金山吴氏平庵公四世孙,娶仑峰昌寿公之女婷温,村东牛屈塘及塘下皆为黄氏陪嫁之田产。一块清乾隆癸酉年(1741)重修的"安石吴公宗祠"旧门匾悬挂在厅堂,记载当年重修的历史。历经数百年繁衍生息,派衍至新湖、罗山湖尾等处及港澳台东南亚各国有逾万人。安石公生子三,长保弦,即传今松茂之祖;次保胜,无传;三保训,即今引东湖边之祖。历代进士、举人、贡元英才辈出,中厅为清康熙丁酉科吴东雄立"文魁"、为清乾隆甲寅科吴绳照立"文魁"、为二十一世义塾二十二世必尚"奉政大夫"、为王氏立"贞孝节烈"等匾额。现存建筑三开间两落石木结构，1987 年由旅菲华侨吴汉源独资重建。2009 年再次落架重建。菲律宾侨领吴汉源、吴荣楠父子热心家乡公益事业，贡献良多。政界有石狮市政协原主席吴清含。

（原载《石狮宗祠》）

塘后紫云黄氏宗祠

塘后村位于龟湖塘之后，故自南宋时即依地理特征取名"塘后"。塘后黄姓为唐代黄守恭的后代，号称紫云衍派，始祖念一讳深公于南宋年间入赘塘后吴氏，传三世生二子，分为东西两派。《桃源黄氏敦彝堂廷速公派家谱》记载："东（派）祀黄，居东茂，重其祖也。西（派）祀吴，居桃源（即塘后），不忘吴也。"

黄氏宗祠黄氏七世祖始建于元末明初，明嘉靖辛酉（1561）因倭患焚毁，万历壬辰（1592）重建，光绪癸巳（1893）重修。现存建筑为2001年重建，2002年桐月落成。三开间两落砖木结构，由正厅、下厅、中庭天井、大石埕、紫云屏等组成，建筑面积300平方米。祠堂诸多楹联、匾额由现代著名书法家梁披云、王乃钦、蔡宗伟、陈怀晔、张迈、庄绍英、林长弘、林汉宗、朱祝、守恒等撰书，具有较高的艺术价值。中厅为明万历庚辰科进士黄克瓒立"五部尚书"匾额。大门楹联"江夏传家兴邦黄石开祖武；桃源流派温陵龟水定宗支""祥开塘后素羡凤毛麟角；庆衍闽南几看鲲化鹏搏""箕裘叠芳五世明经绵手泽；簪缨继美三登副榜振家声"等叙述着黄家祖宗源流和辉煌历史。黄氏宗祠2012年被列为石狮市文物保护单位。

集福堂是塘后村一处涉台古迹。根据现存的《黄氏家谱》记载，集福堂始建于元代，原名水尾庵。当年一位堪舆师（风水先生）曾寄宿于此，得到塘后六世黄四郎的热情接待，临别时，建议选择集福堂后面的空地建造住宅。黄四郎依计而行，果然创下塘后黄氏基业。明代万历二十年（1592），重建黄氏宗祠，现在宗祠中还保存着一尊明代石狮雕像，线条简朴而神情威严，富有艺术风格。台湾台南市也有一座从塘后分灵而去的集福堂。2001年12月，台南信众曾组团来塘后谒祖，并敬献"治世福神"匾额，现悬挂于塘后集福堂。

提起塘后集福堂如何分灵台湾，这和石狮与台湾之间的密切关系是分不开的。根据《黄氏家谱》的记载，早在300多年前（清代康熙年间），塘后黄钟在已定居台湾。在台湾经商并定居的还有黄廷佛（生于1733年）、黄廷文（1742年）等支派，他们主要聚居在台南、彰化、淡水、新竹。在正式开放蚶江与鹿港对渡后，迁居台湾的人数就更多了，他们保留祖籍地使用的辈分排行，故昭穆排行相同，从第十世起至二十九世，分别为：孔、钦、伯、明、子、卿、君、钟、万、仕、廷、元、亨、佳、日、际、会、逢、清、时。并把老家敬奉的集福堂玄天上帝信仰文化带入台湾，在台南建造庙宇，为了表明木本水源之情，直接使用老家集福堂的名称。

移居台湾的黄姓族人，除了经商外，也从事文化活动。塘后人黄流在台湾求学后，回福建参加光绪甲午科（1894）乡试，高中第九十九名举人，现在塘后村还保存当年黄流中举时的捷报。

集福堂从此成为村中著名历史古迹，奉祀玄天上帝，于清代随着黄氏族人迁徙台湾而传入鹿港。20世纪90年代开始有黄姓台胞回塘后寻根谒祖，并交流这种信仰文化，而且随着"集福宫"的信众在台南不断增加，当地许多如吴、陈、王等别姓居民也将"集福宫"作为自己的文化信仰对象。2006年3月8日，台南市信义街老古石"集福宫"管理委员会的主任委员吴灿耀带领 25 位台湾台南县的同胞再次来到塘后村的集福堂中谒祖。这是研究闽台民间信仰文化的一个典型例子，它说明了庙宇在村民信仰文化圈中的影响力，有助于理解民间信仰与闽南社会的互动关系，也印证了闽台信仰文化一本同源的事实。

（原载《石狮宗祠》）

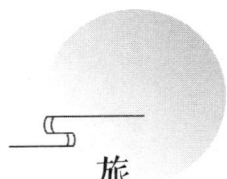

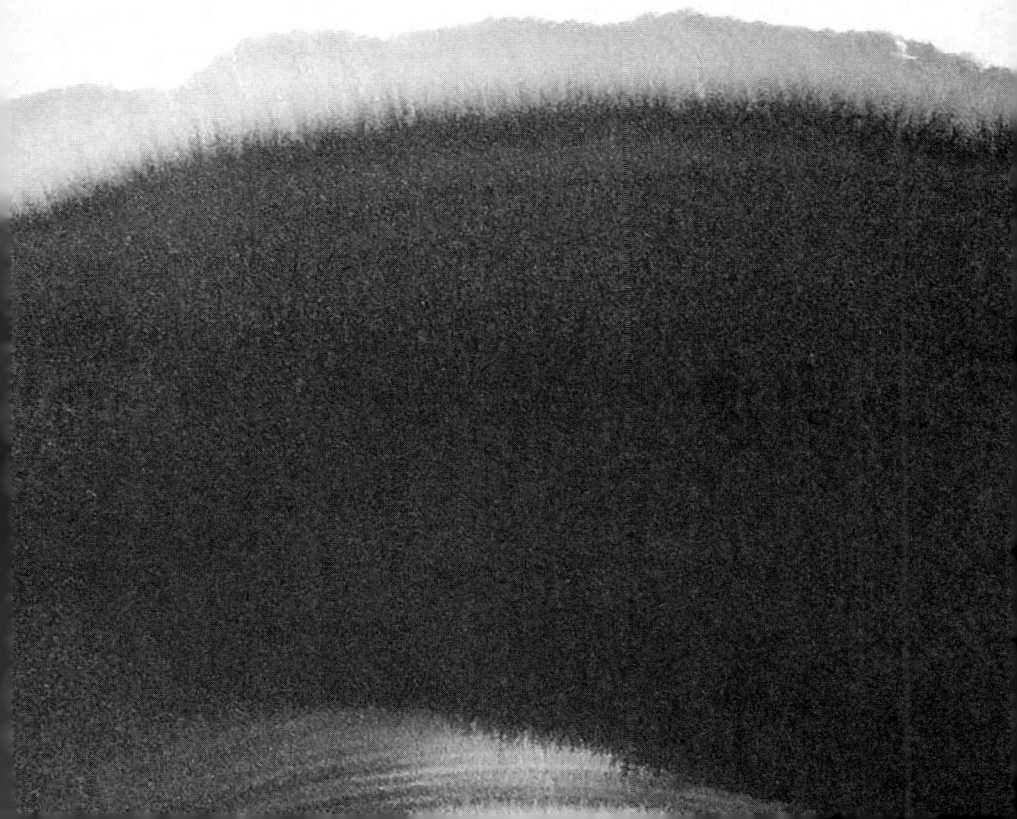

旅途抒怀

诗路寻踪

——宁化、清流、归化

"宁化、清流、归化，路隘林深苔滑。"这句从初中就经常吟诵的毛主席华章，已经镶嵌在我的脑海中三十多年了。前不久，石狮市政协湖滨活动组组织外出学习考察，目的地是宁化、清流、归化，因而使我有机会体验"重走红军路"。那天清晨8点钟，我们从石狮出发，12点出清流高速口，踏上革命先烈走过的"诗路"，革命老区的一山一水处处充满浓浓的诗情画意，不一会儿就到达城关。县城不大，一条清澈的九龙溪蜿蜒而过，溪畔的清流实验中学教学楼那红白相间的外观装饰极富现代气息，一下子吸引住我的目光。我感叹，可以说这是小县城最漂亮的建筑，足见老区对教育的重视。

清流历史悠久、人杰地灵，古称黄莲，宋元符元年（1098）置县，因县城清溪环绕，碧水萦回而得称。1988年，中国科学院考古学家在沙芜狐狸洞发现旧石器时代古人类化石，使福建人类活动史由六七千年推进到一万年以上，被誉为"闽人之源"。正当大家欣赏着山城世外桃源般的景色时，我的脑海里即刻浮出《如梦令·元旦》："宁化、清流、归化，路隘林深苔滑。今日向何方，直指武夷山下。山下山下，风展红旗如画。"

沧海桑田，当年的"路隘林深苔滑"，早已有了极大的变化："路隘"，被高速及水泥公路所替代；"林深"，倒是体会得到，满目青山，松竹茂密，公路还有两旁翠绿的绿化带。然，诗词中的意境已经不复存在。

汽车在连绵不断的崇山峻岭间爬行，不时来到灵台山景区。远远望去，一尊高45.99米金灿灿的定光古佛屹立在山顶上，定光佛趺坐莲花座上，双手握拳作法。据介绍，定光古佛是唐末高僧，俗家姓郑，名自严，是客家人的保护神。进入景区，踏上648级"客家之路"，登顶倚栏远眺，重峦叠嶂，茂林修竹，视觉变得如此之大，蔚蓝的天空和翠绿的林海美不胜收。

我们入住巴厘岛式异域风情的"天芳悦潭"酒店，整个温泉主题公园依山而建，它不仅融汇了巴厘岛式的异域风情，还巧妙地利用地形将浓郁的中国元素囊括其中。清流，清流，红土地不断涌出热气腾腾的温泉，不知流淌了多少年，流进21世纪，迎来了海西建设的热潮。温泉富含氡、硅、氟、镭、锂、等20多种微量元素，被称为"美人汤、授子汤、肝脏汤"。2007年，沉睡了万年的天然宝库迎来了开发的曙光，给老区人民带来了滚滚的财富，阿拉伯的神话天方夜谭在此变为现实。

客家祖集地宁化石壁坐落在一个古朴美丽的地方，一个令人心驰神往的小镇。站在绵延的条石阶上，遥望四周青山墨绿、丘陵连绵、阡陌交错、视野广阔，自然构成方圆百里的环形屏障，村舍楼宇隐约点缀其间。近处田畴间稻香阵阵，金叶滚滚；野地里老人牧牛，儿童嬉戏……好一幅诗意盎然的田园风光画。这块古老的土地是世界1.2亿客家人的根源。同时它还是一块红色的土地，石壁儿女用自己的鲜血和生命为中国革命谱写了壮丽的诗篇。

踏青归来，上天鹅洞。这是一个被称为神风龙宫的溶洞，靠近山根，因常有清风强劲吹出，又有一条可泛舟游览的地下河流淌其间而得名。洞内最具特色的景观还是那条幽深迷离的地下河，登上一叶小舟，荡起双桨，这地底下的水中世界非同一般。水中是珊瑚、琼花、玉树的倒影，洞顶密集的"鹅管"挂着晶莹闪亮的水珠。这些美妙的景色无不让人感到有如置身于海底龙宫。暗河长达千余米，宽处如湖，窄处蜿蜒曲折、奇险若峡，又与"甲天下之美"的桂林山水有几分神似。泛舟飘荡于暗河石林间，沉醉在"漓江之秀龙宫藏，武夷九曲洞中漂"的美感之中。

出天鹅洞，我们又向"中国红豆杉之乡"明溪进发。明溪始称归化，文物古迹甚多，玉虚洞独具文化与自然特色，始建于宋开宝二年（969）。玉虚洞分明洞、暗洞、外景等游览点，洞壁四周有历代文人墨客题咏的摩崖石刻近百处。外景奇岩怪石错落其间，石径盘旋曲折，直通岩顶，该洞是土地革命时期的红军战地医院，遗址尚存，现辟为爱国主义教育基地。我们沿着红军战士当年走过的"诗路"，吟咏着气壮山河、风展红旗的诗篇，寻找战争年代红军战士留下的行踪，仿佛间看到了1934年10月，归化苏区1870名优秀青年跟随中央红军34师从宁化县湖村罗鼓坪出发，开始踏上万里长征征程的画面。如今，四通八达的公路网已经让老区人民搭上改革开放的神州快车，走向全国，走向世界。我心中默默地祝福：历史辉煌的红色客家祖地将会走向更加辉煌的未来！

（原载2015年1月22日《石狮日报》）

澎湖发现之旅

　　五月初夏，我随石狮市总商会组织石狮市经贸考察团一行 32 人到台湾进行为期 8 天的经贸文化交流。当天早晨 6 点从石狮出发，先乘车到厦门五通码头，中午改搭小三通轮船到达金门，然后乘机飞抵澎湖马公机场，陆、海、空并进踏上澎湖岛。旅行车穿行在环岛公路，出入海湾小镇，阳光、沙滩、浍浪尽入眼帘，即景如歌如画，不能忘却的还有那位老船长和潘安邦外婆的澎湖湾。主办方当天下午就安排参观澎湖生活博物馆，该馆是座现代化建筑，进入大门一艘仿古帆船展现眼前，背景是近百个澎湖人笑容相片。步入二楼展厅，一个台厦郊专题展览映入眼帘，台厦郊历史资料、原址水仙宫照片、台厦郊实业会所古匾照片等相关信息十分完整，驻足详读之后，我喜出望外，向同行团员道出了台厦郊的历史渊源。这一发现我用"台厦郊重见天日，闽台缘再续佳话"诗句来概括，可以说是此行的最大收获。

　　2009 年 6 月 11 日，收藏快报两岸文博版刊登了笔者的《见证两岸安平港通商史的古碑》一文，揭开了台厦郊清代光绪庚子年捐建福建晋江安海朝天宫的由来。当年安海镇旧城改造时在安海朝天宫旧址出土的一方石碑左下角有"台厦郊合福顺敬"题刻，但是台厦郊的故地在何处，是个什么样的机构？缺乏史实记载，研究人员一时断了线索。

据载，台厦郊是清代在台湾、厦门从事贸易的澎湖商人设立的同业团体，是商户为了确保商业利益及排解商业纠纷所组织的自愿性的社团，相当于现在的同业公会或同乡商会。郊商在清代对台贸易中发挥了很大的作用，中国闽台缘博物馆的镇馆之宝就是一口"鹿港郊公置"捐献给妈祖的大铁钟。公元1837年，当时鹿港郊所属的46家商号共同出资铸造了这口大钟，敬奉于泉州南门外浯江铺的塔堂宫，那里原是鹿港郊公堂设置之所。

澎湖水仙宫供奉大禹、伍员、屈原、鲁班及项羽诸神像，始建于清康熙三十五年（1696），是水师官兵、商船渔民祈求海上平安的庙宇。光绪元年（1875）妈宫街郊商鸠资重修，其后就以此作为台厦郊的会所，1900年日据殖民时期被迫改称为台厦郊实业会所。考察团一行还专门前往水仙宫游览，古色古香的水仙宫香火旺盛，台厦郊实业会所古匾保持完好。

安海朝天宫草创于南宋绍兴八年（1138），与第一批全国重点文物保护单位安平桥同年落成，为泉郡首座供奉妈祖的庙宇，原址在水南门街（今海乾街），历经元、明、清六易其所，清光绪十六年（1881）重建，抗战期间被日军炸塌而荒废。此碑原嵌于朝天宫东侧墙体，辉绿岩雕就，碑高98厘米，宽61厘米，诗碑上刻有明万历解元苏濬的《游紫帽山右峰诸胜》诗中的前半首，诗文："江干闲日月，顿觉世情疏。苔径连白云，松风入夜虚。飘摇中散卧，寂寞子云居。一径通幽处，天花任卷舒。"嵌于西侧的另一方刻有下半首诗的石碑已散失。这对石碑由澎湖台厦郊下属的合福顺商行敬捐，朝天宫同期出土的光绪年间捐资芳名碑也刻有401户商船、郊商、行号的名称。

安海港宋代即为泉州海外贸易的重要港口，造就了闻名于世的安平商人，其中的杰出代表是海商郑芝龙、郑成功父子。郑成功以金厦为基地开展对外贸易和抗清活动，于南明永历十五年（1661）四月三十日登陆鹿耳门驱逐荷兰殖民者收复台湾，改热兰遮城为安平城，由此有了两岸两个安平镇，两个安平港。清顺治十八年（1661）八月，清政府为了截断沿海人民对郑成功的支援，采取野蛮的"迁界"政策，上至山东，下至广东，沿海三十里不得居住，片船不得下海，安平港由此衰亡。清康熙二十二年（1683）复界后，安海港对外贸易方逐渐恢复，但是由于港道淤塞、商户破产等，已经没有昔日的风采。因为厦门港的兴起，以及安海镇独特的地理位置和安平商人能干的品质，安平港又成为厦门港货物通往内地的中转站，直至清末随着商贸的繁荣，安海与厦门之间开通客货轮船往来，商贸活动才再次活跃，台湾、澎湖等地商人常年在安海开店经商的数以百计。安海古镇与台湾那种地缘相近、血缘相亲、文缘相承、商缘相连、法缘相循的"五缘"关系处处都可以得到印证，台厦郊就是一个典型的实例。而此后几天的台湾之旅，从北到南，无论是澎湖的开台首府天后宫、施公祠、万军井，还是台北淡水老街、故宫博物院、孙中山纪念堂，或者是桃园鹿港小镇、龙山寺、老街日茂行，台南的安平古堡、赤崁楼等无不诉说着两岸同根同源的亲情。特别是鹿港日茂行它本是清代乾隆年间永宁日茂行林振嵩、林元品父子渡台开创的商号，如今已列为桃园县二级古迹，更是石狮与台湾通商的例证。

（原载《福建文学》）

走进大闽府

一个名不见经传的地方，雅称大闽府，2015年走红了石狮，甚至于闽南一带。带着好奇，中秋节我走进大闽府。

从喧嚣繁华的石狮九二路邮电大楼一侧的小巷拐入，几排"大闽府"字样的大红灯笼高高挂，红彤彤颇为显眼。小车从古色古香牌楼大门慢慢驶入，即刻感到别有一番天地。两座古朴沧桑而又富丽堂皇的五开间红砖古厝映入眼帘，只见洁净的大石埕一隅，三角梅正开得热闹。走近古厝时发现，近百年的古厝虽历经风雨洗礼看上去有些斑驳，但在阳光下，那抹闽南红却特别显眼，就像是穿越了所有的喧嚣进入一个静谧的世界。巷子外是石狮最繁华的街道市区，巷子内却是这样一番美好的天地，着实让人感叹难得的宁静。

"大闽府"三个字到底蕴含着什么呢？带着疑问，接待的施总道出了天机。"大"喻意闽南人宽广的胸怀，海纳百川；"闽"乃福建的简称；"府"就是古早闽南人的家，尊称"贵府"。戏台上的一对楹联"传承古厝文化；弘扬闽南精神"一语道出了真谛。在闻名的海峡西岸侨乡福建省石狮市，一直以来就有这样一片做工精美、巧夺天工的古民居红砖建筑群，多是历史上出洋创业者的居住地。很多先人出洋谋生，事业发展起来之后，便衣锦故里建起闽南特色的皇宫起或番仔楼。所以，这些红砖古厝里都蕴藏着一段沧桑励志的家族奋斗史，不得为之深深地震撼。古厝里的故事包含着勤劳创业、爱拼敢赢的闽南先辈的励志人生，真精彩程度丝毫不亚于古厝外貌的艳丽。但众多历史原因导致，这些古建筑多年来都未得到过有效的保护，以致许多知名的闽南古建筑已经遭到破坏，甚为可惜。

大闽府从"养在深闺人未识"到成为福建省文创基地，是从一堆破烂的老古董蜕变而来的。2014年，由石狮青商会洪世泽领头的几位青年创业家发现并用尽心机自筹资金几百万，把两栋荒废的红砖古厝及时修复保护下来，传承和发展了侨乡的古建筑文明。正如洪世泽所说，企业家不仅在创业上需要勇气与责任感，更重要的是必须学习文化的传承与发展，把上一代创业者的精神薪火传递下去，保护闽南地区宝贵的文化遗产。

驻足大闽府里的每一个房间，都会感受到它是一座名副其实的闽南民俗博物馆。两座古厝由菲律宾华侨黄诗泉、黄诗清堂兄弟于1948年建造，"紫云世泽"门匾由前清举人张鼎所题，施至波、曾焕堂等名书家题写的家训楹联，极具艺术欣赏价值。小桥，流水，人家；石埕，古井，戏台。砖墙的火红就是闽南人的颜色，爱拼敢赢的血气。

大闽府是一部华侨创业史。铁箱、侨批、老照片，都留下南洋的足迹。屋檐下，进步，翻身；保家，卫国。墙壁间，爱国心坦白，待人眼垂青；行仁义事，存忠孝心，传承中华传统价值观，三言两语都是"番客"的爱国心声。

大闽府演绎闽南人的一生，许多古早的用具都在这里珍藏着。摇篮、轿椅、眠床，从出生到逝去几十年的生活经历就在这里展现，令人感悟人生的短暂。灶台、蒸笼、水缸，散发出人以食为天的古早味。犁耙、畚箕、扁担，渔网、水车、风鼓，犹如一幅幅活生生的农耕记忆图。琵琶、二胡、尺八，古厝里古乐悠扬，传承了南音活化石。畅游其间，仿佛置身于千百年前闽南人的生活场景。

随着习近平总书记提出建设"丝绸之路经济带"和"21世纪海上丝绸之路"的"一带一路"倡议构想深化，福建作为战略重省，而石狮又因"侨乡"身份更是重中之重。石狮是维系华侨与祖国的纽带，大闽府是侨乡"根"文化的代表。学者蔡清亮参观大闽府时说的这句话很中肯："石狮是'一带一路'的窗口，大闽府是这扇窗口里看民间文化的缩影。"

大闽府，它既是保持传统闽南红砖古厝风格的民居，又是集闽南传统艺术以及各类文化项目于一体，通过精心修缮和大胆创新的文创基地。秉承保护和继承传统海西文化的使命，彰显和丰富文化多姿多彩的宗旨，大闽府是在建设"一带一路"倡议背景下，文化创新的一个大胆尝试。

在经济转型、银根紧缩的大环境下，这群年轻的企业家凭借对家乡文化的热爱，大胆试水运用民间资本对古厝进行保护，延伸发展了古厝的历史与精神。同时，他们的创举也点燃了人们保护传统文化的热情，受到了不少社会人士的关注与肯定，也唤醒了闽南民众关于古厝的文化记忆，让越来越多的人像他们一样开始传承民族文化精髓。

看到大闽府的古厝保护得这么完美，令人感慨。如今随着宗祠文化的兴盛，很多地方却将百年古厝连根拔起推倒，花重金建造大量仿古建筑，让许多优秀古建筑消失。我们应该大力宣传大闽府"惜古爱古""修旧如旧"的做法，留住乡愁，留住记忆，大胆尝试保护各地其他样式的古大厝，共同传承非物质文化遗产，引进现代产业经营模式，让它们成为文化旅游产业的新亮点。

（原载《石狮日报·宝盖山下》总第35期）

附文：2015 年 11 月 25 日《姑嫂塔下》罗光辉评论

接地气·聚灵气·古早味
——读黄汉瑜散文印象

罗光辉

石狮，那是一片多情的土地，那是孕育故事、孕育繁华的土地。那儿原来叫镇，后来叫市。我在那儿生活了 18 年，那也是我的第二故乡。车水马龙，一片沸腾的岁月，我离开了那儿，屈指算来，已经 25 个春秋。但我不会忘记那儿的山、那儿的水，那儿最早喧闹的日子，更不会忘记那儿的文友。

我倾情的，是那儿的文学。2012 年阳春三月，欣悉《石狮日报》开辟了"宝盖山下"乡土文学专版，我便借助百度，一篇篇阅读专版上的文章。近期，我集中阅读了汉瑜先生的数篇散文，读着读着，好像遭到轻微的电击，引发了想写点什么的冲动。有时，我又怕对别人说点什么。也许还未动笔，就会有人说："你以为你是谁！"是的，我不敢对别人的文字说三道四，更不能干涉人家的世界观、价值观。

我笔写我心，我笔写我想。写点印象之类的应该不是什么丢人的事。于是，我拿起了笔。

汉瑜的散文，我的印象可以用三个词概括：接地气、聚灵气、古早味。

先说接地气。接地气，乃一民间用语，也是近年来各种媒体使用频率较高的一个词。意为大地富有无限的气息和巨大的能量，与其相接便可促进事物茁壮成长。"天气下降，地气升腾。"树木接地气，枝繁叶茂，参天挺拔；花草接地气，葱翠欲滴，争相吐艳；庄稼接地气，长势喜人，秀色可餐；人接地气，身强体健，精神焕发，人缘骤增。"光脚丫不怕穿鞋的"说的是爱光脚的人身体好。记得小时候，常看到农村一些小孩子数九寒天还光着脚，他们好像压根就不知道什么叫冷，什么叫病。在中山陵，我常见一年岁不小的汉子在冰天雪地里行走，我佩服！问他多大年纪，他说："我还年轻，才77岁。"

文艺作品也是如此，让人愿看、爱看，而且耐看，就得接地气。汉瑜是明白这个道理的，他的散文，写的全是身边的人，身边的事。《"编外"文化馆长》写的是土生土长的蚶江人；《大爱恩师伍长骥》写的是他的语文老师；《走进大闽府》写的就是石狮九二路上的风土人情。无论写人写物，他的语言都朴实无华、生动活泼，富有生活气息。读了他对文化馆长林祖武的描述，你会感叹："老林也是国宝啊，我们要很好地呵护他！""他就像厚重的'对渡碑'永远耸立在我们的心中！"

万籁俱寂，星空神秘，此时的我，静下来读汉瑜的散文，是一种莫大的享受，好像有一股灵气在身边弥漫。

地出五谷，人聚灵气，汉瑜的灵气源自生养他的那片热土，以及那片热土孕育出的厚重文化。他以扎实的功底实现了聚灵气的气场，更应该说，他以"一片心"调度了灵气的凝聚。从小，"《岳阳楼记》《曹刿论战》《茅屋为秋风所破歌》等名篇"他都背得滚瓜烂熟。三十多年过去了，这些古典诗文至今还能倒背如流。读小学时，他就喜欢听故事，"从中国古典名著《三国演义》《红楼梦》《儒林外史》到英国莎士比亚的《罗密欧与朱丽叶》，俄国奥斯特洛夫斯基的《钢铁是怎样炼成的》，法国巴尔扎克的《欧也尼·葛朗台》等世界名著"他一部部听，一部部记，一部部烙进心底。对名著，他有一颗敬畏之心。他重于用思维和智慧、用灵感和机缘雕刻生活、雕刻时光。如，"踏上648级'客家之路'，登顶倚栏远眺，重峦叠嶂，茂林修竹，视觉空间变得如此之大，蔚蓝的天空和翠绿的林海美不胜收"，"客家祖居地灵化石壁坐落在一个古朴美丽的地方，一个令人心驰神往的小镇。站在绵远的一条石阶上，遥望四周青山墨绿，丘陵连绵，阡陌交错……村舍楼宇隐约点缀其间。近处田畴间稻香阵阵、金叶滚滚，野地里老人放牛、儿童嬉戏……好一幅诗意盎然的田园风光画。"在这些精彩丰富的语句中，我寻到了一种凝聚、一种付出、一杯百年窖藏的纯酿精华。

又如，"一座寺庙，创建了一座书院，孕育了一个村庄，传衍了一个大家族，这是一个神秘的传奇"。

"近百年的古房虽历经风雨洗礼使得看上去有些斑驳，但在阳光下，那抹闽南红却特别显眼，就像是穿越了所有的喧嚣进入一个静谧的世界。"

"'大闽府'三个字，'大'喻义闽南人宽广的胸怀，海纳百川；'闽'乃福建的简称，'府'就是古早闽南人的家，称'贵府'。"

读这样的文字，我读出了一股浓浓的古早味。古，年代久远；早，早年、童年，无论哪一种，都和逝去、都和久远有关联。古早味是一种怀旧的味道，也是记忆中的味道。我喜欢古早味，但不是想回到过去，只是为了想清楚，除了拆迁、开发、钢筋、高楼的感慨，我们还可以把什么带到将来。

总有一些物，有一些事，要在时光过去后，才会发现它深刻在记忆中。那些物和事，流淌着跨越时光隧道的温暖，永不消逝……

"小桥、流水、人家、石埕、古井、戏台；摇篮、轿椅、眠床、灶台、蒸笼、水缸；犁耙、簸箕、扁担、渔网、水车、风鼓。"多么熟悉，活生生的农耕文化记忆图。

顺时应天的古早味，总是有生命的。灵魂深处的东西，总是安静的。当灵魂成为一种信仰，时间和精力融会在一起时，就会产生强大的能量。当"惜古爱古，弘扬传统，留住乡愁，留住记忆"沉淀为一种思想时，思想将彰显其丰富的内涵和魅力。当散文静化为一片山林、一条河流、一朵鲜花时，我们才会真正懂得散文对生命的意义……

红色工商党史摇篮之行

　　古田会议旧址有一个"年轻"的展馆"福建工商史料馆"，这里是当年红军战斗生活的摇篮。2011 年 7 月 15 日，石狮市工商局红色工商党史第一批 31 名成员从石狮市出发，经过近 3 个小时的旅程，11 点到达革命老区龙岩。简单用过午饭后，直接乘车到达古田镇。古田大道左侧是古田工商所，鲜红的工商史料展大字映入眼帘。一走上古田工商所办公楼二层，一块巨大的以古田会议旧址为背景的红砂岩雕刻主题馆牌便映入代表们的眼帘。馆牌上"福建工商史料馆"七个红色大字庄严、厚重。入口处左侧墙壁上悬挂着手书的《清平乐·蒋桂战争》诗词匾牌、革命者赴井冈山油画；右侧墙壁上是一大型浮雕，反映了土地革命战争时期闽西长汀市场的繁荣景象。"闽西红色工商是在土地革命战争的烈火中产生和发展起来的。"在讲解员的引领下，代表们认真观看。当听到在艰苦的条件下，闽西苏区制定了第一部红色工商法律文献，创办了第一个消费合作社，创办了闽西粮食调剂局，创办了工农通讯社，最早开展对外贸易，为支援革命战争、巩固红色政权做出重大贡献时，代表们不住慨叹。邓子恢、张鼎丞等老一辈工商人的形象也深深印在代表们的脑海里。在福建工商史料馆，红军被服厂使用过的缝纫机，1933 年 8 月 10 日颁发的中央苏区第一张营业执照等红色工商实物、史料，吸引了代表的目光，他们纷纷拿出相机拍照留念。

参观完福建工商史料馆，代表们来到古田会议旧址。古田会议旧址距古田工商所不远，始建于 1848 年，原为廖氏宗祠。它坐东朝西，飞檐翘角，掩映在一片柏树下。屋后山坡上的"古田会议永放光芒"几个红色大字让旧址显得更加庄严、神圣。进入会议大厅不久，天空乌云密布，倾盆大雨瞬间而下，参观完天空又放晴，好像很有灵气。在古田会议旧址内，一排排板凳前是一张四方桌，再现了古田会议会场的布置情景。旧址内地面上一个个褐色圆形痕迹引起代表们的注意。讲解员解释说，由于当时开会是在冬季，室内较冷，参会人员一边烤着火炉一边开会，那些痕迹就是火炉留下的。走出古田会议旧址，团员们在旧址外面集体合影留念。

15 日下午，我们告别古田镇，赶赴长汀古城。16 日上午到达瑞金市。瑞金市是中华苏维埃共和国临时中央政府所在地，叶坪革命旧址、沙洲坝革命旧址、中央苏区工商行政管理史料馆也坐落在这里。在叶坪中华苏维埃共和国临时中央政府办公旧址（中华苏维埃第一次全国代表大会会址），代表们看到，面积不大的旧址被木板隔成多个小房间，作为临时政府九个人民委员部和国家政治保卫局的办公场所。代表们对其中的财政人民委员部产生了浓厚的兴趣。财政人民委员部在当时行使工商行政管理职能，办公场所内仅设一桌一椅一床，桌上的煤油灯似乎在向游客诉说着红色工商史。有代表说，参观财政人民委员部有一种寻根的感觉。绕过一个大会议台，走进毛主席故居，代表们专心地听讲解员讲述毛主席当年的情形，突然间又下起了倾盆大雨。站在这座小阁楼的天井下，听着淅淅沥沥的雨声，好像是特意安排的，革命先烈们让我们多留一下接受教育，20 分钟后雨过天晴。越往前行，历史气息越浓，代表们就越能感受到思想的洗礼。红井旧址就是代表们接受思想洗礼的一个地方。红井位于沙洲坝境内。1933 年，临时中央政府从叶坪迁到沙洲坝后，为解决群众饮水难的问题，苏区军民在离元太屋不远的地方挖了一口深约 5 米的水井。1950 年，沙洲坝人民将水井命名为"红井"，同时在井旁竖立了一块石碑，刻上"吃水不忘挖井人，时刻想念毛主席"14 个大字。代表们边品尝红井水，边仔细品味这 14 个字的含义：时刻想着群众，不正是当代工商干部所应该追求的吗？下午，参观了古汀州贡院，现在那边立有瞿秋白烈士纪念碑。

17 日，我们到连城野外爬山，体会当时红军长征的艰难困苦，锻炼了体魄，傍晚回到石狮。

时代不同，工商行政管理的具体职责会有所差异，但其核心内容始终不变，那就是服务于经济建设，服务于社会主义事业，服务于人民群众。参观到此，代表们心中已形成共识：工商干部心里只要时刻装着国家、装着人民，就能在社会主义大市场中大显身手，将工商行政管理事业推向一个崭新的阶段。

韶山凤凰古城考察散记

　　时值中国共产党成立九十三周年之际，我们政协湖滨委员活动组在李盛芳组长带领下，于 2014 年 11 月 11 至 17 日进行了为期七天的湖南红色之旅。第一次踏上红色之旅，感受红色教育，我们的心情久久无法平静，收获甚多。短短几天时间，亲见了优美迷人的橘子洲头，饱览了生动壮观的张家界美景，体味了山水相依的凤凰古城，重温了革命先辈的光辉足迹，途中经历的一切都是难舍的回忆。

　　"独立寒秋，湘江北去，橘子洲头。看万山红遍，层林尽染；漫江碧透，百舸争流。"而今，我们有幸参观了伟人笔下的橘子洲，风景秀丽、环境清幽、橘林成片，历史文化底蕴悠长厚重。1984 年后的深冬时节，橘子洲风景区青年毛泽东艺术雕塑落成，一代伟人"重回"长沙，再次独立橘子洲头，见证这座历史文化名城的沧桑巨变，感受这座千年古城散发的蓬勃朝气。我想，橘子洲就是镶嵌在湘江中流的绿色明珠，更是长沙人民永远的骄傲。

　　参观完橘子洲头，我们乘上了去往凤凰古城的汽车，导游的几曲山歌立刻驱散了我们一路上的风尘与疲惫，同时也使我们领略到了湖南人的火辣与热情，也让我们知道湘西凤凰，源于著名作家沈从文的文章："青山、绿水、古桥、吊脚楼；寺祠、亭阁、民居、石板街；傩戏、苗歌、鼓舞、拦门酒；城楼、碉卡、烽烟、镇竿人……这就是凤凰古城。"夜晚降临，沱江两岸的霓虹灯在音乐的配合下闪烁着奇异的光彩，古代文明和现代文化在这里交融，美轮美奂。到了白天，沱江边则又是另外一番景象了，除了泛舟沱江以外，换上苗族服装合影或者寻找苗族阿妹一起拍照，欢声笑语，一路泛舟一路歌。我印象中的古城凤凰就像一个婉约的美人，在一片青山绿水的环抱下，妖娆地守着一弯小河。在这里，到处都能读到历史的沧桑。凤凰古城的风景将自然的、人文的特质有机融合到一处，透视后的沉重感也许正是其吸引八方游人的魅力之精髓。

道别凤凰，我们前往张家界。深一脚浅一脚地走着，望着那神秘的云遮雾绕，脑子微晕地充满了奇怪的想象。长大后觉得罗大佑怎么就写得那么准确："没有人知道为什么太阳总下到山的那一边，没有人能够告诉我山里面有没有住着神仙，多少的日子里总是一个人面对着天空发呆，就这么好奇就这么幻想这么孤单的童年。"而到了张家界，这种感觉愈发微妙。张家界似一个传说，似山的精灵，让我心往神怡，一见倾心。那奇特的峰，万石峥嵘；那幽深的谷，溪流潺潺；那秀美的林，郁郁葱葱。雨中的我们游走在云缭雾绕的山间，天气丝毫没有影响我们的心情，反倒是各色的雨衣给绿翠的山间增添了一道别样的风景。置身于袁家界、黄石寨、金鞭溪、十里画廊这一个个令人神往的胜境，我不得不赞叹大自然的玄妙与伟大，更加珍惜这次难得的红色之旅。

我们红色之旅的最后一站也是最重要的一站，便是伟大领袖毛主席的故乡——韶山。原来对他的印象只是从书本上或电视里看到听到的，而当我们真正来到他的故乡时，感受到的他已不仅仅是一个祖国的伟大主席，他更是韶山人民的灵魂。

韶山的一切都散发出毛氏家族的气息，每家每户的屋内必定会有毛主席的一幅画像，大大小小门店中的画像、雕塑、铜像、徽章、挂饰随处可见，而毛氏菜馆也是遍地开花。在这片热土上，毛主席是韶山人们心中永不磨灭的印记，而且这个印记一定会一代代地传承发扬下去。在接下来参观毛主席纪念馆及遗物馆时，那些记载了中国革命历史的照片、文件、遗物，似乎又把我们拉回了那个充满了战争、贫穷、饥饿、疾病、死亡的年代。但是我们更能感受到的是那个年代人民在他的带领下对自由、独立的强烈渴望，也正是这份渴望让那些革命的先烈去抛头颅洒热血，为了新中国的成立奉献自己的青春甚至是生命。新中国的成立来之不易，我们今天的和平幸福生活更是来之不易。因此当我们站在毛主席家六烈士的雕塑前时，都不禁肃然起敬，为他们深深地鞠了三躬，毛主席在中国人民的心中永远熠熠生辉。

斯人已逝，精神永存。抚今追昔，老一辈革命家对中国做出的贡献是巨大的。他们为了新中国的成立，日理万机，不辞辛劳。重温他们写下的字字句句，缅怀他们的丰功伟绩，我们深切感受到共产党的伟大，今天的幸福生活来之不易。作为一名生在和平年代、在红旗下成长的年轻人，更应该清醒地认识到自己肩负的重任，更应该把为人民服务的宗旨放在首位。

夜幕降临才是湖南人们真正生活的开始，凤凰古城的美丽夜色就是最好的证明，与此同时大大小小的演艺中心也正在上演着一出出精彩的节目。夜色中小吃城红红火火的灯光，透着火焰的小火锅，洋溢着一种火辣辣的热情。吃着湖南的辣椒，感受着这里的人文景致，顿时觉得生活原来可以如此丰富多彩。我想如果人的一生都充满了火一样的热情，那生命怎会开不出绚烂的花朵来？

　　在结束旅程返回的途中，我想我们每一个人的心中都一定在回忆着湖南的种种快乐。

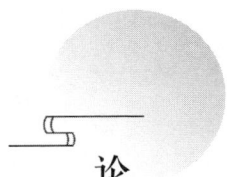

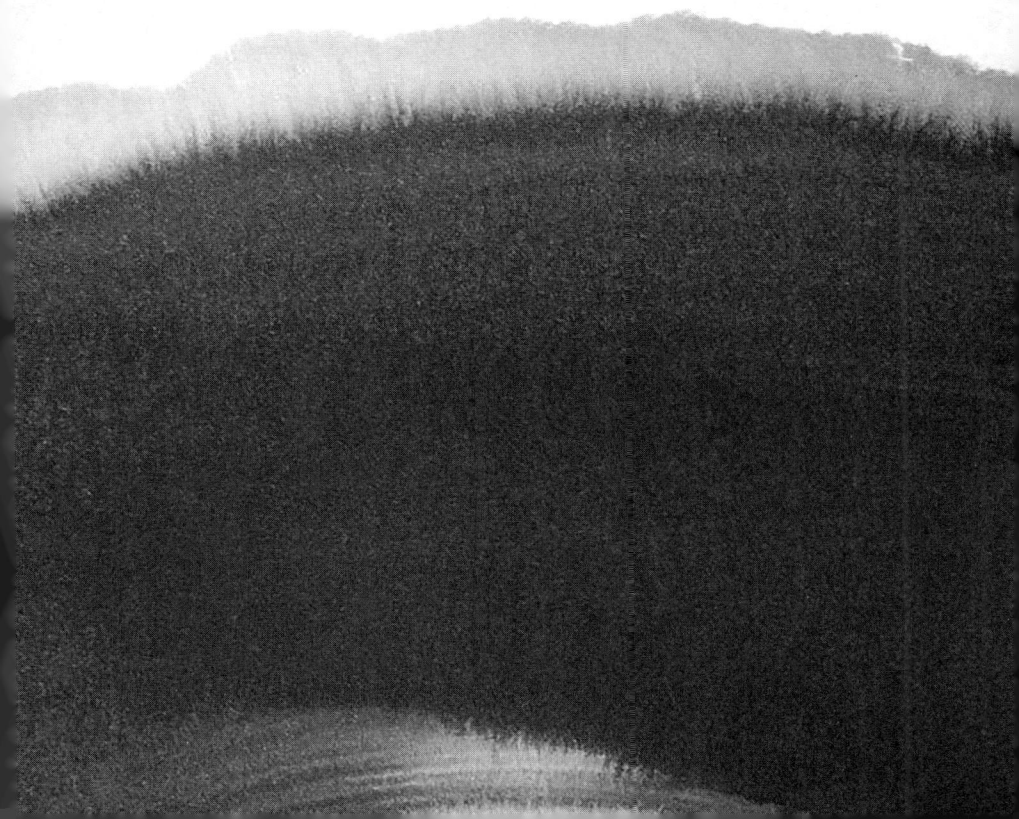

论文诗歌

闽宁同心山海情

《山海情》是一部闽宁两省波澜壮阔的扶贫颂歌！是一首讴歌手足情深的悠扬乐曲！是一声吹响战天斗地劳动精神的号角！

1996 年党中央做出推进东西部对口协作的战略部署，确定了福建负责对口帮扶宁夏的工作，并建立了合作样板闽宁村，陈金山、凌一农等一批优秀的福建干部、技术人员为闽宁镇洒下奋斗的汗水。因为口音问题，他们难以与当地人沟通，会普通话的马得福、白校长被叫来当起了"翻译"。一批批来自福建的扶贫挂职干部与当地政府协同作战，对准施策，走出了一条扶贫扶智的成功之路。

挂职干部帮助得福找到了未来的方向，白麦苗、马得宝、李水花等村里的年轻人也通过劳务输入、发展庭院经济等收获了自信。在发展的过程中，传统与现代、物质文明与精神文明、寻根与断根等问题不断突显，对马喊水、白校长、李大有这些上一辈的人们而言，挑战和转变也在不断发生着。从西海固走出的人们没有忘记他们的初心，他们没有断根，而是把根扎在了这片更肥沃的地方，互相扶持着走上了康庄大道。福建专家来到村里教村民们种蘑菇，又想尽办法为蘑菇寻找销路，让大家挣到了第一桶金。扶贫政策四面开花，闽宁村旧貌换新颜升格为闽宁镇，张树成走马上任闽宁镇党委书记，继续三级扬水工程的同时，加强劳务输出、招商引资，越来越多的村民们主动报名搬迁，让这片土地焕发了新的生机。

《山海情》中的扶贫过程可谓是关关难过关关过，满是鸡飞狗跳的场景。涌泉村山荒坡陡，缺水没路，条件艰苦，不适合生存。搬，说起来容易，做起来难。玉泉营那时还是一个没有被开发的戈壁滩，没有水没有电，村民们还不得不抛弃原有的、赖以安身立命的住所，从一砖一瓦开始建房。村干部难，从福建来挂职的干部和教授更难。在村子里出行只能靠两部自行车。村干部骑着车带着挂职的扶贫干部，黑黢黢的村子、颤颤巍巍的车子，吓得扶贫干部说话气息都不稳。水花和安永富虽然命运多舛，但在移民政策扶持下也盖起了新房，过上温饱生活。这些细腻的生活细节，让扶贫故事不再只是模范榜上的颁奖词，而是切切实实的群众风貌展现，观众们也能更加理解扶贫工作中的点滴难处。《山海情》以扶贫过程中的冲突与困难切入，生动再现了扶贫攻坚路上的一个剖面，激荡时代共振，堪称一部现实奏鸣曲。

从外表到状态，《山海情》中的每一位演员都与自己的角色完美融合。在其他电视剧里潇洒帅气的黄轩变成了灰头土脸的村干部马得福，黝黑的皮肤、因为风沙常常眯着的眼睛、杂乱未经修整的眉毛与头发……细致的妆发外貌设计，让黄轩饰演的村干部瞬间多了几分可信度。

随着剧情演变，出现一幕精妙的场景。一路走来看着村子发生翻天覆地的变化，老村长马喊水这样一个大老粗也是百感交集，闽宁村变为闽宁镇之前，马喊水用喇叭进行了最后一次广播，他眼睛里闪着泪花，声音也有些嘶哑。一望无际的荒芜平原，沙地上的落日余晖，一张张饱经沧桑的脸，摄影师用镜头记录下了宁夏贫困县人民原来面朝黄土背朝天的日子，同样也记录下了绿油油的田地，整齐漂亮的新房子，以及人们摆脱贫困后满足的笑脸，这就是脱贫攻坚为中国的贫困人民带来的"新生"。

改革开放试验区石狮市对口帮扶的就是宁夏同心县。从1997年初，福建省委、省政府决定石狮市帮扶同心县，时任石狮市委常委黄水源挂职同心县委副书记，两地人民结下了不解之缘。同心穷，穷在水。黄水源在石狮市组织"千企万窖"活动，筹集资金100万元，帮助同心群众在田间地头打水窖2500多眼。旱塬地长出了玉米、洋芋等作物，连续几年粮食生产稳步增长，粮食总产量达到4934万公斤，3.9万贫困群众越过温饱线。闽宁路、石狮镇、泉州小学……在同心县，有很多含有福建元素的地名，这些地名都是闽宁精准帮扶的见证。

《山海情》的故事是中国几十年来处理脱贫问题智慧的结晶，也是千千万万个贫困地区从吃不饱穿不暖到摆脱贫困的缩影。它通过影像的力量展示中国脱贫攻坚队伍的智慧，向全面脱贫攻坚的完美收官献礼，使每一位看到《山海情》的观众都能体会到不同的意义。该剧寻求全方位、多线索展现闽宁镇的建设历程，展示闽宁两地东西协作对口扶贫结出的累累硕果，以精彩生动的艺术演绎诠释了"闽宁模式"这一中国扶贫攻坚伟大工程中的创举。

（原载2021年1月《福建文艺网》）

石狮商品市场30年变迁

　　我市商品专业市场起步早，名扬海内外。经过 30 年的发展，目前我市有各类专业市场 15 个。石狮经济的起步得益于市场的兴起，因市场而兴市，可以说没有石狮发达的商品交易市场，就没有今天石狮的经济地位。早在 1998 年全国各地还纷纷前来我市参观学习市场建设经验，当时石狮的市场培育、建设、规模仍然走在全国前列。1988 年 6 月 9—11 日，全国第六届工业品批发市场联络会理事会在石狮召开，那时"石狮侨乡商业城"是全国专业市场建设的一面旗帜，来自浙江义乌市中国小商品城、武汉汉正街市场等 12 个理事单位的代表以及国家工商局市场司、福建省工商局、泉州市工商局的领导参加会议。作为闽派服装的发源地和主要集散地的石狮，在改革开放之初，是以国产小洋货吸引国人目光的边陲小镇。石狮纺织服装业从 20 世纪 80 年代初期的"估衣摊""大路货"，逐渐发展形成一条以服装加工生产为核心，涵盖纺织、漂染、辅料生产、成衣加工、市场营销等环节的国内少有的完善的纺织服装产业链。

　　回顾石狮市场经济发展历程，30 年来经历了四个时期的市场发展进程。

　　第一时期是改革开放到建市初期以率先发展商品经济为特征的

打基础时期。20 世纪 70 年代，大批华侨寄回的衣物在石狮市场销售。据统计，1979 年华侨和港澳同胞携带入境的衣服布料达 71.85 万公斤，涌现出 650 户出售侨物的"故衣摊"，其中登记的个体商摊仅 85 摊、从业 311 人。到 1982 年 2 月，登记的个体故衣摊达 310 户、从业 628 人，各摊点货物总值约 40 万元人民币。这一时期自发形成集中在老城区新华路、大仑街、跃进路、华南路一带，这里被誉为"铺天盖地万式装，有街无处不经商"，俗称故衣摊马路市场。

第二时期是建市头十年，以综合改革试验为动力的高速发展时期。这一时期我们利用"福建省综合改革试验区"的先行先试机会，全市上下抢抓机遇，大力发展民营经济、市场经济、外向型经济，促进了人口的集聚。1986 年建市之前，晋江县投资 326 万筹建石狮服装专业市场——石狮侨乡商业城。该市场是福建省 10 大专业市场之一，占地 7089 平方米，建成五层大楼一座，计有店面 163 间，1987 年 9 月 28 日落成开业。1988 年，采取集资、村（街）办和引进外资的形式，建成新湖（原游乐场周围）工业品综合市场，共有店面 150 间。

1988 年 9 月 18 日，制定《石狮市市场建设规划》，是年全省新建市场 3 个，增加摊位 315 个，面积 2000 多平方米。

1990 年，市场建设以"合理布局、多渠道集资、快出效益"为原则，是年共投入 328 万，新建、改建市场 12 个，建筑面积 39686 平方米。

1991 年，大仑市场重建工程完工开业使用。10 月，大仑村建成环球商厦并开业；12 月石狮市工商局与香港锦荣附属有限公司合资建设石狮侨乡商业城二期，投资 1900 万，新建高档次市场 31000 平方米。

1992 年，福建省工商局出台《运用工商行政管理职能，为加快改革开放服务的试行措施》，强调应建设一批综合性、多功能的大中型市场。8 月 13 日，成立石狮市市场建设服务中心，负责集资、招商、建设等服务性工作。11 月 18 日，与香港鸿信发展有限公司合资建设"东华花园"商住大厦。石狮联邦商业城（也称"国际商业城"）于 1992 年 12 月开始投建，1995 年停建，成为"烂尾楼"。已建工程包括 14 个区，建筑面积近 30 万平方米，无法投入使用。

1993 年 10 月由社会集资兴建鸳鸯池商业中心，面积 3 万多平方米；12 月侨乡商业城二期建成，主楼 17 层。

1994 年，全市共有市场 23 个，其中服装小商品市场 13 个、农贸市场 10 个。市场总建筑面积 13.8 万平方米，经营户 4000 多户，从业人员 2.8 万人，在区区几平方公里的城区，形成以侨乡商业城为轴心，13 个专业市场和 4 个综合市场为依托，18 条商业街道相连接，8000 个商铺，以经营服装小商品为主的闻名全国的服装专业市场。

石狮建市后至 1997 年，按照"政府决策、合理布局、完善体系、健全功能、增强活力"的总体方案，鼓励和发动群众集资，村街动手建、单位联合建、政府投资建、个人合股建、引进外资建，闯出一条国家、集体、个人、外资一起上，多形式、多元化的市场建设路子。全市先后筹集资金近 10 亿元。改造、新建市场超过 100 万平方米，形成一个由商业大厦、服装小商品市场、农副产品集贸市场和商业街道连片成网的多层次、多形式、多功能的市场格局。这一时期创设了 8.18 海峡两岸纺织服装博览会、9.28 鞋业展销会、12.28 名优产品博览会，培养形成鸳鸯池纺织品专业市场和华狮鞋业专业市场，经济逐步走向规模化、集约化。

第三个发展时期。建市第二个十年，市场建设全面升级，功能设施完善的航母级市场。石狮服装城 2003 年上半年开始动工建设，总用地面积 1110 亩，总投资 10 亿元，中心区规划建筑面积 60 万平方米，分别设置服装交易区、展览艺术中心、星光休闲广场、现代物流配送区、商务配套服务区五大功能区。一期工程四幢服装交易区占地面积 143 亩，建筑面积 21 万平方米，共有商铺 2148 间，屋面及地下停车位共 1884 个。展览艺术中心区有 600 多个展位以及一个可容纳 1000 人的集会议、演出、展示等用途的多功能厅，一期工程到 2005 年 3 月底完工，共完成了南 A、北 A、南 B、北 B 四幢交易区。石狮服装城一期于第八届海峡两岸纺织服装博览会举办之际投入使用，共有商铺 2155 间；石狮服装城二期工程于 2006 年 4 月正式开工建设，占地面积为 1110 亩，拥有 4500 多间店面，总投资为 10 亿元；三期工程于 2008 年 4 月开工，总建筑面积 12 万多平方米，完成了南 D、北 D 两个交易区建设，建成商铺 1171 间，商务办公室 1.36 万平方米，工程总投资约 3.5 亿元。

2006 年 3 月，石狮服装城从全国 50 家成交额超过 30 亿元的市场中脱颖而出，成为中国十大服装批发市场之一。2006 年 9 月，在中国服装跨国采购交易会期间举行的授牌仪式上，石狮获得了"中国服装跨国采购基地"殊荣。2006 年 11 月，石狮服装城被全国工商联市场专业机构评为全国大型品牌市场。大手笔的投资，独到的规划设计，为石狮服装城发展至今在国内服装批发市场中遥遥领先奠定了基础，并且加快了上下游产业的整合，形成了紧密的产业链，形成了以石狮为中心，辐射周边地区的闽南服装经济板块，不断提高区域竞争力。

2000 年，金汇花园布料市场开业，占地 240 亩，店面 500 间。2007 年，富丰商城建成开业，总投资 1.5 亿多元，总建筑面积 10

万平方米，经营面积 8 万平方米，集合面料、辅料与服饰三大产业，形成了一个独具规模的综合市场体系。

目前我市进入了第四个发展时期，即以大项目为带动的创新转型时期，引入"互联网+"，线上线下服务平台齐发力的新阶段。

随着石狮服装城影响力、辐射面不断扩大，一批高品位商贸项目开始在石狮服装城周边聚集。石狮国际轻纺城、海西电子商务园区、青创城国际网批中心等大型专业市场相继建成运营。

根据电商园区总体战略发展规划，充分发挥石狮纺织服装产业优势，通过各级政府和社会各界的力量积极推进园区与周边规划项目形成连片效应，以此形成以石狮服装城、轻纺城、电商园为支撑的战略优势互补的"三城一体化"的纺织服装产业经济核心商圈，构建石狮电商城市综合体。同时充分发挥园区聚集和辐射效应，引爆海西纺织服装产业新能量，助推石狮经济再腾飞。园区将全面升级为智慧型电商产业园，进一步完善园区物流仓储、金融服务、电子支付、市场规范、诚信体系、统计体系、软件和信息服务业、物业管理与综合服务等配套公共服务体系，建立要素资源协作互动的电子商务发展生态圈，持续优化园区电子商务发展环境，推进纺织服装网货交易的资源整合、电商的跨境协作、移动电商的拓展应用，全面深化"互联网+实体经济"在园区的各项建设，促进海西电子商务产业在新常态下集体走向繁荣。

石狮青创城国际网批中心，位于石狮市西灵路，规划总占地面积 60 多亩，总投资超 3 亿元人民币，由贸科技有限公司投资建设。青创城以"一区六园"为基础，园区谋划"一区、两园、四中心、多点"的电子商务发展空间布局。一区：形成电子商务中小型卖家与电商服装现货批发并行应用的主体区。二园：国际服装网批中心、电商中小型卖家市场。四中心：电商营运中心、微商服务中心、综合服务中心、网批物流配送中心。多点：发挥石狮完善产业链的优势，聚合产业链的服装品牌、供应商、厂家等多点配套青创城与当地行业协会、各地商会形成战略合作联盟，以打造国内最有影响力的青年创业城为目标，不断完善和升级各种软硬件配套设施。重点培育和扶持 B2B、B2C 电子商务应用示范中小企业，开展集办公仓储住宿为一体的配套项目，与周边规划项目连成一片，逐步形成以青创城为核心的石狮电商城市综合体，为入驻青创城的中小电商企业提供重要保障。青创城一期建筑面积 3 万平方米，可容纳 600 多家电商企业同时办公。二期规划为国际网批物流配送中心，集国际物流、快递为一体。截至目前，青创城意向登记的国内知名电商企业共 700 多家，已经投入运营和正在装修的电商企业 200 多家，进驻面积超 2 万平方米，它们分别是来自浙江、江苏、安徽、江西、广东以及省内厦门、漳州、泉州等地电商企业。其中年产值超千万元的企业就有 18 家。"青创城"以"平台缩短产销链，业务整合进销存"的营运思路，按"网上运营＋线下服务"的模式运作。销售和采购业务团队遍及各商业区和工业区，致力于为中小企业拓展市场，优化企业销售网络；为商户挑选厂家和产品，助力商户轻松经营。

石狮国际轻纺城占地面积 257.5 亩，总建筑面积近 82 万平方米，总投资约 43.5 亿元。项目一期于 2012 年动工，2016 年正式开业运营。项目周边临近石狮服装城、石狮布料市场、缝纫机械设备市场、石狮电商园、石狮青创园、世贸城市综合体以及 7000 多家服装企业和 1000 多家纺织企业，地处产业板块核心区域。我市正积极探索新时期市场经济的新模式新业态。

海西（石狮）电子商务园区于 2013 年 4 月启动，海西（石狮）电子商务园区位于石狮市西灵路，原为灵秀纺织城（即灵秀纺织面料配送中心）。在项目建设初期，由于市场形式的转变，石狮市政府同意我司将现有的配送中心项目改造为电子商务项目集中区，并将项目名称定为"海西（石狮）电子商务园区"。批文编号为狮政综〔2013〕86号。该项目是由福建石狮市裕通集团有限公司投资建设并运营管理的纺织服装行业"电子商务与现代物流产业基地"，园区被列入石狮市"十二五规划"重点项目、福建省和泉州市重大重点项目，2013年被选入福建省电子商务聚集区项目，2014年被评为第一批福建省电子商务示范基地，海西（石狮）电子商务高新技术创业孵化器于2014年被泉州市科技局认定为泉州市级科技企业孵化器。目前园区正在积极成为国家电子商务示范基地，打造纺织服装行业全产业链、数字化、智慧型电子商务与现代物流产业园区。

为大力发展互联网经济，积极培育石狮经济增长新动力，推动工业化与信息化深度融合，海西（石狮）电子商务园区秉承"让一切变得更简单"的经营与服务宗旨，将发展"互联网＋实体经济"作为石狮实施创新驱动和转型升级的重要支撑，重点培育和整合覆盖产业链的网货交易分销电商平台和跨境电商运营平台，推动本土传统服装产业深化电商应用，加快建设以纺织服装业为特色的全产业链、数字化、智慧型电商产业示范园区，以此引领石狮电商行业快速发展，构建石狮互联网新经济生态系统。并在"互联网＋"时代，依托海西（石狮）众创空间，将这里打造为「创客」实现梦想的摇篮。截至目前，已入驻电商企业（含电商相关配套企业）共380多家，园区一期、二期进驻使用面积超15.8万平方米，入驻率超过85%，电子商务企业占所有入驻企业的90%以上。目前为全省最具规模和影响力的电子商务产业园区。石狮市青创城电子商务园区于 2015 年 4 月 18 日挂牌，是福建省首家 B2B2C 独立平台、首家 O2O 模式载体，致力于创建成为国家电子商务示范基地。园区已有来自浙江、江苏、安徽、江西、广东以及省内厦门、漳州、泉州等地 600 多家知名电商企业入驻，入驻率达 100%。园区总占地面积 131 亩，累计总投资超 10 亿元，规划总建筑面积达 25 万平方米。目前，园区一期、二期建筑面积 18.5 万平方米（含地下车库 1.5 万平方米），规划为电商营运中心、运营总部中心（含淘工厂联盟采购基地、海西众创空间）、网货交易中心、跨境电商运营中心、电商人才孵化中心、纺织贸易中心、物流配送中心、综合服务中心等一体化的纺织服装行业全产业链、数字化、智慧型电子商务与现代物流产业基地。截至 2014 年末，入驻电商企业（含电商相关配套企业）共 300 多家，进驻面积超 15.8 万平方米，2014 年销售额超过 40 亿元；2015 年网货交易中心、跨境电商运营中心和淘工厂联盟采购基地（2015 年 10 月淘工厂首期入驻企业 200 多家，意向入驻企业 500 多家，涉及男装、童装及休闲、运动和户外类目）正式投入运营，预计到 2016 年园区网商销售额达到 100 亿元，现已带动就业人员达 5000 多人，目前为福建省最具规模和影响力的电子商务产业集群，也是全国最具规模和影响力的电子商务园区之一。园区致力于打造国家电子商务示范基地，主要围绕电子商务平台建设、网货采购、跨境电商和电商创业、人才孵化、仓储物流、商业配套、园区运营管理与推广、物业管理与综合服务等方面打造电子商务公共服务体系。以人才流、物流、信息流、资金流、商流和信用流为一体的"六流体系"为入驻园区的电商企业提供重要保障。

这一时期，我市还积极推动石狮辅料城、国际纺织展贸中心大厦、星期 yi 创意博览园、台湾纺织展贸中心等项目建设，促进服装城周边系列项目与鸳鸯池布料市场、洋霞服装辅料综合市场、纺织染整缝制机械设备专业市场连片发展、互动共进，推进形成独具特色的纺织服装贸易商圈。

（原载《不忘初心，砥砺前行——石狮建市30年回眸》）

一本《玉湖志》 半部石狮史

盛世修志，志载盛世。修市志、修县志、修镇志不足为奇，而修村志着实罕见。因此，我说："一本《玉湖志》，半部石狮史。"这句话听起来有点夸张，有人会问，一个村庄的历史有这么神奇吗？

近年来，我陆续收到《玉湖之路》《玉湖风采》《石狮吴氏风采》《乡情石狮》《千年古刹金沙庵》《玉湖史话拾翠》《南音之魂》《八秩风雨谱春秋》《难忘的镜头》等志书，还有一本叫《玉湖豆腐》的书，这些书都是写有关玉湖风情遗事的书。当然，如果你想探究虚实，就请你走进玉湖，翻开《今日玉湖》慢慢品读。

说起玉湖，远近闻名，当年雅称新湖村。"村"是中国农民劳作居住的地方，现在的"美丽乡村"是城市人追求绿色食品、休闲旅游的好去处。苏北有华西村，闽南有新湖村。华西村的领头人是吴仁宝，新湖村的领头人吴助仁，名字很相似，或许是巧合，这两个人都是中华民族名人泰伯的苗裔，他们都有一种拼搏精神。更可贵的是他们都是共产党员带领农民共同致富的典型。2015 年我到江苏的华西村考察，村口大牌楼还是挂着华西村的金字招牌，可是我们这边的新湖村已经改称玉湖社区了。我还是更喜欢新湖村的雅称，更有乡土味。

　　玉湖是一个充满传奇的地方，先看看数字传奇。1978年创办全省第一个村办工业区——新湖工业区；1984年创建全省第一个村级公园——湖东公园；1990年集资建设村集体支撑产业——湖滨农贸批发市场；1991年发行全省第一家乡镇企业集团公司股票——新发股份；1991年率先实现全省亿元村；2016年村居集体收入2000万元，人均纯收入10500元，提前进小康。

　　玉湖是一个文化底蕴浓厚的地方，瞧瞧它的文化传奇。它在集体经济发展取得巨大成功的同时十分重视文化建设，新中国成立68年来尤其是改革开放39年来的资料图片都保存得相当完整，还挖掘了许多古代、近代珍贵的乡土资料，而诸如石狮的南音文化、武术文化、姓氏文化、佛教文化、党史文化、文学艺术都能在这里找到根。吴彦造是国家级非物质文化遗产南音的传承人；金沙庵是石狮佛教的发源地之一；吴文化研究会是世界吴氏源流研究的总部；新湖武术馆武术家多次在全国大赛摘取桂冠，吴彦全是全国优秀武术辅导员；吴新涛是国际著名结构化学家、中国科学院院士；吴为家是中国工艺美术大师；吴助仁、吴彦赞是全国劳动模范；吴永雄是中国作家协会会员，石狮元宵笔会2—7届先后70位著名作家到玉湖采风；玉湖还是石狮早期中共地下党革命活动的重要地方和联络点。

　　当年石狮在全国极具知名度，外地人有句口头禅："到福建没到石狮，就不算到了福建。"新湖村名气更大，头顶上有福建省"亿元村""明星村""八闽第一村"等殊荣，是首选之地。一个数字就足以说明。1984年以来，先后有29位国家领导人莅临玉湖考察指导，肯定工作。1996年8月20日，阳光明媚，一个身材魁梧的身影踏上波光粼粼的湖东公园，时任福建省委副书记的习近平漫步在七孔桥上，和蔼亲切的问候一下子拉近了迎接他的村书记吴助仁。习近平是专门来调研"建设社会主义新农村典型"的。原定1小时的考察，习近平拉家常、问收入、听汇报、看市场，整整走了一个上午。习近平听取了吴助仁关于新湖村率先建设宽裕型小康的情况汇报，他对新湖村党支部、村委会致力于发展集体经济，带领村民共同致富道路给以充分肯定，指示"要不断发展壮大集体经济，加快建设社会主义新农村，鼓励吴助仁要带领党员、干部、村民在建设社会主义新农村中继续走在全省前列，要加强党性修养，坚定理想信念，树立为人民服务的宗旨，努力提高执政水平，做一个建设社会主义新农村的带头人"。《今日玉湖》侧重叙述的是改革开放以来，玉湖人敢为天下先，勇驾发展航船乘风破浪，闯出一条农村共同致富奔小康之路的点点滴滴。开篇四幅习近平视察新湖村的图片翻开了玉湖人各个时期艰苦创业的壮丽画卷。改革开放以来，玉湖人勇当弄潮儿，摘取了15项国字级的招牌。21年来，玉湖社区集体经济蛋糕越做越大，牢记习近平的嘱咐，紧紧抓住党建这根弦，党支部升格为党委会，下辖6个支部，党的领导核心作用不断加强，各项事业不断上新台阶。村财从1996年的450万元到2016年的2000万元，年均增长22%。

我与新湖村（后来村一分为三）有缘分，新湖村可以说是我的第二故乡，我的房子就在新湖村农贸路。1983年，我参加工作的第一年就随中共晋江县委综合治理工作组进驻石狮镇新湖村的人民路、东大街（九二路）一带；1995年又抽调任福建省农村社会治安综合治理新湖村工作队副队长驻村半年，前后两次都是综合治理，对改革初期发展过程中产生的某些消极因素刮骨疗伤，除草护苗。1996年后调往石狮市工商局宝湖分局、市场合同科，工作职能都是与新湖村（居）民打交道，亲身参与新湖村改革开放的实践，服务新湖村工业的发展，扶持玉湖市场的兴起。34年岁月一瞬间，两鬓斑白的我翻阅着《今日玉湖》一书，字里行间都感受到这是一部凝聚着玉湖人辛勤汗水的巨著，深有感触，此书确实是一份沉甸甸的答卷。

即将出版的《今日玉湖》一书，我认为也可以称之为《玉湖志》，但是广义的《玉湖志》是指一套涵盖近年来出版的与玉湖相关的十多本专著（集），还有历年来全国各类报纸杂志刊发的报道玉湖的350多篇文章，洋洋洒洒总计近千万言。这些报道、书籍内容涵盖历史、文化、艺术、改革开放、党建、文明、教育、人才等等方面，是一笔珍贵的文献资料。一个村拥有15本专著（集），《人民日报》《参考消息》《福建日报》等刊物有350多篇报道，20位村民出版60本书，近千万言的著述在全国也是凤毛麟角吧！

走进玉湖展览馆，抬头仰望，墙上一排排荣誉证书让人眼花。1985年以来集体荣获县级以上荣誉称号227个；连续9届荣获福建省文明单位；两次荣获福建省先进基层党组织……走近展柜端详，一本本玉湖人著述书籍排列有序，涵盖学科广泛。漫步湖东公园，3米高的毛泽东、雷锋、孔子等伟人、名人石雕像令人肃然起敬。碧波荡漾的湖面上，游船掠过雪白的浪花，不时传来儿童嬉戏的笑声。踏上水上曲桥，漫步英烈事迹走廊，望着一位位英烈熟悉的脸孔，他们的英雄事迹已给大家上了一堂爱国主义教育课。假山水榭间，近现代玉湖杰出人物风采栏向游人述说此地人杰地灵。林荫下安静明亮的读书中心，村民、农民工正专心在40000多册的书海里遨游。村口千年古刹金沙庵香火旺盛，梵音袅袅，祈祷国泰民安。皎洁月光下，村中百年红砖古厝里传来委婉悠扬柔和的南音乐曲，让人心醉……

玉湖是一个充满传奇的地方！

玉湖是一个文化遗产丰富的地方！

玉湖是一个充满慈善心的地方！

玉湖是一个人才辈出的地方！

玉湖是一个艰苦创业共同致富的地方！

玉湖加油！

　　39年来，玉湖人致力于三轮创业：第一轮创业（1978—1995）从贫穷到温饱；第二轮创业（1996—2006）从温饱到小康；第三轮创业（2007年起）从小康到宽裕。俗话说，创业艰难，守业更难，一本《今日玉湖》的出版，就是一次总结，一次检阅。雄关漫道真如铁，而今迈步从头越。新一轮创业，虽然不会一帆风顺，此时玉湖人已经迈开稳健的步伐，沿着以习近平总书记为首的党中央指引的道路奋勇前进！

（原载《石狮文艺》）

厝仔画卷

起大厝，画长卷，立家规，题家训。古厝里的故事都是勤劳创业、爱拼敢赢闽南先辈的励志人生，其精彩程度丝毫不亚于古厝外貌的艳丽。

常年在黑土地上劳作的农民，"起大厝"大概是毕生中最有成就感的大事吧！大厝、新厝、起厝是人们对美好生活的梦想。茅屋、厝仔、破厝是贫困落后的代名词。

陈厝、李厝、王厝、张厝、洋厝、厝上……许多村庄都是以厝而得名。然而，海丝著名景点石狮姑嫂塔下，有一个乡村叫厝仔。

厝仔这个名称给人第一印象就是一排低矮的土坯房。厝仔村，距今已有 600 余年的历史，是许姓家族的聚居地。村庄位于石狮北郊，宝盖山之东北麓，黄牛山之东南隅。相传明代中叶以前，有杂姓于此垦荒造田，曾建有简陋茅屋（方言称居屋为"厝"）。明初许氏族人许艳山由"石龟许"移入定居于此，至新中国成立前，外乡人视其房舍低矮、简陋、村落凋敝，故而泛称它为"厝仔"。

有山不高、有地不平、有溪不畅，贫瘠丘陵沙漏地，就是厝仔村当年的真实写照。十年九旱，水土流失，靠天吃饭，恶劣环境难生存。由于贫困，早在清朝年间许多族人就漂洋过海到东南亚一带谋生，全村 2756 人，海外侨胞 2000 余人，是著名的侨村。

　　厝仔人有一股闽南人爱拼敢赢的创业精神，20世纪五六十年代，大力兴修水利，筑水坝，挖大井，兴建水渠，引入金鸡水；平整土地，改良土壤，干出了惊天动地的奇迹。贯穿全村的水渠虽然已经失去灌溉功能，如今依然是村庄一道靓丽的风景线。

　　脱掉缺粮村的帽子，解决温饱一直是村民的追求。十一届三中全会的东风吹拂神州大地，厝仔人勇当改革开放的弄潮儿，在沙漏丘陵地上兴建起锦山工业园区，筑巢引凤，"三来一补"来料加工起步，三十多家针织厂落户，厝仔村蜕变成为远近闻名的"针织之乡"，1991年跻身全省十大"亿元村"之一。"起大厝"是闽南农民一生的最大心愿，于是，厝仔人家家户户起大厝，千米农民商业街、村委会办公大楼、体育中心，许氏宗祠、宝园堂等"高大上"建筑如雨后春笋林立。

　　厝仔的巨变得到了各级领导的关注和肯定。1996年8月20日，风和日丽，时任福建省委副书记的习近平来到石狮，视察了厝仔村。他走进村体育中心、村民公园、老人活动中心，走过商业街，对建设新农村为村民创造安逸舒适的环境十分赞赏，在体育中心和村民代表亲切合影，指示要大力发展农村第三产业，做强做大实体经济这块大蛋糕。习近平的指示像一座明亮的灯塔指引着厝仔人前进的方向，激发了村民的创业意志。

　　厝仔人不安于"起大厝"，萌发了"起大学"之梦。如果是公办建大学，也就不足为奇了，厝仔人是想要自己动手办大学。创办一所大学谈何容易，更何况是一个村庄。这时候，村里从事豆浆饮料生产的农民企业家许景期是一个敢"吃螃蟹"的人，他开启了"起大学"的人生梦。1998年5月，他经营的兴达集团毅然将投资方向转为民办高等教育，与长春理工大学联合创办长兴工业学校，初创之时，没校区就将老厂房改造为学校，因陋就简开启了大学梦。随着办学规模扩大，学校升级为泉州光电信息职业学院，开始了集团办学的征程。2006年增资成立华景集团，建设宝盖山新校区，福建省政府同意在泉州光电信息职业学院的基础上组建本科学院闽南理工学院，并列入福建省"十一五"重点项目之一，2009年获省级"第十届文明学校"称号。经过20年的精心创办，闽南理工学院已经建成以工学学科为主，兼有理学、管理学、经济学、艺术学、文学、教育学等多学科，具有独立颁发高等学历文凭资格的全日制普通本科高等学校。厝仔村旧校区扩大到宝盖山新校区，面积达1100多亩，颇具规模，教职工1100余人，全日制在校生近15000人，建筑面积48万多平方米，资产总值12亿多元，省级重点学科两个（光学工程、电气工程），被福建省教育厅确定为硕士学位授予培育单位立项建设高校，学院声誉在全国民办高校位居行列，厝仔村成为名副其实的大学城。

厝仔人走的是一条农村改革发展的康庄大道，他们走上不愁吃、不愁穿、不愁住"三不愁"宽裕型小康路。70年弹指一挥间，今日厝仔是新农村典型，闪耀着众多历史的光圈，正在扛起新的时代。

厝仔不再是昔日低矮、简陋、凋敝的代名词，厝仔是新时代富裕、文明、和谐的网红热语，厝仔是新中国成立70周年的泉州故事，厝仔是新中国成立70周年的石狮一扇窗！

（原载《石狮文艺》）

家规家训与社会和谐

——浅析家规家训对促进社会和谐的作用

摘　要： 家规家训是我国优秀传统文化的组成部分，《礼记·大学》："古人欲明明德于天下者，先治其国，欲治其国者，先齐其家。"治国有国法，齐家有家规。当今家庭、社会依然存在不安定因素，让优秀的家规家训成为社会前进的"航标"，具有积极意义。本文从三个方面浅谈家规家训与社会和谐的关系，以及新时期家规家训的传承与弘扬：其一浅析江夏黄氏历代优秀家规家训对社会和谐的积极影响；其二新时期研究家规家训的重点；其三家规家训对践行社会主义核心价值观的作用。

关键词： 家规家训　忠孝慈善　社会和谐　核心价值观

一、江夏黄氏家规家训对社会和谐的积极影响

江夏黄氏是一支发源于中原的望族，黄香是万派追宗江夏黄氏始祖，"忠孝两全，天下无双"是汉章帝对黄香的褒扬，黄香留下的家训就是"忠孝"两字。近两千年来，江夏黄氏家族传承了很多优秀家规家训，黄庭坚的《家戒》、黄守恭的《示儿诗》、黄彻的

《家规家训十则》都是古代优秀的家规家训，黄氏后代遵循着祖训，兴旺发达，形成了醇厚的清正家风，同时也促进了好的社会风气。"二十四孝"之"扇枕温衾""涤亲溺器"成为中华民族孝道文化的典范。

天下无双孝子家

黄香（约68—122），字文强，江夏安陆（今湖北云梦）人。东汉时期官员、孝子，是"二十四孝"中"扇枕温衾"故事的主角。九岁时他的母亲去世，黄香思念至极，致使形容憔悴差点死去，被乡里人称赞为孝子。黄香从小就知道孝顺长辈的道理，他尽心尽力地奉敬父亲。每当炎炎夏日到来的时候，就给父亲搭蚊帐，扇扇子，让枕头和席子更清凉爽快，还把吸人血的蚊虫扇开，让父亲睡得更好；到了寒冷的冬天，就用自己的身体把被子变得温暖，让父亲睡得更好。于是黄香的事迹流传到了京城，号称"天下无双，江夏黄香"！《三字经》中有对黄香的描写："香九龄，能温席。孝于亲，所当执。"

自成一家始逼真

黄庭坚是黄氏另一位历史名人，他晚年订立的《家戒》真是启人心智，发人深省。《家戒》共二十条，对行孝、为人、从业、求学等方方面面进行了详细的诠释，不仅本族奉为祖训，也被当地百姓尊为楷模。重孝："人有祖宗，犹水木之有本源，不可忘也。父母罔极之恩，同于天地。凡我子姓亲存者，务宜随分敬养。"礼让："行者让路，耕者让畔，文王之化行俗美也。近世有在同族之间，寸土不能相让者，已称鄙随之夫。"事实上黄庭坚也是这么做的，他做官后还是保持简朴的生活，在学术上更是严谨细密，为官则心系百姓，胸怀家国。

黄庭坚（1045—1105），洪州分宁（今江西省九江市修水县）人，北宋著名文学家、书法家，为盛极一时的江西诗派开山之祖。与张耒、晁补之、秦观游学于苏轼门下，合称为"苏门四学士"。生前与苏轼齐名，世称"苏黄"。黄庭坚是一大孝子，"二十四孝"之"涤亲溺器"就是他讲的故事。史载，黄庭坚虽身居高位，侍奉母亲却竭尽孝诚，每天晚上都亲自为母亲洗涤溺器（便桶），没有一天忘记做儿子应尽的职责。

习近平在中国文联十大开幕式上的讲话中点到许多历史文化名人，其中就有宋代文豪黄庭坚，"随人作计终后人，自成一家始逼真"就是其精神实质。说的是没有超越意识的人，只会跟在别人后面亦步亦趋；敢于大胆创新，自成一家的人，才能走出新路子。黄庭坚的文学成就影响了一代诗风。黄庭坚是江西诗派的开派宗师和领袖，他"点铁成金、脱胎换骨"之风格，成为江西诗派作诗的理论纲领和创作原则，对后世的文学创作产生了深远的影响。黄庭坚虽讲诗法，但并不固守诗法，而是要求最终超越诗法，达到"不烦绳削而自合"的境界。黄庭坚的书法成就更是独树一帜，他的行书、草书，楷书也自成一家。作为"苏门四学士"之一，不能不受苏轼书风的影响。在黄庭坚书论中，评东坡书颇多，且多为推崇备至者。而黄庭坚以禅悟书当与苏轼互为影响。黄庭坚教育儿孙篇《家戒》对治国齐家极具借鉴作用，体现其爱国爱家的高尚品德。

倾尽家财慈善风

慈善济世是黄氏家族又一个优秀家训。在古代，一个家族创建两个伟大建筑（泉郡开元寺和安平桥），历经千年而同登第一批全国重点文物保护单位，堪称中国建筑史上的奇迹。这个家族是泉州紫云黄氏家族。在宋代，一个人倾尽家财倡建两项利民工程（石井书院和安平桥），历经800多载依然有益于乡民，堪称中国慈善史上的传奇人物，这个人是黄护。唐代泉州大财主黄守恭一首《示儿诗》："骏马登程往异方，任从随处立纲常。汝居外境犹吾境，身在他乡即故乡。朝夕勿忘亲命语，晨昏须荐祖宗香。苍天有眼长垂祐，俾我儿孙总炽昌。"确立了家族千年慈善家风，创造两个世界纪录。黄守恭一生做了三件大事：一是种桑养蚕织锦，是开拓古代泉州"海上丝绸之路"第一人；二是献园建泉州开元寺，为弘扬泉州佛教创立基地；三是鼓励子孙外出创业，立定仗义疏财的慈善家训。

　　黄守恭（629—712），隋末随父黄崖由侯官（今福州）黄郑巷（今黄巷）迁居南安县东南十五里的西洞州（现泉州市鲤城区开元寺内）。生五个儿子，曰：肇经、肇纪、肇纲、肇伦、肇纬。初事货殖，后务农桑，辟桑园周围七里，庄田三百六十亩。成为名闻遐迩的庄园主。平时扶贫济困，一生乐善好施，最著名的故事是献桑园宅建开元寺。如今我们到泉州参观开元寺，犹可以看见这株曾开白莲的古桑，大可合抱，树头主干已裂为三叉，古干龙盘，被作为珍贵文物保留下来，千百年来吸引了无数海内外游客，极大地提高了历史文化名城泉州的知名度。守恭献宅建寺，历代传为佳话。唐垂拱二年（868），黄守恭把他的五个儿子召集起来，作了一首《示儿诗》说明其意，让他们迁居到同安、惠安、安溪、南安、绥安（漳浦及云宵县）等地，故有"五子分五安"之说。因黄守恭舍地建开元寺之后，寺顶常有紫云笼罩，故称这一派黄氏为"紫云派"。守恭子孙，都以开元寺中的檀越祠为祖庙，"紫云"为堂号，目前遍布全国及世界各地的紫云黄氏后人达220多万人，1300多年来名人辈出，特别是历朝历代尊奉"慈善"的家训，出了许多大慈善家，散尽家财捐资公益，如唐朝有黄守恭、宋朝有黄护、清末有黄奕住、现代有黄仲咸等大慈善家。

黄护，是黄守恭第二十三世孙，出生在一个书香门第之家，其父黄硕进是一名诸生。黄护从小接受儒学之道，六岁学诗赋。南宋嘉泰三年（1103）秋，17岁参加科考未中，去晋江安海投靠从事海外贸易姑丈高纪昌，随姑丈高纪昌出洋，先跑两广，后远航东南诸国商埠商船通两广至勃泥（今加里曼丹岛的文莱）。经过十多年出海经商拼搏，成为远近闻名的大海商。

古时，安海与水头为五里碧涛隔断，商人旅客往来只能靠舟渡，交通十分不便，遇到台风船毁人亡的悲剧时常发生。更为重要的是打通安海至水头通往同安、漳州的商道，促进安海对外贸易发展，因此建造一座跨海大石桥就成为当务之急了。黄护与龙山寺住持智渊的带头捐资，两人各捐钱万缗（每缗为铜钱 1000 文）。黄护不仅捐钱，还亲自参与监理建桥。操劳 7 年的他竟没来得及看到桥梁竣工，就在绍兴十五年（1145）因积劳成疾而去世了，年仅 59 岁。黄护辞世后，接着祖派也圆寂了，安平桥工程被迫中断。一直到了绍兴二十一年（1151），在泉州太守赵令衿的主持下，黄护之子黄逸继承父志，率僧惠胜续建安平桥，并于隔年的 11 月竣工。又将造桥余资建造东洋桥（安平东桥）、瑞光塔。黄氏素有"儒者为贾"传统，一旦有人通过经商富裕起来了，往往不忘回馈社会，遗泽后人。

忠勇义烈报国心

宋代莆阳（莆田）《家规家训十则》传承精忠爱国精神。莆阳黄氏是江夏黄氏一个重要支系，家规展现另一个方面就是传承精忠爱国精神，激励黄氏后人忠贞爱国，保卫家乡安全。在古代，封建王朝统治阶级腐朽享乐，不顾百姓安危，黄氏家规就教导后人要树立舍生取义的精神，在国家民族危难时刻，挺身而出保卫百姓安全。莆阳黄氏宋代进士黄彻制定《家规家训十则》。

敦孝弟、明礼让、课诗书、守忠孝、崇节俭、谨祭祀、儆游惰、戒强暴、弭争讼、斥党援。其一"敦孝弟"："圣朝颁广训，首重在明伦。入孝与出弟，实行凛须遵。世人多悯悯，弗解慕双亲。不思毛和里，分形以为身。至性既亏薄，枉称立顶人。弟昆原一气，岂忍视越秦。伯叔如父面，分尊谊亦均。合敬而同受，乃尽亲亲仁。天经苟违戾，明法幽鬼神。表彰承先诲，用以告谆谆。"

其二"守忠厚"："家世敦古处，革薄而从忠。与人相嘘煦，一团和气中。浮俗多喜诈，谈笑起戈戎。不思行直道，斯民赋性同。机阱虽云巧，默宰有天公。相挽还淳朴，无坠昔人风。推诚而化物，守雌以为雄。毁誉随众口，褒为两耳充。横逆无因至，冰雪任消融。留耕存方寸，忠厚守裘弓。"黄氏后人尊崇先人的教诲，一千多年来，涌现出一大批义烈勇士，为保家卫国而壮烈牺牲。安平（安海）十世明代大藏书家黄居中在其"千顷堂"藏书楼悬挂一副对联："一篇书目传千顷；十则家规韵五言"，将家规家训作为其为官做人的镜子。

泉郡金墩黄氏是黄氏的一大支系，黄元丰裔孙唐开国公黄岸于天宝末年迁居莆田涵江黄巷，黄岸十四世孙黄松元末战乱避居泉州郡城，为安平金墩黄氏始祖。金墩黄氏书香门第，名宦世家，诗礼传家，浩然正气。秉承《家规家训十则》的安平金墩黄氏敦仁尚德，英才辈出。据资料统计，在明清时期，有文武进士8名，文武举人43名，历代封赠大夫、将军者41人。其中杰出人物有：九世黄仰，抗倭义烈，赠州同治；十世黄汝良，清正廉明，官柱国太子太傅、礼部尚书；十一世黄元勋，官太子太保。又据《安海志》所载，安平金墩黄氏一门入乡贤文苑有黄物备、黄庆贞、黄志龙等17人，隐逸笃行者有黄伯瑞、黄汝封等12人，孝友及其他名人有黄颖、黄维京等8人。其他如解元黄志清被尊为金玉君子；黄虞稷学富五车，纂修《大清一统志》，著有《千顷堂书目》，拥有八万藏书，历来受到文史界珍视。近现代黄氏族人涌现出不少知名人士。其中最足称道的有：黄竹禄，革命先烈；黄哲真，民国时期的立法委员、晋江行署专员；黄松禄，曾任福建省委常委、政法委书记、省人大常委会副主任、省公安厅厅长等职。

明嘉靖年间，黄氏家族出了一位舍生取义的抗倭义烈黄仰，他用鲜血和性命谱写了一曲安平城保卫战的壮丽诗篇。黄仰（1500—1558），泉州府学庠生，平素急公尚义，不畏强暴。当年倭患来时，义士因为民请命讨回石井书院而遭恶霸庄士奇陷害锒铛入狱，身陷囹圄武艺高强的黄仰从狱中请求率领"黄家军"冲向前线抗击倭寇，得到批准后随即组织并统率乡兵抗倭。明嘉靖戊午（1558）端午节，在今全国重点文物保护单位安平桥上爆发了一场惨烈的抗倭保城战。这一天义勇子弟返家过节，而倭贼闻知安平城内市民乡勇在三里古街举办"嗦啰涟采莲"欢庆活动，没有戒备，即由磁灶集众改行水道乘船直扑安平城。欢庆活动中的男女老少忽闻倭贼由磁灶前来围攻安平城，顿时惊慌，一时场面大乱。乡民争相从南门（现水心亭）上安平桥西奔，殊不知倭贼船只正在安平桥海港，误上安平桥的难民又返回拥入安平城，数以百计全副武装的倭寇登上安平桥追杀。危急时刻要组织乡勇已经来不及了，黄仰立即聚集黄氏族丁数十人奔安平桥头拒敌，经过几个时辰的搏斗，杀倭首十余级，贼终败退，难民得以保全。然而失败的倭寇贼心不死，又召集盘踞在海上的三千贼寇发起疯狂进攻。面对寡不敌众的情况，有人劝黄仰，先避其锋芒，退守城内，黄仰不纳且曰："逃，匹夫也。

以一身活万人，丈夫责也。纵不敌而死，亦三事之忠。忠，我素志也；得死所矣，夫复何恨哉。”遂率从弟廷英以及族丁在安平桥头与倭贼血战，终因众寡悬殊20多名义士全部壮烈牺牲，但保护了几千名百姓和安平城。

黄氏家规家训传承千年，影响深远，黄氏家族名人辈出。几千年不断丰富发展，其中唐宋两代家规家训达到精华典范，形成了忠孝友爱、慈善济世、创新超越等三大家训核心内涵，不但是家族的行为规范，更是给予后人很多启迪和教益，还促进了社会的和谐发展。

二、引领崇德向上时代风尚是新时期研究家规家训的重点

家规家训和家风是相辅相成、共为一体的。今天我们谈家规家训，它有两个方面的含义：一个是文献文本，一个是教化方式。因此推广普及弘扬家规家训必须侧重三点：第一，力求将艰深的家训世俗化、大众化；第二，平淡中见高雅，通俗中见专深；第三，正面弘扬，去除不足方面。家规家训是传承中华文明和传统美德的重要载体。忠义孝廉、节俭持家，这些传统文化的精髓是需要载体进行传承的。比如莆田市将历史上53位清官廉吏的家规家训在陈列馆中展出，便是将家规家训进行物化和传承的重要尝试。“凡林子孙，父慈子孝，兄友弟恭，夫正妇顺，内外有别，尊幼有序，礼义廉耻，兼修四给……”我相信这样的文字，再配以一幅幅古朴的图片，一定会让人有所触动。对于广大青少年来说，要引导他们热爱中华文明，尊崇传统美德，做人先立德就是这个道理。从历史中形成和走来的家规家训浸染着传统文化，再与时代发展相结合，形成独具特色的社会主义文化体系，这也是我们所谓文化自信的重要依

托。只有用良好家规家训培养出来的孩子才能展现中华民族的精神风貌，才能成为国家建设和社会发展的栋梁之材。

资鉴是史学的重要功能。家训的资鉴功能，主要有三个方面：1. 训导教育子女成人成才；2. 实行家庭的自我控制；3. 确立良好的家风。当今社会背景下，家庭教育已出现了许多新的理论和方法，且有不少成功事例值得肯定，但也出现了诸多不良现象。因此，我们应该站在历史和现实的交汇点上推进家风建设，让千千万万家庭的良好家风带来风清气正的政风、民风，形成崇德向善的社会风尚，以涵养家风来滋育民风，以好的家风支撑起好的社会风气。引领崇德向善、奋发向上的时代风尚是当下家规家训研究的重点，传统家训深受时代的影响，其内容既有合理之处，亦有不足之处。对于历代家训，宜取之精华、弃之糟粕，传承家规家训支撑起社会风气正能量。有明德的家规家训，就有良好的家风，有良好的家风社会就和谐。家风，是一个家庭的风气，一种规范，是家庭文化的体现，更是中华民族传统文化和道德伦理在每个家庭中的传承和发扬。家风作为一种无形的力量一直在潜移默化地影响着民风、社风。家风正则民风淳，民风淳则社风清，社风清才有社稷安。

三、挖掘家规家训对践行社会主义核心价值观的作用

家规家训顾名思义，规定的主要是一个家庭成员的行为准则，看起来约束的范围很小，但是家庭作为社会的细胞，好的家规家训汇集起来就会形成整个社会的良好风气。而且作为一个家庭成员，受到良好家规家训熏陶后，就会在日常生活中体现出来，也会对周围人产生积极影响，因此千万莫小视家规家训的重大意义。

　　社会主义核心价值观的 24 字正是几千年中华文明和传统美德的传承和创新，尊老爱幼、勤俭持家、诚实守信、尊师重教、热爱国家……这些良好的家风在一代代人中传承，绵延几千年始终不变，已经成为华夏儿女共同尊崇的行为准则。家规家训历史悠久，从有家庭开始就慢慢形成，家规家训已经成为中华文明的重要载体，几千年传承至今也已经成为社会主义核心价值观的重要历史基因。传承家规家训是践行社会主义核心价值观的重要方式和途径。家规家训是一个家庭内形成的世代传承的特色文化，是对子孙立身处世、持家治业的教诲，是中国传统文化和传统教育的重要组成部分。中国历史上《黄庭坚家戒》《颜氏家训》《朱子家训》《林则徐家训》《曾国藩家训》等，影响深远。传承和发扬优秀家训是推动社会文明进步的正能量，我们要传承和弘扬祖辈遗留下来的"金玉良言"，言传身教地传递给下一代，努力促进社会幸福和谐。为践行社会主义核心价值观，传承优秀中华文化，弘扬家庭美德，鼓励开展"立家规、传家训、树家风"活动，营造风清气正、和谐文明的社会风气，争做"优秀家训"的传承者，争做"良好家风"的践行者。家风是无言的教育、无声的力量，潜移默化地影响着人们的世界观、人生观、价值观、性格特征和道德修养。近年来，全国妇联开展的寻找"最美家庭"活动就有效创新了传播方式，使主流媒体和新媒体创新融合，线上线下有效联动，通过讲述"最美家庭"的动人故事，向世界展示了中国家庭的文明和谐形象。云霄县在学校开办家规家训普及教育课，传承家规家训工作从娃娃抓起，从小培养爱国爱家爱自己的明德情操的做法值得推广。

　　如何系统发掘优秀家规家训，服务于践行社会主义核心价值观教育活动，是我们必须研究的课题。因此确立"以好的家风支撑好的社会风气"这个时代命题具有积极意义，我们可以采取三个路径推动家规家训家风建设的社会化。首先要立足于价值引领，就当下而言，最重要的是必须以培育和弘扬社会主义核心价值观为根本引领。家庭是人安身立命之所，也是道德养成之根，重视家风建设必须高度重视提升广大家庭对核心价值观的认同感、责任感，并以践行核心价值观作为新时代的家训、家规，把家庭打造成践行核心价值观的首善之地。其次要强化典型的示范作用。这是由家风传承与传播的社会性决定的。"见贤思齐"是人的共性，当下之人与当世之事对人们具有最直接的影响力。无数个道德模范的美德事迹感人至深，无数个"最美家庭"的家风故事令人动容。如何通过体制保障使相关推选活动常态化、制度化、科学化，如何通过机制创新让道德模范更可亲可敬，"最美家庭"更可学可近，需要进一步探索实践。第三还要注重全媒体推广传播，开展公益宣传活动。让良好家规家训家风的传播更具有时代性，才能让良好家规家训家风的传播更具有影响力。挖掘研究弘扬优良的家规家训是当今全社会的共同责任，发动社会各阶层人士共同参与，将传承优秀家规家训与艰辛社会主义核心价值观有机结合起来，提倡"八不"行为规范，为全面建成小康社会增加正能量，为社会前进树立"航标"。

（第十届海峡论坛·百姓论坛《新竹交流会论文》）

境苑之争，善哉！

何谓境苑？这是一个新的命题！2015 年可以说是千年古镇安海的文化大餐年。随着县级小城市建设热潮的拉开，骄阳似火的五月端午节，在安平桥文化公园举办的"晋江市（安海）第四届端午民俗旅游文化节举行"大型民俗活动刚刚圆满落幕；6 月刘文儒市长亲临主持"重塑安海名镇龙山寺品牌周边环境规划现场会"；8 月安海镇又申报评选第五批"福建省历史文化名镇"，这些活动大大提升了安海历史文化的影响力，彰显了安海镇人民政府致力于保护传承安海古文化遗产，弘扬发掘安海历经千年沉积的丰富文化底蕴的前瞻性，确立了"文化搭台，经济唱戏"的绿色发展观。新年伊始，习总书记赶赴云南考察调研，在与各民族群众和基层领导面对面共商发展建设大计时指出："什么是城镇化？城镇化就是要让农村和农民享受和城市一样的（公共）服务。必须留住青山绿水，必须记住乡愁。什么是乡愁？乡愁就是你离开后还很想念。要像保护眼睛一样保护生态，要像对待生命一样对待环境。"此举正是我镇践行习总书记关于发展城镇建设要"留住乡愁"的论断，可喜可贺！

随着鸿塔海东片区征迁改造临近回迁，对片区地段重新命名提上日程，八月份又拉开"境苑之争"的讨论。如何更好地为这个即将诞生的"宝贝新生儿"命名，成了安海"老母亲"的一件大事，因此也就有了"境苑之争"这场"辩论赛"。"境苑之争"就像通常的辩论赛一样，有正方、反方两支代表队，甲方的观点是支持保留"境"的二十四境旧地域称呼，乙方的观点是启用"苑"这个时下比较时髦的小区名作为新地域称呼。"境苑之争辩论赛"可以说是安海的一件大喜事、大好事！喜从何来呢？因为此事凝聚了安海人的爱心、公心、善心。不分你我，不论身居何地，都善意地投入讨论，为安海下一步发展建言献策。一句句建言都是肺腑之言，一声声叮嘱都是赤子之心，一篇篇论证都是兴镇良方。所以，我们可以肯定地说，这场大讨论必定没有胜败之分，最终不论是沿用"境"还是"苑"，都是安海人的福气！

就在我镇各界展开地名大讨论之际，据报道，2015 年 5 月 28 日由《光明日报》、民政部区划地名司主办的"全国地名文化建设研讨会"召开，共同研讨如何做好地名文化建设这篇大文章。研读会议的精彩论点：如果"地理是横的历史，历史是纵的地理"，地名便是这"纵横"网络上繁星一般的自然实体标记，是源远流长的文化长河中的印记。

据报道，2015 年 3 月以来，《光明日报》与民政部区划地名司联合开展"地名的故事？那些历史那些乡愁"系列报道和"寻找最美地名"活动，寻访地名流变背后的乡愁故事，追踪地名乱象治理的经验得失，探讨地名文化建设的思路和对策，社会反响热烈。其中一组"地名的故事？那些历史那些乡愁"的记者来信，讲述了徽州、兰陵、北京崇文宣武区、驻马店等几个颇有争议的地名更名和意欲更名的前因后果，及时回应了社会关切。光明网和《光明日报》微博微信开展的"寻找最美地名"活动，自 4 月 1 日起征稿以来，参与投稿、阅读和互动的网友已超过 268 万人次，地名文化是目前的网络热点。

民政部副部长宫蒲光在研讨会上致辞中指出，在新形势下，加强地名文化建设，既是促进社会主义文化大繁荣、发展社会主义先进文化的重要举措，也是传承和弘扬中华文化、增强国家文化软实力、提高国民对中华文化认同感和自豪感的重要手段。今后地名文化建设要坚持保护传承与创新发展并重，社会效益与经济效益双赢，理论研究与工作实践兼顾；地名文化建设要抓好地名文化服务工作、地名遗产保护工作、地名文化发展平台建设工作。他强调，地名文化建设要扬正气、接地气、聚人气。

在研讨会上，中国地名文化遗产保护促进会会长刘保全，北京大学教授王岳川，中南大学教授、中国村落文化研究中心主任胡彬彬，九三学社中央委员、浙江省民政厅副厅长罗卫红，中国政法大学法学院院长、教授薛刚凌，北京大学副教授岳升阳等六位专家围绕"地名文化保护与建设"从各个角度剖析现阶段地名文化的现状及下阶段对策。《光明日报》总编辑何东平指出："地名，被称为'人类历史的活化石'，它记载着中华民族对自然环境和人文环境特有的认识和思考，记录着中华民族在长期历史进程中形成的价值观和审美理念，是中华文化延续和传承的重要载体。"北京大学中文系教授王岳川指出："地名一定要名实相符，中国的地名要契合中国的历史文化。现在流行起洋名，把这个建筑叫伊丽莎白、那座别墅叫枫丹白露，这是典型的名实不符。古人常说立德、立功、立言三不朽，在地名中也贯彻了这种理想。地名要不朽，一定要言义俱佳，要传承正能量。"中国村落文化研究中心胡彬彬指出："我国的地名文化具有延续性、地域性和多元性三个显著特征。延续性，是指大部分地名都有一个历史的延续；地域性，是每一个地名都体现了当地文化、当地民族的特征，能够与其他地区有所区别；

多元性，是指地名中包含了多种多样的文化信息，与当地的民俗风情、传说故事、宗族构成、宗教信仰、历史人物等文化密切相关。"

老北京的街巷叫胡同，老上海的街巷叫里弄，老福州的街巷叫三坊七巷。随着城市化建设车轮的向前发展，很多老村落、老建筑都不断消失，但是这些地方还保留着老地名。北京有一个地方名叫"公主坟"，如果要评选最不吉利的地名，它有可能摘取桂冠，但是北京还是保留下这个区域地名，住在这里的人还是生活得挺快乐！

二十四境三十六巷是安海千年文明的积淀，是一块尚未擦亮的金字招牌。"保境安民"的匾额依然悬挂在境主公宫的殿宇内。三公境的境主公是明代嘉靖年间的抗倭义士，当年为保护安平民众挺身而出、献身取义；仁福境的通远王是宋代的海神，默默地保护安平港的商船平安归来；忠义境的境主公关羽是正义的化身，激励着勤劳的安海人诚信做人……境巷文化委婉传奇，如何挖掘保护"境巷"文化，为安海打造"休闲旅游重镇"增加内涵，值得好好探究。如果我们能够很好地传承保护好安海的境巷地名，将是一件利于子孙后代的事，否则，境巷地名埋没于我们这一代人之手，二十四境剩下十七境，我们将对历史无法交代。

"鱼我所欲也，熊掌亦我所欲也！舍鱼而取熊掌，乃为上策。"这句千古名言似乎可以借鉴，相信聪明智慧的安海人将做出最佳的选择。

（2015年8月）

首届海峡两岸黄香黄庭坚孝道文化论坛纪念册卷首语

光阴似箭，岁月如梭，转眼间，晋江黄氏宗亲联谊会从成立至今已经历四届。坎坎坷坷，风风雨雨，秉承"忠孝睦族，团结拼搏"的晋江黄氏精神。走过二十周年，忆往昔，看今朝，岁月峥嵘，可圈可点，感慨万千。

黄姓是我国古老而著名的大姓，在中国百家姓里列第八位。中华黄氏源远流长。远古时，黄人受封于黄，即在今河南潢川地区建立了诸侯国——黄国。

战国时期，楚相春申君黄歇被誉为战国四公子之一。黄歇之后有黄霸，汉宣帝时官"颖川太守"，治行称天下第一，被尊为中国古代循吏典范，官拜丞相。汉代的黄香，我国古代二十四孝子之一，汉章帝曾御书"江夏黄香，忠孝两全，天下无双"，将中华黄氏推向一个兴盛的时代。宋代文豪黄庭坚是一大孝子，为官则心系百姓，胸怀家国，"二十四孝"之"涤亲溺器"就是讲他的故事。习近平主席在中国文联十大开幕式上的讲话口点到许多历史文化名人，其中就有黄庭坚，"随人作计终后人，自成一家始逼真"就是其精神实质。

西晋末年永嘉之乱，中州板荡，衣冠士族为避兵灾，纷纷南渡入闽，部分定居在泉州母亲河晋江沿岸，他们为寄托对故土的怀念，遂把栖身之地的这条河流取名为"晋江"。晋江自唐开元六年（718）建县以来，一直为历史文化名城泉州的首邑，历经一千多年的悠悠岁月，晋江人创造了丰富的历史文化。福建省晋江市是江夏黄氏重要的繁衍地之一，黄姓在晋江是大姓氏，主要有紫云、金墩、龙溪三大衍派，50000多人，位居第七。一千多年以来，黄姓族人在这片土地上辛勤劳作，为晋江的繁荣昌盛做出了积极的贡献。历代晋江黄氏精英俊才层出不穷，在古代就有进士举人二百多人，著名人物有：中国黄氏第一"状元"黄仁颖；"榜眼"黄凤翔；"探花"黄贻楫、黄守魁；铁面无私的"黄五部"黄克瓒；倾资助郑成功收复台湾的"太子太傅礼部尚书"黄汝良；户刑二部尚书黄光升；大学士相国黄景昉；大学者黄居中和黄虞稷父子藏书八万卷的"千顷堂"藏书楼天下皆识；唐宋郡儒慈善家黄守恭、黄护、黄逸献地倾资倡建泉郡开元寺、安平桥，至今依然受益于乡民。

近现代，晋江黄氏优秀儿女更是群星璀璨。专家、学者、政商界在各行各业尽展英华，为社会争做贡献。其中较著名的有近代革命先烈黄竹禄、华侨慈善家"古檗山庄"黄秀烺、民国民主人士黄哲真。现代福建省人大常委会副主任兼公安厅厅长黄松禄、北大教授黄勇、著名画家黄达德、菲律宾总统顾问黄呈辉、台湾省名人黄绵绵、环保专家黄书林、水利专家黄书秩、慈善家黄书镇、默默奉献的老干部黄呈珍等。

晋江是海外华侨及港澳台同胞的重要祖籍地。晋江黄氏的侨胞、台胞遍布东南亚、港澳台及世界各地。晋江与台湾，人同祖、地同脉、语同音、民同俗，血乳交融。晋江黄姓族人很早就在台湾开基繁衍后代。明清时期，很多的晋江黄姓族人往台发展，尤其是安平金墩、东石檗谷及潘湖金墩等地黄氏更有大批族人相继入台，并在台湾各地拓荒垦殖，肇基创业，衍成望族。近年来，晋江与台湾黄氏宗亲往来密切，台湾宗亲来晋江祖籍地寻根谒祖活动越来越多，黄氏台胞认同"两岸一家亲"，增进了宗亲的情谊。

黄氏是中华民族优秀的一脉，晋江黄氏是泉南优秀族姓。今逢盛世，祖国振兴，晋江黄氏宗亲联谊会响应党和国家的号召，紧密团结海内外宗亲，开展文化研究与交流，崇尚祖先美德，传承优秀家规家训，激励后昆子孙为新时代社会主义建设做贡献。晋江江夏黄氏联谊会自成立以来，一直得到海内外宗亲的热情支持。今年晋江黄氏宗亲联谊会第五届理事会成功换届，海内外族亲积极参与，进一步壮大了黄氏宗亲联谊会力量和影响力。此次举办海峡两岸黄香·黄庭坚家规家训孝道文化百姓论坛暨晋江江夏黄氏联谊会成立20周年活动，承蒙东阳、书镇、文集、传社等三百多位宗亲踊跃捐资200多万元，出工出力，精心筹备，共襄盛举，特此表达深厚的谢意！

晋江黄氏永远兴盛！晋江黄氏和祖国共辉煌！让我们携起手来，撸起袖子加油干，团结友爱、敦亲睦族、拼搏奋进，共同创造更加美好的明天！

诗联集萃

1. 安海朝天宫楹联：

宋代尊神清朝封后年年降福佑华夏

湄洲称圣安海昭灵处处垂恩泽庶黎

天后安平滋德泽

鸿江航运际清彝

2. 家里门联：

碧基永固鸿江开远景

溪水长流古邑沐春风

3. 安平金墩宗祠楹联：

八闽太傅无双第

九有书藏千顷堂

4.

悼念香港安海同乡联谊会荣誉主席黄长猷先生

长者敦慈善流芳千古

猷为足楷模返璞九旬

5.

玉湖延陵吴门文焕先生暨德妣邱氏淑添孺人像赞

延陵世胄	吴公文焕	年少聪颖	仪表庄端
潜心国乐	福建音专	为人师表	任劳任怨
言传身教	诲人不倦	三十春秋	奉献学馆
廿四完婚	美满姻缘	清贫持家	辛苦挑担
生儿育女	二女五男	循循善诱	政商模范
德厚流光	乡邻颂赞	年登中寿	福禄寿全
淑添孺人	锦尚名媛	二十于归	娴静淑贤
恪守毋违	历程心酸	敬奉姑翁	不乏汤饭
夫君早逝	独撑危艰	躬身陇亩	拖耙犁田
女红巧指	越岭翻山	疼子爱孙	肚蒂心肝
敦亲睦邻	口慈心善	五福完人	瓜瓞绵绵
艾寿期颐	驾鹤归天	行仁积德	恩泽惠远

安平金墩黄汉瑜拜撰

二〇一五年岁次辛末孟冬

6.

赞晋江党校电大办开学

欣逢建国三六载，神州兴学史重开。

忘年携手聚党校，只缘四化需人才。

1985年9月

7.

魅力石狮十咏

服装之城，外一首

服装筑城
铸就狮城
铺天盖地万式装
遍地是金

骑楼下
估衣摊依旧
大仑街的石板路
烙上黄白黑赤的脸蛋
油亮的肌肤
市井十洲人

水晶般的巨人
仰头屹立
敞开诚信的双臂
用30万平方米的胸怀
笑迎四方宾客

悠长的 T 型台
靓男俏女
烙上轻盈的脚印
尽领风骚

设计师的空间
浇满工匠精神
服装航母再启航
东方米兰
无冕之王

国际轻纺城

布是你的元素
赤橙黄绿青蓝紫
是你的基因
片片彩虹
装扮狮城的天空
绫罗绸缎
花簇团团
装扮狮城大地

布是番客的厚礼
布圩街厚重的柜台
乌黑发亮
一刀刀平直的布匹
更似钢琴键符
奏出美妙的旋律

唧唧复唧唧
金梭银梭

串起珍珠般的产业链

国际轻纺城航母

驳上实业强市的航道

大闽府

出砖入石皇宫起

燕尾脊高高翘

小桥、流水、人家

石埕、古井、戏台

三角梅含苞热闹

墙壁的红装

闽南人的颜色

爱拼敢赢的血气

大闽府的含蕴

传承古厝文化，弘扬闽南精神

乙末年蜕变

废墟变热土

融入多少心血

小心呵护

树起古民居保护典范

摇篮、椅轿、眠床

闽南人的一生

犁耙、畚箕、扁担

农耕记忆图

灶台、蒸笼、水缸
古早味的饭香
琵琶、二胡、尺八
悠扬妖娆
活化石在歌唱

铁箱、侨批、老照片
南洋的足迹
屋檐下
进步、翻身
保家、卫国
爱国心坦白，待人眼垂青
行仁义事，存忠孝心
番客的心声

凤里庵，外一首金沙庵

石狮子
笑口迎客
一千五百年
迎风沐雨
石狮人的图腾

袅袅香烟
佛祖慈祥
庇佑狮城

虔诚祈祷

东京大路上
天下熙熙，皆为利来
骑楼下
推开厚重的六扇轩
天下攘攘，皆为利往
深深足印
铸就狮魂联膺百强

金沙庵

一粒沙祖师
隋朝开皇
地涌金沙开法界
庇佑净土
玉湖福地

晨钟暮鼓
天竺梵音
远播香江
珠琳云树千山合
年年降福泽庶黎
狮城第一丛林

番仔楼情缘

一抹抹红彤彤的砖墙

一座座白云般的灰雕

筑就一幢幢布满沧桑的洋楼

落日的余晖下

犹如穿着鲜艳旗袍的窈窕淑女

漫步在五店市光滑的石板路上

咱厝的番仔楼

城市的风景线！

番仔楼是一部华侨创业史

割地赔款年代

伟岸的身影

背井离乡

下南洋、去番邦

布满老茧的双手

搬回来沉甸甸的番银

番仔楼里的故事

述说着悲欢离合的南洋泪！

番仔楼是万国建筑博物馆

哥特式、古典式、巴洛克式

精雕细琢

中西合璧，美轮美奂

番仔楼是一曲爱国颂歌

屋檐上

踏着地球的雄鹰展翅飞翔

门楣间

渔樵耕读，热爱科学，胸怀祖国

在叮嘱，在祝福，在讴歌

番仔楼是一道深深的乡愁

是一座连心桥

摇篮血迹

海丝足迹

万水千山阻隔不了

第二代，第三代……

侨胞的回乡路

呵护番仔楼

留住乡愁！

2021年"五店市征文"

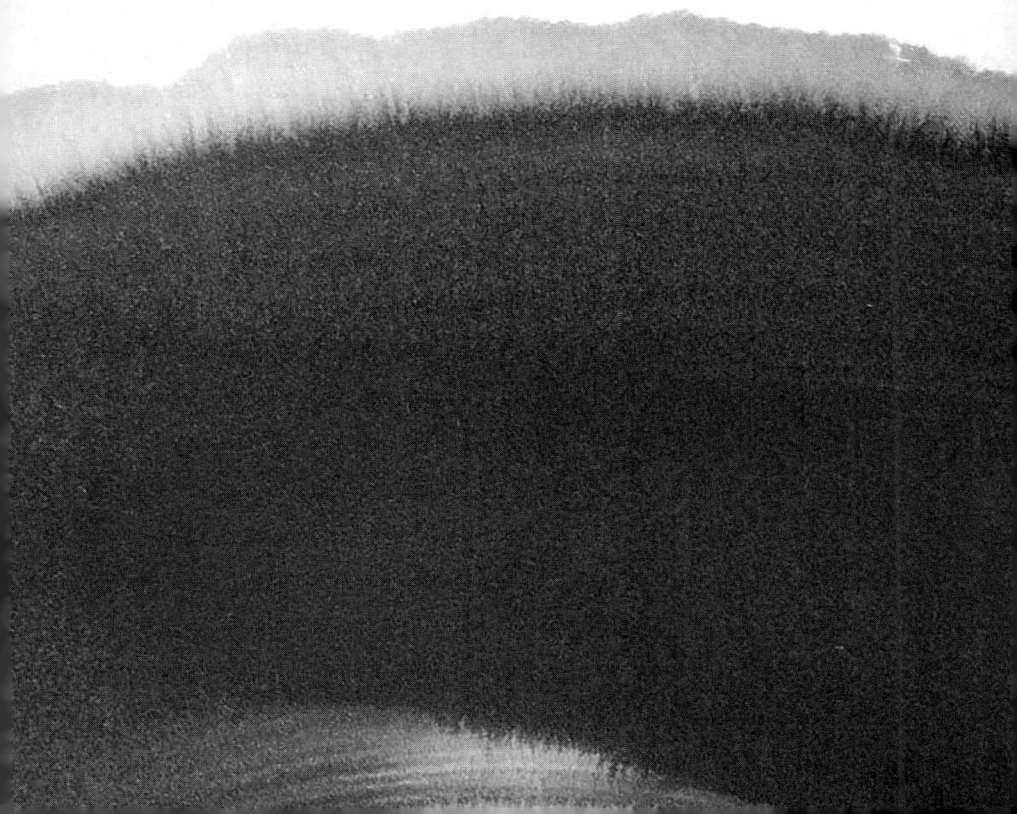

协商建言

关于加强保护古民居洋楼的建议

提案人： 黄汉瑜　林仁财　蔡天恩

内容：

石狮的历史可以追溯到隋代以前，凤里庵的"石狮子"诉说着她的辉煌。一千五百多年的历史积淀，留下了"出砖入石皇宫起"的古厝群；石狮又是著名的侨乡，数以百万计的华侨遍布世界各地，清末至民国期间，大批华侨纷纷回乡建洋楼。这些古民居、洋楼是我们石狮人民的珍贵文化遗产。

随着城市化进程的迅速推进，近年来，古民居洋楼大都沦为外来工的天地，损坏十分严重，珍贵雕刻被盗事件屡屡发生，倒塌的古民居居民自行拆除改建，也破坏了一部分。新一轮拆迁改造，如果不及时保护，这些古民居洋楼将消失殆尽。大家知道，同为水泥洋楼的广东"开平碉楼"已被联合国列为世界文化遗产。"出砖入石，红砖白石"的古厝也将于 2012 年由泉州、漳州、厦门等地捆绑申请世遗。因此，我们必须立即启动保护方案，划出保护区，争取作为世遗的保护项目，将该项目保护开发作为贯彻党中央关于做强做大文化产业的高度来抓，促进我市旅游事业的发展及文化遗产保护。

建议：

1. 划出古民居洋楼建筑群保护区。对古民居洋楼进行登记普查，相对集中的古民居洋楼建筑群进行成片保护。市政协编撰的《石狮古厝》一书收录的 60 座古民居洋楼和 10 个古建筑群都应当保护。市区新华路——马脚桥骑楼建筑、永宁古卫城、后杆柄、子英村、蚶江街（纪厝）、宝盖上浦塘头古渡头、厝上村、容卿、龟湖村等均具有成片保护价值。

2. 做好拆迁区域内规划保护。目前，七大片区改造工程势在必行，要如何规划、保护、改造好片区内有价值的古建筑是排在我们面前的重要课题。要邀请文物专家对片区内有价值的古建筑进行排查研究，能够就地保护的统一整合、规划、建设。不能原地保护的，尽量划出一定区域迁建，做到既改善舌住环境，又传承历史，古建筑让成为石狮市旅游的一张名片。

3. 争取成为世遗的保护项目。在泉州市将"出砖入石古建筑"申请世界文化遗产项目时，精心规划出几个古民居建筑群争取列入保护范围，提高石狮市文化内涵。有条件的古建筑洋楼申请文物保护单位加以保护。

4. 探索市场机制运作。可以成立开发旅游公司进行运作，开发成茶馆、画廊、会所、步行街。充分利用宗族研究会、协会、民间力量参与保护，也可采用认领冠名保护等形式，千方百计地将祖宗留下的这份丰厚的历史遗产保护好，打造成海外华侨寻根问祖的圣地。

2011年12月13日

（第六届石狮政协第一次会议提案）

关于保护华侨故居祖墓等涉侨"摇篮血迹"的建议

提案人： 黄汉瑜、林仁财、蔡天恩、李繁红、王培民、谢文传、李盛芳、邵峰、邱尚坤、许金钟

内容：

十八大报告中提出政协要巩固和发展最广泛的爱国统一战线，凝聚各方面力量，促进政党关系、民族关系、宗教关系、阶层关系，其中增加了一条"要处理好海内外同胞的关系"。石狮是著名的侨乡，数以百万计的华侨遍布世界各地，清末至民国期间，大批华侨纷纷回乡建洋楼、修祖厝，这些古民居、洋楼是我们石狮人民的珍贵文化遗产，更是华侨的"摇篮血迹"。要处理好海内外同胞的关系，特别是要做好第二代、第三代华侨的联络。这项工作最重要的是要切实保护好华侨故居、祖厝、祖墓等涉侨物质文化遗产，使得这些出生在海外、港台的第二代、第三代华侨回乡有根可寻。

随着城市化进程的迅速推进，近年来拆迁改造中许多华侨故居、祖厝、祖墓都被拆除，古村落没有留下遗迹，连地名也改了，只留下千篇一律的西洋式高楼大厦，如此一来，华侨回乡将无根可寻了。新一轮拆迁改造，如果不及时保护，这些古民居洋楼、祖厝、祖墓将消失殆尽。例如 2006 年的坑东侨领吴文鳅墓漂洋

过海事件就值得我们的思考，令人十分遗憾。吴文魁的后人奥斯敏纳1945年当上菲律宾总统，其建在故乡坑东村的故居人称“总统寓”，他1871年随父亲南渡菲律宾宿务创业，年老回乡告老，1921年病故葬于家乡坑东村山间。2008年闽南理工学院规划建设中，吴文魁墓被规划在校园内。该墓地的保护价值文博部门也极力地向宝盖镇政府反映，吴文魁的曾孙吴奕辉（亚洲著名家族企业JG顶峰控股公司创始人，位列“菲华六大班”富豪之一，在菲律宾乃至整个东南亚经济中占有举足轻重的地位，被称为“菲律宾的李嘉诚”）回乡协调保护措施，但是由于某些人工作方法简单，没有细心地与他们沟通协调，只是简单的一句“在几月几日不迁移就按无主墓平掉”给予回应。在这种情况下吴奕辉只能拉来集装箱，将整个墓园一砖一石地打包运往菲律宾宿务重新下葬。就这样一个在海外拼搏大半辈子的老华侨，怀着对故乡的热爱死后长眠故乡，而在八十多年后的又二次漂洋过海下葬他乡。这样一方面是我们对老华侨的不尊重，另一方面第二代华侨也不会回乡扫墓祭祖了。此外，在拆迁区域内的一些华侨捐建道路、学校、公共设施被拆迁前也要拍照、收集纪念石碑加以保护，并在新区建成以后在适当的地方重新树碑纪念。因此，启动保护华侨的“摇篮血迹”工程迫在眉睫，将该项目保护开发作为贯彻党中央关于做好保护华侨权益的工作来抓，促进我市侨务事业的发展及华侨文化遗产保护。

建议：

1. 划出古民居洋楼建筑群保护区。对古民居洋楼进行登记普查，相对集中的古民居洋楼建筑群进行成片保护。

2. 做好拆迁区域内规划保护。目前，要邀请文物专家对片区内有价值的古建筑进行排查研究，能够就地保护的，统一整合、规划、建设。不能原地保护的，尽量划出一定区域迁建，做到既改善居住环境，又传承历史，让古建筑成为石狮市旅游的一张名片。切实保护华侨的合法权益，在新区建成以后在适当的地方对侨建工程重新树碑纪念。

3. 争取成为世遗的保护项目。石狮的华侨洋楼建筑可以参照广东开平碉楼申请世界文化遗产项目，并作为海上丝绸之路的重要遗迹向文化部递交申请，有条件的古建筑洋楼申请文物保护单位加以保护。

4. 开发旅游项目。可以成立开发旅游公司进行运作，将这些古建筑洋楼开辟成茶馆、画廊、会所、步行街。千方百计地将石狮独特的涉侨"摇篮血迹"物质文化遗产保护好，打造成海外华侨寻根问祖的圣地。

2012年12月13日

（第六届石狮政协第二次会议提案）

社情民意建议

建议单位：政协湖滨活动组（黄汉瑜执笔）

内容：

随着城市化进程的迅速推进，拆迁改造势在必行，此举得到了社会各界的赞成和支持。但是，石狮市一千五百多年的历史积淀，留下了"出砖入石皇宫起"的古厝群；石狮又是著名的侨乡，数以百万计的华侨遍布世界各地。清末至民国期间，大批华侨纷纷回乡建洋楼，这些古民居、洋楼是我们石狮人民的珍贵文化遗产。如果不及时保护，在新一轮拆迁改造中，这些古民居洋楼将消失殆尽。市政协文史委于 2008 年对全市有价值的古民居进行考察，并编撰了《石狮古厝》一书，录入 60 座古民居洋楼和 10 个古建筑群。这次钞坑村拆迁区域里就有颜文初故居、颜氏古厝等两座古民居名列其中，如果不及时进行抢救将永远消失。目前，还有其他 8 座有保护价值的古民居洋楼，精美的构建已经被挖走倒卖到外地，最精美的"金吉古厝"被厦门的收藏家以 42 万的价格收购，重建在厦门。下一步我市还有其他片区即将改造，如何妥当地保护这些古建筑问题摆在我们的眼前，这些工作甚为迫切。因此，建议必须立即启动保护项目，划出保护区，争取作为世遗的保护项目，将该项目保护开发作为贯彻党中央关于做强做大文化产业的高度来抓，促进我市旅游事业的发展及文化遗产保护。

建议：

一、旧城改造区域拆迁之前应该提出保护措施。今后旧城改造区域内的文物、古民居精品在拆迁之前应该提出保护措施（包括异地保护），文化部门、文物保护部门提前介入提出意见和措施。市政府要拨出专项资金进行抢救性保护。市政协编撰的《石狮古厝》一书收录的 60 座古民居洋楼和 10 个古建筑群及其他古民居精品都应当保护。

二、政府应拨出专项保护资金。对文物精品构件先行收购，我市的古民居是闽派建筑精品，已经成为收藏家的重点目标。拆迁前要邀请文物专家对片区内有价值的古建筑进行排查研究，能够就地保护的，统一整合、规划、建设。

三、划出古民居洋楼建筑群保护区。不能原地保护的进行异地拆迁重建，仿效晋江市的"五店市街区保护区"。目前永宁正在评选"中国历史文化名街"，规划在永宁比较有条件，将这些分散的古民居迁入重建，成为石狮市古民居保护展示区。

2013年5月15日

（第六届石狮市政协委员会第三次会议社情民意）

关于设立网络交易监测中心促进我市电子商务产业快速发展的建议

提案人：政协湖滨活动组
执　笔：黄汉瑜

内容：

近年来，我国的电子商务经济飞速发展，网络交易额以GDP7%—9%的两至三倍的速率在增长。特别是网络零售市场更是发展迅速，2013年我国网络零售市场交易规模达18851亿元，同比增长42.8%。电子商务正在成为国民经济保持快速可持续增长的重要动力和引擎。电子商务经济已确定为我市新一轮改革发展的重点产业，目前海西（石狮）电商园区正在积极申报"国家级电子商务示范基地"。我市的电子商务发展十分活跃，前景亦十分可观。针对该议题，湖滨政协活动组组织对全市电子商务市场进行了考察调研。

数据显示，福建省是全国电子商务经济发展最为活跃的十大区域之一。2014年，泉州市入选创建"国家电子商务示范城市"的三十个城市之一。2013年，海西（石狮）电商园区第一期投入使用，近300家电商企业入驻园区。我市现有各类经济户口计49874

户，经初步统计有独立域名的经营户 1724 户。现我市工商机关正通过企业登记管理系统对全市经济户口的涉网信息进行采集、登记备案及电子标识发放工作。

电子商务经济的快速发展也带来了一系列的共性问题，主要体现在以下几个方面。

一是网络经营主体不合法。多数网络经营主体未办理工商营业执照。虽然国家工商总局发布《网络交易管理办法》没有规定网络经营主体须办理营业执照才能从事网络经营活动，但若发生消费纠纷，因网络经营者属于"无照经营"，且消费者无法提供相关地址、联系方式等信息的话，工商等部门就难以维护消费者的合法权益。

二是网络违法经营行为呈现新态势。由于电子商务经济的快速发展，各类网络违法经营行为也纷纷出现。最常见的有通过网络制售假冒伪劣产品，还有通过虚构交易信息、夸大信誉、发布虚假促销信息、擅自使用知名网站标识等误导消费者的违法行为，以及恶意实施批量购买、批量退货、拒绝收货等行为，损害他人利益，利用技术手段干扰搜索、排名结果等新型违法行为，在之前的实体经济中是从未出现过的。

三是网络交易违法行为多发不利于电子商务经济发展。网络交易违法行为若不受约束，损害的是合法经营户及消费者的权益，而且会干扰正常的市场经营秩序。我市目前尚无网络交易监测中心，无法对发生在我市的网络交易行为进行全方位的监测。工商等部门受人力、技术手段所限，无法全力开展网络监管工作。网络监管工作的不到位，必然会干扰正常经营秩序，对我市电子商务经济的发展造成影响。

建议：

为促进我市的电子商务经济健康发展，建议从以下几方面入手。

一是设立网络交易监测中心。通过设立网络交易监测中心，对我市的网络经营主体进行全方位登记，使网络经营主体信息明确有效，网络交易行为更为可控。网络交易监测中心主要包括网络交易监管系统、网络线索研判系统、执法工作云系统、网络舆情监测系统以及数据中心，为网络交易监管执法提供有力的技术支撑。同时，根据系统建设需要，配置平台应用服务器、数据节点设备、计算节点设备、交换机、光闸、办公电脑等基础的硬件设备。

二是设立电子数据取证室。依据网络交易监测中心，建立电子数据取证室。因网络违法经营行为不同于实体经营违法行为，网络违法经营数据的取证、保存有其必要的程序和手段。设立电子数据取证室，通过计算机现场勘查、电子证据提取固定与校验等手段，对网络违法经营行为的证据予以取证、固定，才能有效打击网络违法经营行为。

三是结合12315消费者申诉举报系统和企业监管系统进行网络交易监测中心建设。根据《网络交易管理办法》的规定，工商部门是网络交易行为的监管主体。2014年，泉州市工商局将12315热线下放到石狮市。石狮本地的消费者拨打热线不再通过泉州12315指挥中心进行转接，而是直接连接到石狮工商局投诉台。网络交易监测中心的建设，可结合石狮工商局的12315系统和企业监督管理平台进行建设。一方面可以避免重复性功能建设，节省费用；另一方面工商部门通过网络交易监测中心，立足其部门职能可以做到快速反应、快速处理，快速有效地打击网络违法经营行为，维护网络经营秩序，促进我市的电子商务经济发展。

（第六届石狮市政协委员会第三次会议社情民意）

关于主动对接"一带一路"做大旅游产业的建议

建议人： 黄汉瑜、王培民、谢文传、李繁红、王华宁、王焕然、辛炳煌、黄清苗、王瑛

缘由：

石狮市是全国著名的侨乡，文物古迹众多。六胜塔、万寿塔、林銮渡等文物被确定为联合国海丝起点。众多华侨遍布港澳台及世界各地，他们历来有爱国爱乡的传统，每年返乡祭祖寻根。闻名遐迩的永宁古卫城，遍布城乡的"番仔楼"更是石狮市海丝文化的一张名片，可以与广东的"雕楼"相媲美。主动对接"一带一路"倡议略构想深化，福建作为战略重省，而石狮又因"侨乡"身份，更是重中之重。作为各国华侨的家乡，石狮也是维系华侨与祖国的纽带，传承和发展"根"文化，增加海外投资者的归属感，促进海峡西岸经济的繁荣。在闻名的海峡西岸侨乡福建省石狮市，一直以来就有这样一片建造精美、巧夺天工的古民居红砖建筑群，这一带的古厝群大多是历史上出洋创业者的居住地。很多先人由此出洋谋生，事业发展起来之后，便衣锦故里修葺曾经居住的古厝，所以这些红砖古厝里都蕴藏着一段段沧桑励志的家族奋斗史，让人不得不为之震撼感动。古厝里的故事都是勤劳创业、爱拼敢赢的闽南先辈

的励志人生，其精彩程度丝毫不亚于古厝外貌的艳丽。但众多历史原因，随着城市进程的加快，旧城改造、道路扩展等因素使得许多古建筑都未得到过有效的保护，以致许多知名的闽南古建遭受破坏，甚为可惜。同时，近年来先后有黄氏、董杨、吴氏、柯蔡、洪氏（六桂堂）、郭氏、林氏、陆终、皋陶、王氏、邱氏等姓氏宗亲在石狮市举办世界宗亲恳亲大会，石狮已经成为世界姓氏文化交流的中心之一。整合文物保护点、"番仔楼"、红砖古厝、服装城等寻根文化、旅游景点，打造"一带一路"海丝旅游线将成为我市旅游产业大发展的重要机遇，促进我市向旅游强市发展。

存在问题：

目前，我市旅游产业仍存在诸多问题。一是旅游产值占国民经济比重还很小，旅游收入少，旅游产业仍难处于初始化阶段；二是旅游配套服务设施投入不足、相关扶持政策还没有提上重要议程；三是旅游停车场、服务接待团队、景点窗口、导游队伍人才奇缺；四是吸引外地游客的旅游线路还是空白，对外旅游推介尚未启动；五是旅游管理机构人员不足，没有形成统一规划整合机制。

建议：

一、将发展旅游产业确定为我市下一轮经济发展的主要产业之一，列入十三五规划纲要，制定旅游发展五年行动规划，出台《石狮市支持旅游产业发展若干规定》，鼓励民间资本投资旅游项目，对全球著名旅游公司落户我市给予奖励，对旅行社组织游客在我市留宿的给以补贴；

二、充实旅游管理机构，成立石狮市旅游局、旅游服务对待中心，培训导游人员，建立人才队伍；

三、加大旅游产业投入，设立旅游发展基金，建设一批旅游停车场，旅游服务接待窗口。加大旅游推介力度，到全国各地举办旅游推介会，在中央电视台等主流媒体做广告。争取拍摄一部电视连续剧，将《杨家大院》搬上银幕；

四、首批规划两条旅游线路：1. 六胜砦、万寿塔、林銮渡，海上泼水节"一带一路"海丝旅游线；2. 永宁古卫城、杨家大院、"番仔楼"、黄金海岸古厝精品旅游线。在宝盖山建设"博爱根亲文化园"，每年举办姓氏恳亲大会、夏令营等活动，邀请各地华侨、台胞前来参加，特别是二代、三代的华侨，增加他们对家乡的认同感，留住乡愁。把该项目打造成"一带一路"海丝文化的亮点。

（2015年12月28日）

后　记

　　东亚文化之都泉州是闽南文化核心区，城南一隅的千年古镇安海是我的家乡，福建省改革开放试验区石狮是我的第二故乡。生活在闽南这片热土，受到浓郁闽南乡土文化的熏陶，因此与文化结缘，养成了爱古、惜古、藏古的嗜好，工作之余喜欢在文化圈里谈古论今。收藏与写作是我的两大业余爱好，我收藏的东西主要是眼镜和铜镜，镜与"鉴"通假，我就将书斋起名"百鉴斋"，并请中国收藏鉴定界泰斗蔡国声先生题箓。我有幸获"2015 石狮书香家庭"荣誉称号。

　　本人笔名黄山松，号百鉴斋主，三十多年的文学创作，文章散见于《福建文学》《石狮日报》《石狮文艺》《香港·浪花》《石狮日报》等刊物。曾参与编撰《姑嫂塔》《石狮文艺》《石台亲缘》《石狮侨影》《石狮宗祠》《石狮寺庙建筑》《千年安平》《安平碑拓录》等书刊。作品《走进大闽府》《江夏抗倭黄家军传奇》《安平闽台缘纪实》《五彩圣旨见证两岸商缘》《澎湖发现之旅》《海丝大商人黄护》《诗路寻踪》等多篇作品收录于《这就是晋江》《作家眼中的石狮》《千年安平》《安平飞虹》《晋江海丝大商人》《石狮建市 30 年回眸》《东方收藏》等书。前些年，文化界的诸位老前辈一直鼓励我将这些文章结集出版，但我担心"没人看”而浪费书号和纸张，故未力行。近年，许多读者或作观后感点评，或在网上留言点赞。宣传文化界老领导庄晏成夸我是“治学严谨的文人”。军旅作家罗光辉点评我的文章“接地气，聚灵气，古早味”。有一个网友阅读了《风狮爷的守望》，这样留言：“黄汉瑜先生的这篇文章写得与‘守望’两字十分切合，读到这篇文章，会不自觉地将自己也带入到这片土地上……”读者的鼓励令我信心倍增，适逢今年，石狮市作家协会在相关部门的支持下，计划出版这套《姑嫂塔——拼一座石狮》文学丛书，向中国共产党二十大胜利召开献礼。即将步入耳顺之年的我，选编结集，赶上这趟车，实乃人生之一大喜事也！

我将书名定为《百鉴求真》，缘于二十多年前我与泉州文化界一位世纪人瑞许书纪老先生的一段忘年之交，那个时候，我时常到他的家里请益习作。2007 年，时年 96 岁高龄的许老看报要用放大镜，但记忆力依然敏捷，平时很少动笔了。有一回，他突然告诉我，要题赠我一首诗，鼓励我继续在乡土文化上耕耘。诗名《百鉴斋奇》：“百岁期颐，鉴戒求真，斋藏百宝，奇艺奇珍”，取其“百鉴”与“求真”之真谛，“百鉴求真”是我人生的座右铭。

本书分“史海钩沉”“海丝人物”“古厝情缘”“旅途抒怀”“闽台亲缘”“论文诗歌”“协商建言”七个章节。“古厝情缘”是本书的主要篇目。习近平的《福州古厝》序，给我增添了动力。于是，我通过撰写政协提案；通过向文化旅游局、《石狮日报》倡议设立《古厝情缘》栏目；通过写信向动迁指挥部提建议，用力所能及的方式呼吁保护有价值的古厝。十多年来，再次翻阅这些建议，欣喜地看到现在全社会都十分珍惜和重视古厝洋楼，令我倍感欣慰，感觉心思没白费。欣慰之余也有些许遗憾，城市化改造中，一些古厝洋楼已经永远消失在我们的视野！“史海钩沉”一章，是我对身边一些古文化遗存进行发掘、研究、论证的看法。比如，2011年10月，在安海鸿塔片区征迁地段，我组织民间考古，对金厝祠堂遗址及"古石井"抢救发掘，出土了极其珍贵的宋代安平桥石栏杆一件，上面刻着"当镇旧市周圆舍叁佰贯文造此间愿延福寿"铭文，印证了古代安海的地名沿革和安平桥造价。"古石井"井底石板（无刻字）则解开了朱熹与"石井留香"的千年逸事。"海丝人物"则是搜集古代及近现代杰出人物，如宋代的安平桥倡建人黄护，明代的廉吏黄汝良、黄光升，清末的南音大师黄禄树，以及近现代的先贤和劳动模范，赞颂真善美，传承优良家规家训。

最后，我要特别感谢福建省文化厅原副厅长（正厅级巡视员）庄晏成先生为本书作序，太湖世界文化论坛理事、原《中国作家》副编审、原晋江市市长助理许谋清先生作《野史的价值》代序，中国书法家协会会员、晋江市书协原主席尤慎先生题写书名，以及关心此书出版的全国劳动模范、石狮市玉湖社区原党委书记吴助仁先生，石狮市作家协会主席高寒女士，还有一直鼓励我成书的诸位文友。由于选编仓促，某些编目有"滥竽充数"之嫌，语句有差错遗漏之瑕疵，在此敬请编者以及广大读者多多批评指正。

（2022年7月于泉州安平百鉴斋）